Злите духове на улица Гоя

Една история за добри намерения и лоши деяния

от

Оуен Джоунс

Преведена от
Нина Краева

Злите духове на улица Гоя

Авторско право

© 2024 Owen Jones
publisert av
Megan Publishing Services
https://meganthemisconception.com

Оуен Джоунс

Посвещение

Тази книга е посветена на моята съпруга, Праном Джоунс, която прави живота ми по-лесен. Дъщеря ни Чалита беше повече от добра към нас по време на написването на тази книга, която е базирана на действителни елементи в повече от един аспект.

Цитати за вдъхновение

 Не вярвайте в нещо, просто защото сте го чули,

не вярвайте в нещо, просто защото някой го е казал или се носи като слух,

не вярвайте в нещо, просто защото е записано в религиозните книги,

не вярвайте в нещо само заради авторитета на вашите учители и по-възрастните,

не вярвайте в традициите, защото са били предавани през поколенията,

но, след наблюдение и анализ, когато откриете, че е разбираемо за ума и е за доброто и благото на всички, тогава го приемете и живейте според него.

Гутама Буда

~

О, Велики Дух, чиито глас се носи с вятъра, чуй ме. Направи ме силен и мъдър. Позволи ми да се насладя на пурпурния залез. Нека ръцете ми носят с уважение това, което си ми дал.

Научи ме на тайната, която се крие под всяко листо и всеки камък, така както си учил тези преди мен.

Дай ми сила, не за да стана по-велик от братята си, а за да се преборя с най-големия си враг - мен самия.

Оуен Джоунс

Позволи ми винаги да идвам при теб с чисти ръце и отворено сърце, така че в залезът на моя земен път душата ми да дойде при теб без срам.

(По традиционна молитва на племето Сиукс)

Съдържание

01	МЬОСА, НОРВЕГИЯ	7
02	ГОДИШНИЯТ БАЛ НА ФАМИЛИЯ СЕДОЛФСЕН	17
03	НОЩТА НА СТОТНИЯ ВЪЗПИТАНИК	23
04	ФРАНК И ДЖОЙ	33
05	ВКЪЩИ, ДАЛЕЧ ОТ ДОМА	43
06	НА ПЛАЖА	53
07	ЮГОЗАПАДНА ФУЕНХИРОЛА	63
08	ЛОС БОЛИЧЕС	69
09	ПАРАНОЯ	79
10	ТАЙЛАНД	95
11	СЕСТРАТА НА ДЖОЙ	109
12	БЮ	121
13	В ПРОВИНЦИЯТА	131
14	БААН ЛЕК	139
15	ДА ЖИВЕЕШ ПРИ МАЙКА СИ	149
16	ЧЕРНАТА ОВЦА	161
17	СРАМНИ ВРЕМЕНА	175
18	УБЕЖИЩЕТО НА БУ	189
19	ВЪЗХОД И ПАДЕНИЕ	201
20	ВИЗА	215
21	МЪГЛАТА СЕ ВДИГА	223
22	ДА СЕ ОЖЕНИШ ОТНОВО - И ОТНОВО	235
23	ЛОНДОН	243

24 ДРУЖЕСТВО ГОЯ - ЗА ИСТИНА И КРАСОТА	253
25 ПИСМОТО	265
26 ЕПИЛОГ	283
ТОВА, КОЕТО НЕ Е ПОЗВОЛЕНО	287

1 МЬОСА, НОРВЕГИЯ

Старият Барон седеше зад голямата добре полирана маса от тиково дърво и кожа в офиса си и гледаше отвъд езерото, което се разстилаше пред него. Той беше нисък за норвежец, около 172 см, с елегантна къдрава, прошарена коса, доста кръгло лице с очила и с кафеви очи, облечен небрежно в тъмнозелена жилетка, отворена риза и сив панталон от фланелен плат, понеже не очакваше гости поне до след обяда. Абсолютната тишина бе нарушавана от време на време от леда, който се пукаше по езерото отвън или от птиците, търсещи рибки в плитката вода. Старият замък стоеше самотно в големия имот повече от петстотин години и сегашният Барон беше прекарал по-голямата част от времето си тук, след като беше завършил образованието си. Тишината се беше вкоренила в него.

Когато най-сетне чу дългоочакваното почукване на вратата, той отговори с изненадващо писклив глас.

"Влез! О, Максимилиан, надявам се имаш добри новини за мен." В гласа му имаше повече от нотка на нетърпение.

"Да, господин Барон, сигурен съм в това. Телефонните линии и сателитната антена са поправени и работят нормално след снощната буря, пощата също пристигна." Максимилиан поднесе на Барона сребърния поднос, който носеше и Баронът взе дузината писма, които бяха на него.

"Това значи ли, че телефоните, интернета и сателитните комуникации са напълно възстановени?"

"Моите тестове показват, че всичко е както трябва, господин Барон."

"Това е добре. Благодаря, Максимилиан. Може да продължиш с приготовленията. Върви ли всичко по план?"

" Да, милорд, никакви проблеми."

Баронът помаха с писмата и икономът тихо излезе от стаята, но макар че затвори вратата след себе си, хвърли един последен поглед към лицето на господаря си. Може би беше смело, дори малко нахално от негова страна, но икономът обичаше да знае,в какво настроение е Баронът по всяко време.

Максимилиан служеше на барона от времето, когато и двамата бяха млади мъже в Университета в Хайделберг. Той беше германец и единственият човек, на когото беше позволено да го нарича господин Барон. Цялото домакинство му имаше доверие. Бяха заедно от над петдесет години и познаваха един друг по-добре, отколкото познаваха съпругите си.

Баронът потърси тежките тъмнозелени пликове, които идваха от най-близките семейни приятели и компанията, в която работеше. Отвори тези пликове с известна тревога, докато остави другите настрани за по-късно. Усмихна се докато вадеше поканите една след друга. Общо осем. Вдигна ги пред себе си, говорейки на един от старите семейни портрети.

"Кланът ще се събере, дядо Петер. Ще се съберем заедно отново и ще продължим старата семейна традиция!"

Облицованите с ламперия стени на офиса бяха отрупани със семейни портрети, но два от тях представляваха особен интерес за Барона в момента. Те не бяха изложени на показ за пред всеки, не че много хора влизаха в личният му кабинет така или иначе. Само една шепа бизнес мениджъри, адвокати, счетоводители и подобни хора някога бяха прекрачвали тази врата. Но Баронът имаше друга стая, тайно помещение до кабинета си. То съществуваше още от времето, когато замъкът беше построен, но заедно с други работи по реставрацията, които бяха стрували милиони долари и това помещение беше актуализирано за двадесет и първи век с топ модерна система за комуникация и сигурност. Той натисна дистанционното в джоба си и един перфектно скрит в стената панел се отвори с приплъзване - напълно безшумно.

Стаята беше голяма по всички стандарти. В средата се намираше една перфектно кръгла маса с тринайсет еднакви стола един до друг, привидно ненужен античен полилей висеше над средата на масата със свещи, които се палеха от пиезо запалки и биваха угасени от флакони със сгъстен въздух. Всичко това се управляваше от същото дистанционно. То се използваше само при специални случаи, тъй като стаята бе напълно осветена от скрити светлини, които се регулираха според обстоятелствата. Когато Баронът влезе в "Светилището" , както той го наричаше, той натисна друго копче на дистанционното и половината от стената в далечният край на стаята разкри сцена от градината на замъка. Това бе специален затъмнен прозорец, който разкриваше гледка над целия имот.

Баронът погледна бегло към лебедите, които плуваха в езерото отвън. Натисна още няколко бутона и два стъклени панела оживяха и разкриха двете му най-ценни вещи. Една картина с маслени бои и една рисунка изложени в контролирана атмосфера се появиха пред него. Баронът протегна поканите към мъжа на картината и каза:

"Четиристотната годишна среща на нашия род скоро ще се състои, о многоуважаеми наш родоначалнико. Дълго се опитваха да изтрият твоята връзка със семейството, но ние никога не се предадохме. Никога не се отказахме от теб и никога няма да го направим. Ние знаем, че сме една кръв и винаги ще пазим вярата. Само още три дни и всички ще бъдем заедно - Надявам се ще ни окажеш честта да присъстваш сред нас на този свят ден, дори за малко?"

Баронът се усмихна, когато усети в ума си отговорът като едно тихо "да". Усмихна се и на средновековния мъж с къса права коса на картината и отново почувства, че е получил отговор. Продължи нататък към жената от втората картина. Това не беше портет, но на рисунката имаше само един човек. Поклони се леко и удари пети в знак на почест.

"Скъпи предци, вашата воля ще бъде изпълнена според старите семейни традиции." След това се поклони отново на всяка картин, завъртя се на пета, напусна светата стая и натисна бътонът, който отново заключи стаята с едва доловим звук от плъзгащата се врата. Стигна до бюрото си, пусна компютъра и за пореден път звънна на икономa.

"Максимилиан", каза той, "Изглежда наистина всички методи за комуникация работят отново. Писмата, които получих сутринта сочат, че традиционното семейно събиране ще се осъществи, както бе по план. Бъди така добър да започнеш древните приготовления за четиристотната по ред сбирка и стотното специално посвещение, които ще се състоят заедно. Вече си бил отговорен за приготовленията на една дузина посвещения, нали Максимилиан?"

"Така е, господин Барон, това ще е тринадесетият път."

"Наистина оценявам твоята помощ, Максимилиан, не само от мое име, но и от името на цялото семейство. Уведомени ли са най-новите членове на персонала за своите задължения по време на събитието и къде могат и не могат да бъдат по време на двудневните тържества?"

" Да, Милорд, всичко е точно както разпоредихте."

" Настаняване на гостите, които ще пренощуват тук, храна, напитки, специални изисквания и други подобни?"

" Да, господин Барон, лично се погрижих за детайлите."

" Има ли нещо, за което искаш аз да се погрижа?"

" Не, господин Барон, единствено нещата, в които не съм посветен."
" Чудесно, може да продължиш с работата си, Максимилиан. "
" Разбрано, господин Барон."

С това вниманието на баронът се измести върху ежедневните му бизнес занимания и той забрави за иконома.

∞

Тридесет и един гости, пристигнаха почти едновременно следващия следобед. Повечето пристигнаха с колите си, няколко - с личните си хеликоптери. Имаше единадесет члена на Вътрешния кръг, четирима кандидати, десетима съпрузи и шест тийнеиджъра. Половинките бяха добре дошли, същото се отнасяше и за децата над тринадесет, но те не бяха част от "Вътрешният кръг", който се състоеше от Баронът, Баронесата и единадесет други близки приятели и членове на семейството. Гостите извън кръга бяха държани на разстояние от най-важното събитие на вечерта. Партньори и гаджета не бяха допускани. Другите единадесет приближени от кръга бяха близки и далечни кръвни роднини и имаха общо десетима съпруги или съпрузи и десет деца. На четири от децата вече обръщаха специално внимание.

На церемонията за първи ранг кандидатите идваха с желание, но неспокойни, развълнувани и същевременно предпазливи, а тези които знаеха повече за това, което се случваше, не казваха нищо, въпреки че спонсорите се надяваха на това точно техният кандидат да премине теста и докаже, че преценката им не е помрачена от родителска привързаност. Ако кандидатите преминеха изпитанието, те щяха да станат "аколити" - аспиранти на Вътрешния кръг и да научат тайните за членовете му, когато някой от тях умреше и преминеше в редиците на предците.

Членовете на Вътрешният кръг бяха възрастни, но не и твърде стари, и тъй като всички бяха заможни имаха достъп до най-добрите лекари в света. Баронът, който бе на седемдесет, беше вторият най-млад в Съвета, както понякога наричаха Вътрешният кръг, след съпругата си, Ингрид, и беше президент на Съвета. Жена му беше по-млада с десет години и бе председател на Съвета. Двамата не бяха благословени с деца, затова не можеха да добавят свои наследници в Съвета, но въпреки това имаха пълен контрол. Така бе създадена организацията преди четиристотин години. Всъщност по много начини тяхната Конституция беше доста напредничава, и мъже, и жени имаха равни условия, но веднага след като водачът биваше избран, той или тя имаха абсолютна власт. Баронът бе харесван и уважаван, защото винаги изслушваше несъгласните и приемаше, че понякога мнението на друг може да е по-добро от неговото, дори когато не бе наложително.

Президентът и председателят оставаха на позициите си доживот или както бе упоменато "за целия период, в който избраният живее на тази земя". Очакваше се, че Баронът и Баронесата ще изпълняват ролите си поне още десет - двадесет години, но никой нямаше против това. Според малкото, което се знаеше, Баронът бе най-близкият жив родственик на "Великия Родоначалник". Други също твърдяха, че са кръвни наследници, някои дори имаха доказателства за това, но норвежкият клон на фамилията смяташе, че са единственото му истинско семейство; те бяха единствените, които наистина го разбираха и единствените истински пазители на Вярата, макар че повечето историци и ред други хора не ги признаваха за такива.

Злите духове на улица Гоя

Те никак не се интересуваха от това. Дори им харесваше. Според тях, те знаеха кои са предците им и не ги беше грижа за мнението на външни хора. През вековете се разнасяха слухове за тайното общество , но те винаги бяха отричани. В стари времена това бе постигано с безмилостно насилие, но в по-модерни и цивилизовани времена завеждането на дела бе също толкова ефективно. Семейство Седолфсен имаше връзки с най-опитните и безмилостни адвокати на света и бе готово да използва тези връзки дори и при най-малкият намек за скандал.

Това не се случваше често, тъй като редакторите на вестници знаеха какъв риск поемат, ако нападнат семейство Седолфсен, но някои по-смели бяха фалирали в опитите си да разкрият повече, отколкото можеха да докажат. Поредната вълна от евентуални разкрития щеше да започне много скоро. Най-голяма заплаха бяха недоволни кандидати, които не бяха издържали теста. Понеже бяха млади, те често се напиваха и разказваха на приятели за детайли, които не трябваше да излизат наяве. Понякога се случваше така, че тези така наречени приятели продаваха изтеклата информация за могъщата и потайна фамилия Седолфсен на пресата. Следващите няколко месеца, семейството щеше да е най-уязвимо. Цялото празненство щеше да трае два дни. Първия ден - с някои местни управници и по-далечни гости, които обаче не бяха поканени да пренощуват. Ако някой попиташе за това, каква е причината за ежегодните тържества, отговорът винаги бе един и същ. "О, дори ние самите не знаем със сигурност! Един от нашите предци, може би прастарият чичо Петер, е дал начало на тези традиционни събирания на тази дата преди четиристотин години, и от тогава на никой не му е хрумнала причина да не се състоят. От тогава се събираме всяка година."

Това винаги разсмиваше хората и обикновено с това темата се изчерпваше, макар че истинската причина за тържеството първата вечер бе да зареди замъка с енергия, която Вътрешният кръг да използа за своите ритуали на следващия ден. Малцина разбираха това и дори още по-малко на брой бяха забелязали, че най-пищните тържества се случваха всяка четвърта година, когато се избираха евентуалните нови възпитаници.

И тази стотна селекция щеше да е грандиозно събитие.

Злите духове на улица Гоя

Оуен Джоунс

2 ГОДИШНИЯТ БАЛ НА ФАМИЛИЯ СЕДОЛФСЕН

Баронът искаше четиристотният бал и избирането на възпитаник номер сто да са най-добрите организирани някога. Затова дълго бе мислил, след това се беше съветвал със жена си и накрая бе попитал Съвета за техните препоръки. Обикновено това беше начинът, по който тои вършеше нещата и една от причините да е толкова уважаван.

Като резултат от това бяха поканени триста и деветдесет гости и назначени още петдесет човека персонал. Баронесата беше наясно, че нищо не трябва да се обърка тази година, въпреки че залата щеше да е двойно препълнена. Затова се беше свързала с най-добрите агенции за организиране на тържества в Норвегия и Швеция, за да могат да проучат и да и изпратят нужния допълнителен персонал.

Фон Кнутсен бяха най-добрите в този бранш и дори се носеха слухове, че кралските семейства и в двете държави бяха ползваха техните услуги не един или два пъти.

" Какво ще е времето, Франциско?" запита Баронесата съпругът си. " Вярваш ли, че боговете ще са благосклонни към нас тази година?" Тя бе само няколко сантиметра по-висока от мъжа си, но бе слаба и елегантна, за разлика от него, който имаше тенденция да наедрява. Косата и и високите токчета я караха да изглежда още по-висока, не че Баронът имаше нещо против. Дори напротив, гордееше се с това, че жена му е висока, каквато често бе случая с по-ниските мъже.

" Вярвам, че ще са благосклонни, Джой", отговори и той, наричайки я с галеното и име. "Ледът по езерото се е разтопил, птиците и лисицата са се върнали... вече не е толкова студено и метеоролозите казват, че ни очаква хубава пролет. Така че - вярвам, че ще сме късметлии."

" Също така беше гениална идея да поканим толкова много гости, че без значение какво е времето навън, на хората вътре ще им е твърде топло, защото са прекалено много."

" Много мило от твоя страна да го кажеш, скъпи. Аз също се гордея със себе си. Хареса ми твоята идея за скрити забавления тук-там между балната зала и шатрата. Със сигурно ще изненада гостите. Или поне така се надявам!"

"Благодаря ти, любов моя. Кетъринг за двеста човека в залата и за още двеста в шатрата би трябвало да раздвижат атмосферата малко, имаме също така залата за пушачи, верандата и градината. Можем спокойно да кажем, че гостите ще имат възможност да излязат на въздух.

"Съгласен съм с теб, Джой, всички заемесени в органиирането заслужават потупване по рамото. Сега, нека да започваме. Първите гости пристигат в осем довечера, нали?"

"Да, Франк, най-добре да се приготвяме. Време е да оставим персонала да се оправят както могат сами. Няма какво повече да направим преди ние самите да сме готови."

"Добре тогава, Джой. Ще мина да те взема от гардеробната ти в осем." Те размениха прегръдки и по една целувка по бузата и се разделиха.

∞

Баронът и Баронесата стояха до една маса с напитки около шест метра от входа на залата. Конферансието оповестяваше всеки от гостите при влизането им, но домакините останаха до входа само за половин час, докато най-важните гости пристигнат - тези които бяха поканени по-рано, в осем часа. На тези, които бе казано да заповядат в осем и половина, щеше да им е трудно да срещнат Барона и да изкажат своите благодарности за поканата.

Дрескодът беше официален, което не бе проблем за повечето гости, дори дребните местни бизнесмени имаха смокинг, който обличаха за своите Срещи на Масонската ложа или Ложата на Кръглата маса, на които Баронът също бе член, но вече рядко присъстваше. Бе се записал да членува в знак на добра воля, защото бе традиция и защото беше добра реклама, а не защото искаше да прекарва вечерите си с местното население.

Повечето местни разбираха това и го уважаваха за това, което вършеше около местните благотворителни каузи. Аристократичното семейство Седолфсен се славеше с добра репутация сред мнозинството от хората в областта.

И двамата показваха най-красивите си усмивки в тон с аристократично-военното вечерно облекло. Баронът носеше медали и широк колан, а Баронесата бе облечена в тъмнозелена , копринена бална рокля и на главата си носеше тиара. Протягаха ръце, покрити в бели въкавици за поздрав, на всеки един от ранно пристигналите гости. От време на време Баронът леко се покланяше и отдаваше почит, а жена му се навеждаше в реверанс, когато някой от кралско потекло се изправяше пред тях. Докато балната зала започваше да се пълни, членовете на Вътрешния кръг можеха незабелязано да се промъкнат през френските врати, залата или пък през главния вход.

Събитието беше зашеметително, всички смятаха така. Вечерта бе отразена и в местния вестник със статия написана от самия редактор, тъй като той също бе сред присъстващите. Тук беше и неговият шеф от Осло, собственикът на вестника.

Малък оркестър свиреше в балната зала за онези, които можеха да танцуват бални танци, а те бяха доста. За онези които имаха нужда от малка почивка в огледалната зала свиреше арфист, а в шатрата малка театрална трупа изнасяше представление. Тълпата се разпределяше равномерно между различните локации, а времето бе прохладно, но не и студено.

Гостите се разхождаха между трите стаи, стояха на терасата или се разхождаха из градината осветена от стотици светлини вързани към компютърна програма, която да ги регулира. Леко облечени мъже и жени в чорапогащи и корсети, които сигурно бяха усетили студа изскачаха от беседките и малката зимна градина сред водопади от цветни светлини и гълтачи на огън бълваха пламъци скрити по ъглите. Смях и весели крясъци се чуваха на около цяла вечер.

При толкова много гости и толкова неща, които се случват за членовете на Съвета бе лесно да се измъкнат от събитието, когато пожелаят. Дори не беше нужно да съгласуват усилията си да напуснат залата, доста често съвсем непланирано две трети от тях се появяваха в Светата стая по едно и също време.

Баронът бе отворил огледалния прозорец, който гледаше към балната зала - двета стаи бяха една до друга. Имаше видеонаблюдение в цялото имение и дори в шатрата и то можеше да се проследи на охранителните екрани в замъка.

"Каква невероятна атмосфера, Франциско!" Каза един от членовете на Съвета, които седяха около кръглата маса. "Наистина си надминал себе си тази година."

"Извинявай, Клаус, какво каза?" Отвърна Баронът, който понякога недочуваше, особено по-непознати гласове. Клаус посочи към екрана и вдигна палец в одобрителен жест. " О, да, разбирам какво имаш предвид. Благодаря ти. Джой вложи много работа в това тържество."

" Особено ми хареса брилянтната идея да има тридесет гости за всеки един участник от Кръга. Добавя допълнително вълнение в атмосферата, не мислите ли?" попита друг от присъстващите.

"Да", каза Клаус, "ще е от полза утре. Отлична работа и на двамата. Мисля че ще се разходя до шатрата и ще изпуша една цигара по пътя. Изглежда доста оживено там. Някой ще се присъедини ли към мен?"

"Да, аз бих дошъл с удоволствие" отговори един от другите и двамата излязоха заедно. Целият замък бе пълен с хора, които се забавляваха, но това, което се случваше в градината и около шатрата изглежда бе най-популярно, отчасти заради мекото време, отчасти защото в залата ставаше задушно, когато бе препълнена.

Най-празнично настроени от всички бяха тринадесетте от Вътрешния Кръг, които се чувстваха заредени от вълнението на гостите около себе си. Барон Седолфсен и жена му бяха навсякъде. Всички искаха да поговорят с тях и те с неприкрит ентусиазъм взимаха участие в разговорите. Бяха изключително доволни от хубавото настроение на гостите си.

Когато събитието официално приключи в полунощ, домакините останаха близо до изхода на залата, за да благодарят лично на всички, които искаха да пожелаят лека нощ, а това бяха всички, които не трябваше да си тръгват рано.

Когато и последните посетители се разотидоха малко преди един и от персонала бяха заключили вратите на замъка, сякаш от земята изникнаха всички от Вътрешния кръг и се събраха в средата на залата. Всички бяха усмихнати до уши.

"Свалям ти шапка, Франки, на теб също, скъпа Джой, наистина ни накарахте да се гордеем тази година." Последваха аплодисменти.

"Благодаря, чичо Хокон, много благодаря на всички ви от името на Джой и от мое име. Ако ме извините, имам някои неша, които трябва да свърше преди да си легна, но вие може да продължите до сутринта ако искате. Със сигурност има достатъчно храна и напитки, но ако нещо липсва, просто питайте персонала. Лека нощ."

Баронът затвори Свещенната стая с дистанционното и се оттегли в покоите си силно въодушевен, но също така искаше да запази сили за по-късно през нощта.

Оуен Джоунс

3 НОЩТА НА СТОТНИЯ ВЪЗПИТАНИК

Повечето от членовете на съвета прекараха следващата сутрин в леглата, а следобеда разхождайки се из имението, ловейки риба в езерото, което беше добре зарибено и популярно със пъстървата, която можеше да се хване в него. Семейство Седолфсен имаха някои неща за вършене, но бяха оставили по-голямата част от организацията в ръцете на Максимилиан, тъй като вече нямаше нужда от кетъринг.

Бяха сервирани закуска и обед, но след това нямаше никакви официални трапези, тъй като по стара традиция всички вечеряха заедно след като приключеха срещата около десет вечерта.

Стаите на всички от Съвета бяха получили достъп до снимките от партито предната вечер и всички бяха отделили по час или два да прегледат най-интересните моменти, за да преживеят отново събитието и да се подготвят за вечерта, която ги очакваше.

Церемонията започна в седем. Всички светлини в общите части на замъка бяха угасени. Само в кухнята бе позволено да използват електричество, за да приготвят вечерята. Факли напоени със смола бяха окачени по стените край пътеките, свещи и огньове горяха в камините на всяка стая. Трептящите светлини караха замъка да изглежда като в пожар. Когато Максимилиан удари гонга в седем часа, тринадесет фигури облечени в дълги до земята черни роби с качулки напуснаха стаите си и тръгнаха към кабинета, носейки в ръце пред себе си големи свещи. Когато всички стигнаха пред вратата на кабинета, водачът им взе един голям, черен ключ и тържествено отключи вратата. Тринайсетте влязоха в редица в стаята, която вече не изглеждаше съвсем обикновена и изчакаха докато друг ключ бе изваден и те бяха допуснати в Свещената стая. Докато всеки един от тях стоеше на прага на стаята, му бе задаван въпрос: "Кой бе последният, но също така и първият Велик Майстор?"

С тихо промърморване всеки от дванайсетте отговори, така че само пазачът на Свещената стая да чуе, и ако отговорът бе верен, да ги пусне да влязат. Всеки един отговори правилно и зае място зад стола си.

"Питам всички вас, които стоите тук, какво е първото условие, за да дадем начало на срещата?" запита пазителят на ключовете.

" Да ти докажем, о Пазителю, че ние сме членове на Вътрешния кръг, предани и истински, и сме достойни за мястото си на тази маса." - изрекоха дванайсетте в един глас.

" А сега ми кажете, как ще го докажете?"

" Ще го докажем, Пазителю, като разкрием истинската си същност според древната традиция." - бе отговорът.

" И каква е тази древна традиция, за която говорите?"

" Ще се издигнем от Мрака към Светлината и ще бъдем признати за верни членове на кръга."

"Така да бъде тогава, ще започнем с номер тринадесет."

Един от хората направи крачка напред, постави свещта си в свещника на масата и започна да сваля дрехите си. Той закачи наметалото си на стола и застана пред него. Бе облечен с бяла роба с множество петна и цветни кръпки.

" Казвам се Ерик." каза той и положи два от пръстите на дясната ръка над сърцето си " и съм Майстор-артист от Ателието по изкуствата в Оденсе. Предавам почитания от името на всички предани и истински артисти, художници и чираци на Ателие Оденсе.

" Влагодаря ти, братко художник. Дарбата ти и сърцето на художник, покрито с боя, са добре дошли, а почитаниятат ти са приети. Добре дошъл в Кръга. Номер дванадесет..."

Същото се повтори с всички от номер дванадесет до номер две, който беше Баронесата. Тя бе представител на Арт-ателие Езеро Мьоса. Когато дванайсетте Майстори-художници се представиха, Пазителят заговори отново.

"И аз като Пазител на Свещената стая ще разкрия истинската си идентичност в знак на уважение към вашата откритост и доверие."

Той свали качулката си и отдолу се откри барета, след това свали и наметалото и разкри художническа престилка.

"Добре дошли в замъка Мьоса, братя и сестри художници, членове на Вътрешния кръг. Бъдете така добри да поздравите от мое име художниците и чираците във Вашите ателиета, и нека сега да заемем местата си".

"Скъпи колеги артисти, преди да започнем, нека да отделим време да отворим широко Ателието. Кое е нещото, от което светът наистина има нужда повече от всякога?"

" Просветление!" -долетя от всички страни отговорът.

"Да, мили братя и сестри, но всеобщо просветление, не това носено само от избрани за избрани, така че нека да проявим вяра и да се гмурнем в мрака вярвайки на Висшите сили. Сега угасете вашата лична пътеводна светлина, която ви доведе тук тази вечер и вярвайте в Общото благо."

При думата "сега" всички свещи угаснаха и Светата стая потъна в мрак.

" Велики вселенски художнико" - възкликна Джой - " молим те, помогни ни в този тъмен час!"

В мрака над тях проблясна искра и една свещ потрепна с пламък, после още две, следвани от още четири, след които още осем. Петнадесет, магично число, дължината на четката за рисуване - средство за просветление.

"Както вече знаете днес е нощта на стотния възпитаник и тя е изключително специална за нас. Не само, че се състои веднъж на всеки четири години, днес тя се състои за стотен пореден път и имаме четирима потенциални нови възпитаници. Сигурен съм, всички знаете, че предната вечер имахме 390 гости, което значи по тридесет гости за всеки един от участниците във Вътрешния кръг и че нашите срещи се състоят само веднъж в годината на 30-ти март. Всички съдбовни числа са в сила тази година, така че нека тя бъде успешна. Ерик от Оденсе, можеш ли да сложиш наметалото и качулката си отново и да подготвиш възпитаниците във външната стая, докато ние тук се подготвим за твоето завръщане." Той потропа на едно парче кедрово дърво с дръжката на една петнадесет инчова четка за рисуване, с което даде знак, че темата е приключила и майсторът-художник от Оденсе напусна стаята безшумно.

Докато той въвеждаше възпитаниците в кабинета и им даваше съвети как да се представят пред Съвета, другите дванайсет подготвиха Свещената стая. Те свалиха различни произведения на изкуството от стените, положиха ги наоколо из стаята, след което сложиха маски и дрехи, които сами бяха направили. Наметнаха отново пелерините и качулките отново и застанаха скрито на различни места из стаята. Накрая прозорецът, които гледаше навън, бе активиран, свещите запалени отново и поставени по местата си, а полилеят-угасен. Франциско натисна едно копче и малка червена светлинка примигна високо в най-горният ъгъл на кабинета. Ерик очакваше тази светлина и бе единственият, който я видя. Всички чуха виене на вълци и зловещ кикот.

"Възпитаници, време е да покажете че сте достойни да сте част от нашето уважавано общество." Воят и кикотът продължаваха и докато всеки от възпитаниците показваше все по-силни признаци на безпокойство, Ерик добави " обърнете се надясно, за да завържа очите ви... Окей, обърнете се наляво и изчакайте моя сигнал, за да влезете в Стаята за Изпитания, където може би ви очакват духове, демони и други страховити същества. Вашите ментори ще ви насочват, така че - вярвайте им и нищо лошо няма да се случи. "Вая кон Диос", вярвайте само в Бог, себе си и вашия ментор. Ще очаквам тези от вас, които оцелеят в Другия Свят."

Чу се кратък удар от гонг някъде из замъка и вратата на Свещената стая се отвори с пискливо, страховито скърцане.

"Възпитаници, направете петнадесет стъпки напред по моето броене, но внимавайте, само петнадесет, нито крачка повече или по-малко. Там ще откриете вашите ментори. Успех! Прекрачете в мрака, смели приятели!"

Те тръгнаха предпазливо напред един по един, докато внимателно брояха на висок глас докато не спряха на петнадесетата стъпка.

"Спрете до тук!" - извика един от менторите през шума докато стисна здраво дясната ръка на своя ученик над лакътя.

"За Бога, спрете, преди да е твърде късно!" - извика и вторият, докато се добираше до своя възпитаник. Към третия и четвъртия се отнесоха по същия начин и всички те бяха отведени в четирите ъгъла на стаята, като трябваше да си проправят път сред препятствията из стаята докато чуваха писъците на членовете на Съвета, покрай които преминаваха. Това бе достатъчно плашещо за младите възпитаници, но превръзките, които носеха, бяха направени от коприна и не покриваха плътно очите им, така че те от време на време успяваха да зърнат бегло различни неща.

Когато уплашените младежи стигнаха до привидно сигурните си ъгълчета, все още сграбчени от своите ментори, видеостената оживя и разкри гледката на глутница вълци, които ядяха мърша под звука на гръмотевици и небе раздирано от светкавици. Сенките на демонични зелени фигури облечени в черно се прокрадваха между вълците. Бе толкова реалистично, че мнозина биха повярвали, че стоят в средата на тази ужасяваща сцена някъде навън в гората.

"Възпитаници на художниците, очите ви бяха превързани, за да предпазим чувствата ви от злото, което ви заобикаля в този свят, но някои от вас, най-смелите, най-смирените и най-искрените, ще успеят да видят ужаса, който може да сполети човечеството, дори с превръзка на очите. Ако някой от вас е успял да стори това, то аз го приветствам и го каня да почерпи сила от знанието, че неговите Братя и Сестри са тук, за да го пазят от зло. Ментори, моля ви, преведете своите възпитаници през нашите свещени земи, но ги насочвайте внимателно и ги защитавайте от Злото."

Те тръгнаха криволичейки из стаята, като се опитваха да скрият, че просто вървят в близост до стените през повечето време. Когато минаваха покрай кръглата маса или някое от местата, където стояха другите участници, се случваше нещо неочаквано и страшно на фона на виещи вълци и демони, които се забавляваха така, както хората си го представят.

Един от кандидатите се спъна и почти припадна, но бе окуражен от своя ментор.

"Бъди смел, Робърт, почти успя да преминеш през тази страховита вечер. Нека аз бъда твоя водач, щит и подкрепа."

Робърт продължи, но вече бе убеден че не е преминал теста и е разочаровал своя учител.

"Виждам Братя, които пристигат," - чу се глас от тъмнината. "Братя, добри ли са сърцата ви?"

" Да, Братко, а твоето?"

" Да, търсим подслон от тази лудост!"

"Ще се присъедините ли към нас?"

" С радост ще се присъединим." - бе отговорът. Още три пъти бяха разменени поздрави и всички осем се отправиха към масата, където вече седяха другите девет. Първият ментор потропа с кокалчетата си по масата.

"Кой е там?"- извика Франциско.

"Ние сме осем Братя и Сестри, предани и искрени, търсещи подслон и храна. Беше дълга и грозна нощ."

"Осем, казвате? Но ние имаме място само за още четирима. Кой ще изберете да изоставите?"

" Никой, Братко, ако няма място за всички ни, ще трябва да продължим да търсим, защото ние сме предани и искрени и помежду си."

"Като виждам такава преданост, ще трябва да намеря още четири стола, за да може вие всички да вечеряте с нас. Добре сте дошли, истински Братя и Сестри."

И с това всички участници свалиха своите демонични маски и дрехи и ги прибраха в чекмеджетата на масата пред себе си.

" Излезте напред, Братя и сестри, нека да ви видим."

Първият ментор свали наметалото на своя възпитаник. " Нека ви представя Милисънт, една от ученичките от Осло, а аз съм нейният учител, Вилем от Осло. И той свали наметалото си. Останалите три двойки ги последваха.

"Майстори художници, преди да позволя на вашите възпитаници да се присъединят към нашето знаменито събиране, имам два въпроса - един към вас и един към тях. Защо те имат превръзки на очите?"

" За да бъдат предпазени от ужасите на нощта."

"И така възпитаници, ако мракът крие ужаси, какво най-много ви се иска да видите сега?"

" Светлина!"- изрекоха трима в един глас, четвъртият каза "Светлини!" -преди да усети, че е сбъркал и да се поправи - "Светлина!"

Тих смях се чу откъм някои от присъстващите.

"Ами, ако нашите гости искат Светлина, дори повече от една, нека бъде Светлина" - и докато полилея се спусна около метър и свещите запламтяха, менторите свалиха превръзките на своите възпитаници.

" Преди да седнете на масата и в чест на вашата искрена природа, ние също ще разкрием своята идентичност. Номер тринадесет?" и всички отново свалиха мантиите си. Когато и Франсиско свали своята, всички ментори и възпитаници бяха упътени към местата си около масата.

"Добра работа, ученици" - каза Франсиско, "нека аз първи да ви стисна ръка и да ви пожелая добре дошли в Главното Ателие. Тук ще се насладим на храната днес и утре, след което вие ще се завърнете в Ателиетата си със знанието, че някой ден може да бъдете поканени отново да седнете на тази маса, този път за постоянно, както ние седим тук сега.

Младежите се огледаха наоколо, но само масата бе осветена. Стените, които бяха малко по-далеч оставаха в сянка, а видеостената бе угасена.

"Братя и Сестри, моля отдръпнете се няколко сантиметра."

Франсиско натисна един бутон в джоба си и масата бавно изчезна от поглед. Момент по-късно нова маса се появи пред тях, подредена за седемнадесет души, със супа поднесена в златни купи и хлебчета на златни подноси. Възпитаниците бяха зашеметени от толкова екстравагантност.

"Никакво сребро тази вечер, Братя и Сестри. Тази вечер всичко на масата е от 22 каратово злато. Не го ползваме често, но тъй като днес е Балът на Стотния Възпитаник, моята съпруга Джой и аз смятаме, че е напълно уместно. Джой, би ли казала молитвата за вечеря? Бон Апети на всички!"

Масата се завъртя тринадесет пъти за тринадесет ястия, докато всички говореха оживено. Четиримата ученици бяха особено щастливи да чуят, че всеки от тях ще получи двуседмична ваканция в Испания. Не бе чак такава изненада, тъй като вече бяха чули слуховете за ваканцьонните апартаменти, които организацията притежаваше в различни краища на света, но две седмици бе двойно повече, отколкото възпитаниците обикновено получаваха.

"Не се тревожете,"- успокои ги Франциско -"вече сме говорили с вашите шефове, или родителите ви."

"Само за едно ще ви предупредя, що се отнася до вашата ваканция, от вас се очаква да се държите по начин, достоен за прославената ни организация. Повечето от имотите ни в чужбина са наша собственост от години, и ние имаме контакти в околностите, които ще ни осведомят за вашето поведение. Постарайте се то да е безупречно. След като приключихме с това, надявам се всеки от вас да се забавлява през ваканцията. Заслужихте си го. Добра работа!" Франциско даде начало на аплодисменти и бе последван с голям ентусиазъм от останалите участници в Кръга.

Когато церемонията и вечерята приключиха и всички бяха яли, пили и говорили до насита, те доволни се отправиха към леглата си.

Злите духове на улица Гоя

Оуен Джоунс

4 ФРАНК И ДЖОЙ

Франк бе висок и красив банкер около петдесетте, който работеше в центъра на Лондон, но като специалист по търговски заеми често трябваше да пътува до други филиали, за да се среща с клиентите по-близо до работното им място. Всеки ден по обед, а понякога и след работа, той посещаваше някой от пъбовете в околията за да хапне нещо. Беше ерген и живееше сам, и не обичаше да си готви. Ако някоя вечер му се приискаше да разпусне с едно питие, просто си викаше такси за вкъщи, така или иначе никога не караше до работа.

Той беше заможен, или поне имаше хубава заплата, бе спестил доста пари и имаше инвестиции в банки с изгодна рента. Но бе самотен. Започваше да съжалява, че никога не отдели време да открие своята половинка, с която да прекара живота си. Напоследък бе установил, че все по-често остава сам. Беше му омръзнало да яде и пие твърде много, само за да докаже на себе си и на колегите, че си изкарва добре. С напредването на възрастта ставаше все по-трудно да срещне някой, но все още не бе загубил надежда съвсем.

Един петък по време на обедната почивка, вниманието му бе привлечено от група от Посолството на Тайланд, които празнуваха нещо в бара. Бяха около двайсетина, почти по равно мъже и жени на приблизително еднаква възраст. Една от жените, която според Франк бе около тридесетте и също така една от най-красивите дами, които бе виждал, забеляза вторачения му поглед. Първо го удостои само с бегъл поглед, последван от бърза усмивка прикрита с ръка, а след известно време и по-открити прояви на интерес.

Той погледна часовника. Обедната му почивка бе отлетяла и трябваше да тръгва, но как можеше да си тръгне точно сега, при тази толкова рядка възможност?

Франк се замисли." Рядка? Рядка дори не бе правилната дума за случая. Това си беше възможност веднъж на милион." Той бързо взе решение и се обади в офиса с извинението, че е болен.

" Седнал съм във винения бар надолу по улицата. Виж, извинявай много, но се чувствам зле. Може би е нещо от мидите, които ядох... Не, няма нужда... Напълно съм сигурен... ще поседя още малко тук, може би ще ида два - три пъти до тоалетната и ще си хвана такси към вкъщи. Когато се почувствам готов... ако разбираш какво имам предвид... Да, разбира се, благодаря. Да, глупаво е, но и това се случва понякога. Може би е добра идея човек да не яде морски дарове в петък. Така може да си развали уикенда"

" Ох, нещо ме свива стомаха пак, трябва да притичам до тоалетната. Ще се видим в понеделник. Благодаря, довиждане."

Когато се увери, че тайландското парти няма да приключи скоро, той поръча една бутилка по-хубаво червено вино "Риоха" и продължи да следи с поглед тайландката, заради която бе излъгал шефа си за първи път от тридесет години.

Беше в добро настроение след като бе излъгал началника си, Майк, и реши да рискува. Вдигна чаша към жената от тайланд и каза "Наздраве!" Сърцето му подскочи, и леко му се зави свят, когато тя вдигна в отговор чаша с прозрачна течност.

Хвана го яд, че е поръчал цяла бутилка червено вино, тъй като тя явно пиеше бяло вино или вода. От разстояние бе невъзможно да отгатне, но никъде по масата не се виждаше бутилка от бяло вино. За мо2мент помисли да върне бутилката, като каже, че виното е кисело и да си поръча чаша "Шабли, но вече бе излъгал веднъж, и това му бе достатъчно.

Когато я видя да се отправя заедно с още три дами към тоалетната, реши да поеме риска. Усмихна ѝ се с най-широката си усмивка, докато минаваха покрай масата, на която седеше. Помисли си, че ще умре, когато тя отвърна на усмивката му и го подмина. Зачуди се, колко време отнема на четири жени да се освежат в тоалетната. Може би три до пет минути, пресметна той, но реши че не може да е твърде сигурен и затова започна да отброява обратно от четири минути. По средата на броенето се сети, че на часовника си Омега има хронометър, но вече бе късно и почти бе забравил докъде е стигнал в броенето.

Като реши, че са минали около четири минути, той се изправи и застана до бара, близо до масата на която бе седял. Щяха да са принудени да минат покрай него една по една и ако тя бе последна, щеше да я заговори. И като по часовник след триста и дванадесет секунди дамите минаха покрай него; всичките се усмихваха, а две почти се разсмяха.

Той се досети, че е бил тема на разговор в тоалетната, но молитвите му бяха чути и "неговото момиче" мина последна. Направи крачка пред нея.

" О, простете. Моля да ме извините! Добре ли сте? Не знам какво си помислих!"

" Добре съм. Всичко е наред", каза тя докато се усмихваше широко на нескопосаното му изпълнение. След няколко секунди ѝ стана неудобно.

"О, виж колко съм глупав, стоя на пътя ти. Нямаше как да не забележа теб... и приятелките ти... някакво събиране ли имате?"

"Да", отговори тя, подсмихвайки се на непохватното му поведени и очевидните намерения. " Днес е годишнината на нашия крал, и затова следобеда не сме на работа. Празнуваме рождения му ден... пети декември е официален почивен ден в Тайланд."

" О, ти си от Тайланд! Колко интересно!", каза той, преструвайки се на пълен невежа. " Аз съм Франк, междудругото" изстреля бързо, докато протягаше ръка за поздрав.

" Приятно ми е, Франк, аз съм Джой" , отвърна тя, докато изглеждаше все едно още се забавлява на някаква шега от преди малко.

" Джой, когато събирането ви приключи, може ли да те черпя едно питие за да отбележим кралския рожден ден?"

Тя се поколеба за кратко, от благоприличие, преди да приеме поканата.

" Приятелките ми си тръгват в три. Мислех да вървя с тях, но предполагам че мога да изпия по чаша вино с теб... за да отбележим празника, разбира се."

" Да, разбира се, в чест на краля. Ще те чакам тук."

Франк никога не се беше интересувал кой знае колко от кралски знаменитости, но точно сега благодареше на Господ, че Тайланд имаше крал.

Двамата прекараха страхотно следобеда и вечерта, но също като Пепеляшка, Джой трябваше да се върне в посолството преди полунощ и Франк я изпрати до там. Имаше чувството, че върви по облаци. Вече бе разбрал, че е много влюбен в тази екзотична красавица, нещо с което и тя бе наясно. Джой наистина харесваше англичанина, но като много други жени в същата ситуация и тя бе доста предпазлива. Въпреки това, когато той предложи да се срещнат на следващия ден, тя захвърли настрани всяка предпазливост и прие. В събота се съгласи да се срещнат и в неделя и към края на деня никой от двамата нямаше съмнение, че са много влюбени.

Прекарваха заедно всяка възможна обедна почивкаи всяка вечер, но Джой отказваше да се нанесе в апартамента на Франк. Настояваше всичко да е по "стар английски обичай".

Прекараха коледните и новогодишни празници в планиране на сватбата, с помощ от родителите на Франк, но също така говорейки с часове онлайн с майката на Джой в Утарадит, Тайланд. Майка й не говореше английски, затова Джой превеждаше. Традиционната британска сватба щеше да се състои на 30-ти март, след това щяха да заминат на сватбено пътешествие към Испания, място което Джой винаги бе искала да посети, преди да се отправят към Тайланд, където щеше да има гражданска церемония и будистка сватба за всички от семейството и приятелите, които не бяха успели да присъстват в Англия.

Франк принадлежеше към англиканската църква и идваше от Съри, а Джой изповядваше будизма и бе от едно малко селце в Северен Тайланд, макар че дълго време бе живяла в Банкок преди да бъде командирована в чужбина. Родителите и имаха оризова ферма, но майка й бе принудена да даде земята под аренда, когато съпругът и бе починал преди десет години. Над деветдесет процента от семейството все още живееха в областта, но никой от тях нямаше против сватбата. Решиха да направят гражданската церемония в Банкок, където Джой имаше много приятели, и будистка церемония в селото, така че семейството й и приятелите от ученическите години да могат да присъстват.

Джой се забавляваше да казва, че три сватби за четири седмици е много повече от това, за което една жена може да мечтае, особено когато всичките са с мъжа, който обича. Франк не бе чак толкова ентусиазиран. Имаше средства, и да си вземе свободно от работа не бе проблем, но не му харесваше идеята да е център на вниманието толкова често за толкова кратко време.

Малко му се гадеше само при мисълта за това, този път наистина.

" Не се тревожи скъпи", уверяваше го тя. " Тайландските сватби са много непринудени. Мисля, че са по-забавни от традиционните английски сватби, които съм виждала във филмите."

Всички колеги на Франк веднага харесаха Джой а шефът му им предложи своя апартамент във Фуенхирола за две седмици. Когато провериха Фуенхирола в Гугъл Ърт, Джой изпадна в екстаз.

"Винаги съм искала да отида точно там! Иска ми се да видя Торемолинос, Беналмадена, Лос Боличес, Марбея и Гибралтар. Коста дел Сол звучи толкова романтично, не мислиш ли? Ще е просто перфектно."

И така Франк прие с благодарност предложението. Също така остави бъдещата си съпруга и майка си да се погрижат за всички детайли около сватбеното тържество в Съри. Джой с радос се зае да научи всички традиции около британските сватбени традиции. Прочете всичко, което успя да намери по темата и настоя всичко да е изрядно до най-дребния детайл, защото макар никой да не знаеше и тя като повечето хора от Тайланд бе много суеверна.

Тя специално настоя да носи "нещо старо, нещо на заем и нещо ново", но спази и други традиции като тази първо да са сгодени, да носи воал, да покани Майк за кум на Франк и една жена от посолството за шаферка, както и да раздаде на гостите подаръчета-ръчно изработени Уелски любовни лъжици.

Сватбената церемония се състоя в една малка, красива селска църква, която бяха успели да намерят набързо.

Само шейсет гости бяха поканени на церемонията и малък прием в местния хотел и в тях бяха включени приятелите на Джой от посолството. Впоследствие Франк винаги щеше да се пита дали майка му бе намалила броя на гостите защото жена му не бе британка, не бе европейка, не беше член на Англиканската църква или защото изповядваше Будизма, бе с тъмна кожа и от Тайланд. Никога нямаше да я попита, но щеше да си спомня за това до последния си миг. Джой от своя страна не забелязваше неговите подозрения, или поне никога не бе казала нещо по темата. Тя бе най-прекрасната и щастлива булка, която бе виждал и сърцето му бе изпълнено с гордост и радост.

Разбира се Джой не бе истинското и име. Тя се казваше Праном, но всички от Тайланд имаха галено име, което ползваха сред приятели. Някой избираха имена по-популярни в Запада, но не всички.

Франк намираше, че "Джой" (което значи Радост) и прилягаше, защото тя носеше усмивки и радост на всеки, който я срещнеше. Смяташе себе си за най-щастливия мъж на Земята, но така мислят всички младоженци.

Джой мислеше, че сърцето ѝ ще се пръсне от щастие, когато Франк я хвана за ръка и я поведе към олтара цялата в бяло с всички погледи вперени в нея. Без съмнение това бе най-важния момент в живота ѝ, и тя бе поканила десетима приятели и един професионален фотограф за да е сигурна, че всеки момент от деня ще бъде запечатан за спомен. Копие от сватбеното видео веднага щеше да бъде качено в интернет, за да може приятелите и семейството и да го гледат, когато решат.

След приема, Франк и Джой хванаха такси до малък хотел не далеч от летище Гетуик. Бе твърде късно да пътуват същата вечер, така че бяха поръчали билети за полета за Малага в дванайсет на следващия ден.

Пътуваха в първа класа и получиха обяд с шампанско по време на тричасовото, изключително комфортено пътуване. Бяха уредили визата на Джой предварително. Така че, когато кацнаха, просто трябваше да минат митническа проверка и да се отправят към таксито, което вече ги чакаше отвън.

"Към Малага, нали?", попита шофьорът на почти безупречен английски.

" Какво? Не. Фуенхирола... улица Гоя. Забравил съм номера на блока, но имам снимка."

"Прощавайте, няма проблем, ще сме там за двадесет минути. Вие сте на сватбено пътешествие? Колко хубаво. Ще си изкарате незабравимо тук. Сигурен съм в това. Помнете ми думата."

И след тези думи шофьорът тръгна, натисна газта и не каза нищо повече. Магистралата вървеше покрай брега през цялото четиридесеткилометрово пътуване, а Средиземно море блестеше синьо и сребристо на следобедното слънце. Подминаваха селца и малки градчета от двете страни на пътя, всички опустели заради прословутата андалуска следобедна сиеста. Всичко живо в областта буквално спираше да работи между два и пет всеки следобед. Джой стисна ръката на мъжа си с любов и вълнение. Това беше всичко, за което си бе мечтала, а тя бе всичко, което той някога бе искал.

Твърде скоро такситото отби от магистралата и подкара по призрачните улици в южната част на Фуенхирола.

" Виждам изражението на лицата ви, но не се заблуждавайте. Часът е само четири и половина. След половин час ще гъмжи от народ, а ако тръгнете надолу по тази улица, Камино де Коин, след двадесет минути сте на плажа. Там няма сиеста! Да видим сега", продължи шофьорът и нагласи навигацията. "Улица Гоя, нали? Ето тук е, точно до Камино де Коин, тази на която сме сега. Хубав квартал. Без всякаква измет, ако разбирате какво имам предвид... вашата сграда е... тази тук. Трябва ли ви помощ с багажа по стълбите?"

" Благодаря, но ще се справим и сами. Би трябвало да има асансьор."

"Окей, значи четиридесет и едно евро и осемдесет цента, да кажем четиридесет евро ако плащате в брой. Благодаря и добре дошли в нашата страна и в нашата провинция. Пожелавам ви да си прекарате приятно."

"Да, със сигурност ще изкараме добре. Благодаря много и довиждане."

Джой и Франк погледнаха нагоре към сградата преди да отворят пътната врата и да хванат асансьора до втория етаж, където щяха да се настанят.

"Обожавам това място", възкликна Джой докато Франк се суетеше с ключа и ключалката.

Злите духове на улица Гоя

5 ВКЪЩИ, ДАЛЕЧ ОТ ДОМА

"Хайде, да влизаме…"

" Не, пак трябва да го направиш."

" Какво? А, това ли, но нали снощи го направих."

" Да знам, но не беше в нашия дом. Беше просто репетиция."

"Добре, но и това тук не е нашия дом."

"Зная, но за кратко ще ни е като дом и освен това може да е повод за още една репетиция. Много обичам странните английски традиции, нямаме такива в Тайланд."

Франк остави багажа до вратата, вдигна кикотещата си съпруга и я пренесе през прага. Целунаха се преди да я остави отново на земята.

" Така по-добре ли е, Тигрице?"

"О да, никога не ми е достатъчно времето прекарано в силните ти ръце. Коленете ми омекват всеки път."

" Познато ми е това усещане, скъпа. Да те държа в ръце, дори само да те гледам ме кара целия да се размеквам, освен една част от тялото."

" Знам. Усещам как се отърква в дупето ми. Ако те боли, мама може да го помасажира за теб, татенце."

" О да, моля. Татенцето с удоволствие…" той се спря внезапно като чу сподавен смях някъде нагоре по стълбището. Пусна Джой бързо и затвори врата тихо.

" О, Боже, мисля че някой ни чу."

" Няма значение, татенце. И двамата сме зрели хора, разрешено ни е да имаме своите фантазии. Не просто това, ние сме женени и това е нашето любовно гнездо за следващите две седмици, защо те е грижа дали някой ни е чул и какво са чули?"

" Ами ако е някой от банката?" Не можеше да разгадае изражението ѝ. "Какво ако се разчуе в банката? Ще стана за смях!"

" О, не мисля... по-скоро някой ще ти завижда, че красива тайландка, наполовина на годините ти, масажира различни части от теб."

" Така е", съгласи се той по-скоро за да запази мира, а не защото не се страхуваше, че ще стане тема за разговори в банката. " Я да видим какво можеш, започва да става голям и набъбнал."

"Нека мама да се оправи с това, татенце. Ела при мама", каза тя и го придърпа на пода в антрето, точно до току що затворената врата.

Когато приключиха и се бяха облекли отново, Франк пренесе куфарите в спалнята и направиха една обиколка из апартамента.

Първото впечатление бе, че всички стаи са с прилични размери. Апартаментът не беше голям, но и двамата бяха живели на по-малко място като студенти. Беше оскъдно мебелиран, и там където нямаше плочки, стените бяха боядисани в бяло. И двамата бяха на мнение, че изглежда типично испански, дори по-точно - андалуски, макар че нямаха точно обяснение какво значи това. Апартаментът бе разположен по цялата дължина на сградата, с големи прозорци в задната част на спалнята и предната част на всекидневната, която преминаваше в малка веранда, от която се носеше лек бриз. Имаше вентилатори на тавана във всяка стая и климатична инсталация в целия апартамент. Банята и отворената кухня изглеждаха стилни и модерни. На стената висеше голям плазмен телевизор с оптичен интернет.

В хладилника имаше две бутилки вино: една с червено и една - Кава. Имаше и малка картичка с надпис: "Подарък от шефа, г-н Майкъл. Добре дошли и приятен меден месец."

" Колко мило от негова страна, нали?" каза Джой.

" Да, можеше да е шампанско... но..."

" О, Франк, стига. Зае ни прекарсния си апартамент, оставил ни е вино в хладилника. Нека просто да сме благодарни. Възможно е да е помолил за шампанско, но управителя да е взел "Кава" вместо това. Кой знае? Нека просто да сме благодарни и да не си правим заключения. Наслаждавай се, скъпи."

"Имаш право, Джой. Не знам как съм живял досега без теб, караш ме да виждам нещата по-ясно? Бил съм пълен чекиджия."

" Какво е чекиджия?"

"Мъж, който прави сам това, както ти ми направи преди малко. Или поне това е буквалният превод. Означава, че съм бил пълен идиот."

" Ти не си идиот Франк, но можем да кажем , че всички мъже понякога са чекиджии."

Той се разсмя и я прегърна.

" Чувствам се двайсет години по-млад, скъпа. Обичам те. Какво ти се прави сега?"

" Най-много ми се иска да разопаковам дрехите си преди да са се намачкали съвсем. Има поверие, че ако живееш в куфар твърде дълго, рискуваш да остане така за цял живот, а не искам това да се случи на нас. Искам да живеем в хубав дом и да сме щастливи."

" И аз искам същото, но една, две вечери не са проблем?"

" Не съм сигурна точно какво гласи поверието, но сигурно е различно за всеки. За да не рискуваме, ще разопаковам нещата и на двама ни. Идвам след млако."

"Щом така си решила. Аз ще съм тук и ще прочета картичката за добре дошли и инструкциите за това кое как работи. Не е особено вълнуващо, но и това трябва да се свърши. Когато си готова, може да отворим "шампанското".

Джой се върна след четиридесет и пет минути.

" Готово. Сега може да живеем, все едно сме си у дома. Тук всичко наред ли е?"

" Да, сега вече знам как работят и печката, и котлоните, и как се включва пералнята на програмата за бельо."

" Това въобще не е романтично, Франк! Искаш да използвам бельо докато сме на меден месец?"

" Ти си едновременно секси и лоша. Ела тук, заслужаваш да бъдеш напляскана!"

"О не, татенце. Извинявай! Харесва ми идеята да останем тук и да си сготвим нещо заедно."

" На мен също, но тъй като все още не сме купили никаква храна, предлагам да оставим бутилката с Кава за по-късно и да излезем да огледаме наоколо."

" Съгласна, но трябва ли да нося бельо?"

" Ако продължаваш да говориш така, няма да излезем от тук тази вечер. Просто излез така както си облечена сега, изглеждаш зашеметително - ти винаги изглеждаш зашеметително."

Докато слизаха по стълбите към първия етаж Франк погледна предпазливо погледна нагоре и си спомни за смеха, който беше чул. Когато стигнаха долу, Джой каза:

" Виж, Франк, първото ни писмо!"

" Странно, не го видях като идвахме. Сигурен съм,че не беше тук на влизане."

" Може някой да го е взел по грешка и после да го е върнал." - предположи Джой.

" Сигурно си права. Не мисля, че пощальонът е минавал след като пристигнахме. Най-вероятно е от сутринта. Би ли отворила писмото, за да видим какво пише?"

Джой отвори писмото с ключа от апартамента, който държеше в ръка, и зачете на глас.

"Добре дошли в моя дом! Купих това местенце преди трийсет години и от тогава то е моето убежище и също така отлична инвестиция. Ако тръгнете наляво и след това по първата улица в дясно, ще откриете един уютен бар с любезен персонал и пиле на грил от другата страна на улицата. Това е Камино де Коин. Ако на излизане свиете на ляво, вървите до края на улицата и после надясно, ще стигнете до бар Ла Теха -възможно най-типичното испанско заведение. Ако продължите още малко надолу ще стигнете отново до "де Коин". Завийте на ляво, повървете пет минути надолу по улицата и ще стигнете до два от най-добрите и най-скъпи ресторанти в града. Пожелавам ви приятно прекарване, поздрави - Майкъл. П.П. Ако подминете ресторантите, след десет минути ще сте на плажа."

"Много мило от негова страна, нали?" каза Франк преди Джой да успее да каже нещо. Искаше да се поправи, за това че бе критикувал домакина им по-рано.

"Така е" , каза Джой, долавяйки тона на Франк, без да добави нищо. "Сега накъде, шефе?"попита тя, когато излязоха на улицата.

" Не съм твой шеф, Джой, дори на шега. Майкъл предложи на ляво от сградата и след това имаме два избора. Да хвърляме ези-тура."

"Да хвърляме монета за Камино де Коин", засмя се Джой. "Нямах предвид, че си ми "шеф", Франк. Традиционните тайландски думи за съпруг и съпруга са "Най" и "Нанг", което буквално преведено значи "шеф" и "съпруга". Просто игра на думи. Извинявай. Трябваше да се досетя, че няма да схванеш шегата. Накъде сме сега?"

Франк провери джобовете си. "Нямам никакви монети".

"И аз нямам. О, почакай! Имам една стара монета от десет тайландски бата, която винаги нося с мен за късмет. Не ми харесва да залагам с лика на краля, така че ти хвърляй."

" Ези или тура за да вървим направо към Ла Теха?"

"Ези".

"Падна се ези, ето ти монетата."

Тръгнаха по малкото възвишение към кръстовището, забелязаха мини-маркет и пекарна и продължиха още петдесет метра до пъба. Две дузини мъже и жени пушеха на тротоара и се чуваше развълнувано бърборене. Пушачите се отместиха да им направят път, но замлъкнаха когато Франк и Джой влезнаха в местния бар.

Седнаха на бара и Франк пробва да поръча две бири на бармана, който ги приближи.

" Голяма бира за мен, ти какво ще пиеш, Джой?"

" Винаги съм искала да пробвам Сан Мигел. Продават я в Тайланд. Много е модерна."

Франк погледна зад бара и видя, че имат Сан Мигел. Имаха късмет.

" Две големи бири Сан Мигел, благодаря" поръча той.

" Пардон, не говоря Английски", каза барманът усмихвано.

Франк не бе идвал в Испания от десет години, но се огледа и откри един плакат с реклама на бира.

" Дос червезас, големи - ъъъ гранде, ъ... пор фавор".

" Си сеньор. Две големи".

Джой бе впечатлена, макар че бе много по-добра в ученето на езици, отколкото Франк някога щеше да бъде.

" Ще ме научиш ли на този израз после? Ще си купя един малък тефтер и ще записвам всички фрази, които научавам докато сме на меден месец. Ще остане хубав спомен за старините ни, не мислиш ли?

"Напълно съм съгласен, пълна си с добри идеи. Не спираш да ме изненадваш".

"Благодаря, скъпи. Ние жените обичаме да чуваме такива неще от време на време".

Когато барманът се върна, вдигнаха чаши за наздравица.

"Не си сложила сутиен? Стори ми се, че видях лявата ти гърда да се подрусва!"

" Нямам нищо по себе си, което не можеш да видиш. Каза "излез както си облечена".

"Вярно, това казах." Положи ръка на рамото и, придърпа я по-близо, целуна я нежно по бузата и погали гърдата й.

"Защо Майк не ни е оставил храна? Можеше да ядем вкъщи", промърмори той. Джой се усмихна, целуна го по бузата и сложи ръка на бедрото му. Погъделичка слабините му с кутре и се разсмя тихо.

" Та къде ще ядем?" попита тя.

"Нека да слезнем до площада да огледаме".

От двата скъпи ресторанта, за които Майкъл беше споменал, те избраха "Вино Тинто". Джой си поръча ребърца със сос от сирена, Франк избра козя плешка с червено вино към нея.

Той въобще не бе впечатлен от жилавия котлет, който му донесоха. Стори му се пресолен. Джой също не хареса храната, която бе твърде солена. Поръчаха си сладолед за да махнат вкуса на сол.

" Ох,много е студено!, възкликна Джой, докато се държеше за долната челюст.

" Предполага се, че е студено, затова се казва сладолед", засмя се той.

" Зная, но ме тормози един зъб. Трябваше да го оправя преди да тръгнем, но ме е страх от зъболекари".

" Хайде да платим и да се разходим наобратно", предложи Франк. "Как мислиш, според теб струваше ли си парите", попита той, докато вървяха.

" Няма с какво да го сравня. Никога не съм била в Испания. Ти какво мислиш?"

В новата си роля на щастлив и неосъдителен мъж, той каза на Джой, че храната е била страхотна, а на себе си наум обеща никога повече да не стъпи там.

Злите духове на улица Гоя

Тръгнаха нагоре по хълма и докато подминаваха Бар "Теха" решиха да влязат и да изпият по една голяма чаша червено вино. От една чашите станаха три, и те тръгнаха към вкъщи много щастливи и леко олюляващи се, след като почти всички в бара бяха научили имената им. Махаха за довиждане докато не се скриха зад ъгъла на улица "Гоя".

Когато вртъна ключа в ключалката, Франк отбеляза толкова неосъдително, колкото може, "Изглежда съседите правят парти". Той посочи към терасата вдясно от техния апартамент, откъдето се носеха силна музика и смях. Вратите на верандата бяха отворени и вътре се виждаха танцуващи сенки. ", промърмори той докато се качваха по стълбището.

Като отвориха вратата и влязоха, Франк бе убеден, че отново чу някой по стълбите на етажа над тях. Подкани Джой да влезе в апартамента, а той сложи пръст пред устата си и зачака. Автоматичните светлини по стълбището угаснаха, но Франк устоя на изкушението да ги включи отново. Стъпки и заглушени гласове се приближиха от мрака и след това лице, разкривено като маска за Хелоуин се появи иззад ъгъла за секунда.

"Му-ха-ха-ха", избухна лицето в истеричен смях и след това изчезна.

" Какво беше това?" попита Джой.

"Нищо особено, скъпа. Просто някакви хлапета на ваканция. Нищо чудно...пияни, напушени и преуморени. Нека да влизаме, няма какво да го мислим. Може да отворим бутилката с Кава и да видим какво дават по испанските телевизии."

Джой опита да изглежда ентусиазирана, но гледката на мъртвешкибледото лице я караше да се чувства неспокойна. Тя отпи една глътка вино и се престори на заспала, но след десет минути беше заспала наистина.

Франк погледа телевизия, докато бутилката свърши. Когато я вдигна, за да се преместят в спалнята, Джой реши първо да си вземе душ.

"Иди да погледаш телевизия още петнайсет минути, скъпи", каза тя. "Ще те чакам в спалнята."

Франк се съгласи, отвори бутилка червено вино и отново пусна телевизора. Когато Джой го повика, той изключи и телевизора, и лампите и се запрепъва към спалнята, оставяйки хола както си е.

Колкото и да бе пиян, все пак успя да прави любов с Джой, но скоро след това заспа. Тя бе доволна, но все още будна и започна да мисли. Когато той захърка, го побутна настрани и изведнъж застина на място. Откъм терасата на спалнята се чуваха звуци и прозорецът бе отворен с пердета подухвани от лекия бриз. Партито все още продължаваше, но специално един звук я накара да се заслуша. Напрегна се да чуе, но думите които идваха през смеха бяха ясно различими: "Може ли мама да го целуне, за да му мине? О, маменце, благодаря ти, не спирай да го масажираш. Ти си лошо татенце, нали? Искаш мама да го целува. Искаш ли и да го оближа? О, да, моля те, маменце..."

Джой не знаеше какво да прави. Измъкна се внимателно от леглото, все още гола и дръпна завесата настрани.

Нищо.

Тъкмо бе започнала да се успокоява и пропълзя обратно в леглото, когато видя нещо да се движи в края на коридора към хола. Приличаше на черна сянка, прегърбена като маймуна, но измежду кикотенията повтаряше отново и отново: " Тайландското маменце развратница. Тайландското маменце развратница има голям проблем."

Джой се свлече в леглото и се зави през глава. Не искаше да буди Франк. Той все още спеше, нищо не подозиращ за това, което се случваше с Джой.

Злите духове на улица Гоя

Оуен Джоунс

6 НА ПЛАЖА

Джой не мигна цяла нощ. Шумът от горния етаж, болният зъб и хъркането на мъжа й не й даваха да заспи. Понякога той дори спираше да диша за секунди и това бе още по-лошо. Един или два пъти и се стори, че чу някой да казва имената им на етажа отгоре, последвани от смях, но нищо не изглеждаше логично. Никой не ги познаваше, а и защо биха се смели?

В 3 и 20 сутринта някой звънна на вратата и сърцето й щеше да изскочи. Чу се ужасно силно. Тя притисна главата си под възглавницата. След още пет секунди, чу че се звъни на още две врати и някой се развика от горния етаж. Чу се мърморене на испански от улицата и външната врата се отвори. Джой искаше да види гостите, които идват; уви се в една хавлия и побърза да погледне през шпионката на вратата. Видя бедро с пистолет и се появи полицай. Някой бе звъннал на полицията, най-вероятно заради шума.

Джой отиде да си легне отново. Почувства се по-добре след като музиката спря. Чу и гласове, които се извиняваха на полицаите. Часът бе 3.40 и Джой си помисли, че най-накрая ще поспи, но пет минути по-късно чу някой да просъсква думите. " Тайландската кучка е звъннала на полицията. Тайландката ще има големи проблеми."

"Не бях аз!" извика тя силно. Чу някой да се смее и Франк се завъртя в леглото.

Залепи се като пощенска марка за гърба му, но той отново бе заспал. Не посмя да стане от леглото преди изгрев. В къщата цареше абсолщтна тишина, но трафикът започваше да се чува от улицата долу. Увита с хавлията тя стана и дръпна завесите настрани, отваряйки широко вратите на терасата. Просветляващото небе и действаше успокояващо и тя подвикна на Франк.

"Само още двайсет минути, скъпа. Не забравяй, че сме на ваканция, имам предвид меден месец!"

Тя отвори предпазливо вратата на спалнята и погледна навън. Всичко изглеждаше както обикновено и тя мина през банята и се отправи към всекидневната. Всичко беше наред. Дръпна пердетата настрани. Видя други жени, коиото миеха терасите и й се прииска да направи същото. Една жена от етажа над нея се провикна към нея " Ола сеньора" и избърбори още няколко фрази докато поклащаше глава неодобрително. Най-вероятно бе помислила, че Джой е от Филипините и коментираше шумотевицат от предната вечер. Джой отвърна с помахване и едно бързо "Добро утро!" вдигна празната винена бутилка и забеляза полупразната чаша пълна с жълто-зелена слуз. Сложи бутилката в мивката, и с мисълта, че на Франк му е станало зле и е повръщал, изля слузта в тоалетната и изми чашата.

Действаше й успокояващо, точно както, когато живееше в Тайланд и миеше плочките по пода всяка сутрин, но не можеше да спре да мисли за последните десет - дванайсет часа. Внезапно отново чу нещо от терасата в предната част на апартамента "Тайландската проститутка ще има големи проблеми."

Първата й мисъл бе да изтича, за да види кой е, но бе твърде уплашена, а и не искаше да остави стъпки по чистия, все още мокър под. Някой я прихвана през кръста изотзад и тя подскочи, ритна кофата и четката и разля съдържанието на пода.

"Добро утро, скъпа! Нещо си нервна? Добре ли спа?"

" Франк, това си ти! Щях да умра от страх!"- каза тя исе притисна в него.

" О, какво ти има? Случило ли се е нещо? Ела да разкажеш на татенцето всичко".

Той я поведе за ръка към дивана и забеляза мократа чаша и празната бутилка.

"Не мисля, че да пиеш толкова рано сутрин е добра идея."

"Какво?"- успя тя да изрече едва.

"Виждам, че си допила червеното вино. Не ме разбирай погрешно, не е проблем, но изглежда че те кара да се чувстваш нервна."

"Мислиш, че аз съм пила червено вино преди закуска? Ти си този, който го е допил снощи и е повърнал в чашата. Тъкмо изчистих всичко!"

" Не, не съм бил аз, скъпа. Изпих най-много две чаши и не ми е ставало зле."

"Беше пиян, не си спомняш всичко..."

"Бях пиян, признавам, но ми се е случвало да пия много повече и не ми е ставало лошо от години.

Спомням си много ясно, че остави чашата и бутилката точно тук, не ми се занимаваше да разтребвам. Легнах си без дори да взема душ, правихме любов и след това и двамата заспахме. Виждаш ли, всичко си спомням. Даже нямам махмурлук."

"Слушай, нека ти помогна да забършем разлятото. След това може да се изкъпем, да се разходим до магазините, които видяхме вчера, малко шопинг и ще се върнем да закусим, след това може да идем до плажа?"

"Да, звучи добре..."- каза тя, но имаше усещането, че нещо не е наред.

" Ти не чу ли някакви странни шумове снощи?"

" Не... само проклетото парти. Това никога не би се случило в Британия; някой със сигурност щеше веднага да звънне в полицията."

" Точно това и стана. Някой звънна на полицията и те дойдоха около три часа."

" Сигурно са били някакви пияни младежи на ваканция. Създаваха ли проблеми?"

" Какво? Не, не мисля. Полицаите бяха тук само за няколко минути. Франк, мисля че младежите смятат, че ние сме ги повикали."

"Не, защо ще мислят такова нещо? Наоколо живеят стотици хора, може да е всеки. Аз дори не знам номера за спешни повиквания в Испания, ти знаеш ли го?"

Тя поклати глава.

" Защо някой ще подозира нас, и защо трябва да ни е грижа, ако е така? Не е забранено, човек да звънне в полицията, ако се случва нещо нередно."

"Не, но не искам хората да мислят лошо за нас."

" Никой няма да мисли лошо за нас. Ти ли ще се къпеш първа или аз?"

"Ти отивай. Аз първо ще намеря какво да облека."

Когато Джой вече беше в душа, и можеше да се чуе как тананика любимата си каубойска песен, Франк се облече и реши да я изненада. Провери дали има Евро, затвори тихо вратата след себе си и се отправи към магазина.

Течащата вода я успокояваше. Джой винаги се чувстваше по-добре след душ. Завъртя се и вдигна дългата си черна коса под хладната струя. Винаги бе предпочитала студен или поне хладен душ пред горещ, нещо което така или иначе бе трудно за откриване в провинцията в Тайланд извън хотелите.

Първо чу, а след това и видя как дръжката на вратата се помръдна.

" Франк, идваш ли!"- извика тя, но никой не дойде. Спря водата и извика отново. " Франк, просто ела, не изглеждам толкова зле без грим... Франк? Стига глупости!"

"Момичето от Тайланд има големи проблеми" - чу се глас. "Тайланд има големи проблеми."

Джой се разплака, но събра решителност. Уви хавлията около себе си, изскочи от душа и бутна настрани плъзгащата врата. Там нямаше никой, но тя чу как вратата на апартамента се затвори.

"Франк? Къде си, Франк?" Побърза да отвори вратата на банята. Призля ѝ, когато видя жълто-зелената слуз от дръжката да се стича по чистата ѝ ръка. Инстинктивно избърса и дръжката и ръката си с кърпата, с която бе покрита.

"Ето това ми хареса! Жена ми ме чака на вратата без дрехи и готова за екшън, но как разбра, че идвам?"

" Бях на терасата и те видях, като се зададе по улицата." излъга тя. " Срещна ли някого по пътя?"

"Не, никакви познати. Ще започна закуската, докато ти се обличаш. После може да идем до плажа."

∞

"Виж скъпа. Каква невероятна гледка, нали? По-красиво от Лондон, през който и да е сезон. Къде ще седнеш?"

" Не зная. Чу ли нещо, докато слизаше по стълбите?"

"Какво да съм чул? Чух откъслечни разговори, но всички те бяха на испански."

" Аз чух че Тайланд има проблеми."

" Не, не съм чул нищо такова. Да не би да е имало нова бомба, наводнение или цунами?"

" Не, или поне аз не съм чула нищо такова..."

" Къде каза, че искаш да седнем?"

" Не зная, където и да е."

"До водата или по встрани? С другите хора или само ние двамата? На пясъка или под чадър?"

" При другите, до водата под един чадър."

" Ок, вече сме една стъпка по-близо." Франк уреди два шезлонга и чадър и те се излегнаха по бански. " Това е живот, не мислиш ли? Предполагам не е толкова различно от Тайланд?"

" Повече по крайбрежието... аз съм от вътрешността на страната, но си прав. Тук е прекрасно." След около час дойде едно момче с хладилна кутия пълна с бира. Франк киупи две, даде едната на Джой и продължи да чете.

"Ще влизаш ли във водата?", попита той. "Трябва да източа бойлера след тази бира."

"Не, добре ми е тук. Забавлявай се."

"Не съм сигурен, че да пикаеш в морето се брои за забавно, но ще пробвам. Може би след двайсет години, това ще е единственото забавно нещо за "президента". Както и да е, трябва да бягам."

Джой се обърна по гръб и се завъртя, за да може да го гледа. Помисли си, кокло добър плувец е, тя не беше толкова добра в плуването. Изведнъж Франк изчезна под водата. Мина минута и тя се разтревожи, но ето че той изплува на двайсетина метра от там, където се беше гмурнал. Тя вдигна одобрително палец и той се гмурна отново. Прост се перчеше, но и на двамата им беше забавно. Гмурна се отново, но това, което изплува над водата, не бе усмихнатото лице на Франк, а едно мъртвешко бледо лице с червени и зелени ивици. Светлозелена ръка с дълъг, тънък пръст посочи към нея. Тя цялата се разтрепери и нададе писък. Фигурата изчезна.

" Какво има, скъпа? Изглежаш все едно си видяла призрак."

" Всичко е наред", прошепна тя докато стискаше ръката му. "Просто не те видях. Разтревожих се."

" Глупаче! Аз плувам добре, а и не е толкова дълбоко. Влез във водата, за да се увериш сама."

" Не точно сега. Ние жените от Тайланд не обичаме кожата ни да потъмнява.Това е нещо, което се опитваме да избегнем на всяка цена."

" Окей, разбирам. Значи плажа не ти е любимо място?"

Тя само се усмихна и пусна ръката му. " Да идем да намерим нещо за хапване", предложи тя с надежда в гласа.

" Още няма три часа..." започна той, но се спря. " Дай ми половин час да изсъхна, иначе трябва да ходя без бельо както ти направи снощи."

Тя се усмихна вяло на шегата му и зарови глава в хавлията, след това започна да повтаря няколко будистки молитви, които бе научила като дете.

Хапнаха обилно - тапас и червено вино в бар Теха. Имаха чувството, че са били там с години. На Джой ѝ бе интересна играта на домино, която се чуваше от към бара. Звукът бе оглушителен, а напрежението високо.

" Може ли да идем да погледаме?" - попита тя.

" Разбира се, че може да идеш!" каза Франк. "Сигурен съм, че няма да имат нищо против. Даже ще се зарадват на една красива млада дама дама от Тайланд, като зрител."

" Ела с мен..."

" Не, наистина, сигурно ще се зарадват на зрители. Най-лесно е следващия път като ходиш до тоалетна, да спреш на връщане и да им се усмихнеш. Повярвай ми, просто опитай. Ако ми помахаш, ще дойда да те спася."

Петнайсет минути по-късно, Джой събра смелост. Тя погледна Франк, кимна, скочи от високия стол и се запъти към бара. Това беше голямо постижение за нея. Франк го знаеше и се гордееше с нея.

Тя се върна след четвърт час с широка усмивка на лицето.

" Казаха, че мога да играя с тях следващия път, ако съм тук преди три часа."

" Наистина ли? Това е чудесно!"

" Поне си мисля, че казаха това. Всичко беше на испански, а аз не говоря испански, но всички бяха много приятелски настроени."

" Браво, знаех си. Да пием още по едно?"

" Става. Вече съм в добро настроение."

Франк не попита, защо преди това не е била в добро настроение. Може би бе по-добре да не пита.

Докато седяха в Теха забелязаха още един малък супермаркет. Единият затваряше в девет, другият в девет и половина. Изпуснаха този, в който Франк бе пазарувал сутринта, но купиха доста вино, сладки и бисквити от другия.

Когато вече бяха седнали на дивана, похапваха и отпиваха вино, докато гледаха телевизия, Франк каза: "Знаеш ли, Джой, мисля че мога да се пенсионирам тук. Обожавам мястото и хората, ти какво мислиш?"

"Не зная..."

" Защо си така несигурна?"

"Не зная... Харесвам всички, които сме срещнали досега, но не съм сигурна за останалите."

"Не може да очакваш, че ще харесаш всеки, нали така? Също както не може да очакваш, че всички ще харесват теб, но ако не си срещала тези, които няма да ти се харесат, значи нямаш никакъв проблем, или се бъркам?"

" Не знам,Франк, просто не знам."

"Какво имаш предвид с това, че не знаеш? Защо не знаеш? Слушай, ако не познаваш хората, с които някой ден може да си имаш проблеми, как това е проблем? Това, което казваш важи за всички хора навсякъде. И означава, че нямаш никакъв проблем."

" Не знам, Франк, просто не знам."

"Не, ти не знаеш и аз също не зная, но едно е сигурно и това е, че ще допия тази бутилка, а след това или ще ида да си легна, или ще отворя още една бутилка. Или погледнато от твоята гледна точка, аз не зная дали ще си легна след като допия бутилката или ще отворя още една. Как ти звучи? Ти си добре дошла да се присъединиш."

"Никъде не съм отишла, Все още съм тук."

Малко по-късно докато Франк гледаше телевизия, Джой захлипа тихо, свлече се на пода и се сви на кълбо. Когато той я забеляза, помисли че просто е заспала, понеже тя често спеше на пода по тайландски обичай.

"Какво да прави човек с ядосани жени?" - запита той сам себе си на висок глас докато гледаше слабичкото и тяло, но тя не отговори.

След малко, когато Франк допи бутилката, наметна Джой с одеало и я остави да лежи на хладния под на слабата светлина от уличната лампа отвън и отиде да си легне.

∞

Не след дълго Джой усети, че нещо се докосна до нея и се събуди. Стаята бе напълно тъмна, освен една светла ивица от уличната лампа долу. Тя отвори очи, за момент бе объркана, преди да се сети къде е. Можеше да чуе нещо да шумоли наоколо. Напомни ѝ за плъховете във фермата вкъщи, но когато понечи да се изправи, чу тихи звуци от двойка, която прави секс. Заслуша се внимателно, беше толкова тихо, но изведнъж осъзна, че това бяха Франк и тя от предишната вечер.

" Тайланд има проблеми" можеше да се чуе през стоновете и въздишките.

" Франк, Франк!" изпищя тя, когато забеляза една малка, черна, наподобяваща човек, сянка да ѝ се усмихва преди да скочи през балкона.

Злите духове на улица Гоя

Оуен Джоунс

7 ЮГОЗАПАДНА ФУЕНХИРОЛА

"Наистина си имала ужасен кошмар! Съжалявам, че те оставих да лежиш на пода снощи, но изглеждаше толкова спокойна, че си помислих "просто я остави да спи. Ще се събуди сама." Не знаех, че сънуваш кошмари често."

" Нямам кошмари често. Беше толкова истинско... сигурна съм, че бях будна, но може би е било кошмар."

" Страхотно! Сънуваш, че правим секс и го определяш като кошмар. Не действа добре на мъжкото ми его... но предполагам кошмарите не биха били толкова страшни, ако не се усещаха като реалност."

" Добра логика, господин Спок!"

" Окей, нямаше нужда от сарказъм. Просто се опитвам да помогна."

" Не ми помагаш."

"Не, разбирам те... съжалявам. Да тръгнем ли по другия път днес? Ако този път води към плажа, другият може би води към някое по-спокойно местенце с по-малко туристи."

" Може, ако искаш, но има нещо странно в това място. Не зная какво е, но не ми харесва."

" Но нали каза, че харесваш всички, които сме срещнали до сега."

" Да, но някои от тези, които не сме срещнали още, не са добри."

"Не започвай отново с това? Хайде, вземи си душ, облечи се и да излизаме."

" Ще излизаш ли, докато съм в душа? Не обичам да оставам сама тук."

" Не, няма повече да ти правя изненади, ще стоя тук" каза той с доза сарказъм.

" Скъпи, моля те, не бъди такъв".

" Извинявай, просто не мога да разбера какво се случва тук. Говориш за призраци и черни фигури, но аз не съм видял нищо. Казваш, че си чула запис на нас двамата, докато правим любов, но аз нищо не съм чул. Говориш за големи проблеми, които могат да се случат, но всеки може да има проблеми, дори големи проблеми. Разбирам, че искаш да ти повярвам, но е трудно без никаки доказателства."

" Добре, какво с виното, което не изпи и повръщаното в чашата, което не е твое дело?"

" Да, но аз оставих две трети пълна бутилка и празна чаша. Когато станах, бутилката беше празна, а чашата - чиста. Не видях никакво повръщано и доколкото знам може дори например съседската котка да е изипила виното."

" Мислиш, че аз съм го изпила, нали?"

"Това звучи най-логично, скъпа... или че аз съм го изпил. Слушай, до никъде няма да стигнем така... нека да се приготвим и да поразгледаме, окей?"

"Окей" съгласи се тя неохотно.

∞

Свиха надясно след като излязоха и после в ляво надолу по улицата и тръгнаха отново по Камино де Коин. Подминаха казиното, един ресторант и малка пекарна с името Рейс преди да пресекат на дясно на кръстовището. Франк искаше да седне пред един бар, Слънцето на Михас.

" Защо спряхме тук, Франк. Само на двеста метра от вкъщи?"

" Искам да поседна за малко, да помисля и да се ориентирам. Слушал съм за Михас. Виждаш ли табелата ей там. Там пише "Михас". Това значи, че живеем почти на границата."

" Да, и...?"

" Нищо, просто е добре да се знае. Хайде да си допием и ще продължим нагоре към Михас."

"Щом така искаш"- каза Джой. Тя нямаше по-добра идея. Вървяха повече от час през тесни улички с малки къщи украсени с арабски плочки, долепени една до друга, докато Франк не го заболя гърба и не можеше повече да върви. Също така напълно се бяха изгубили.

"Всички къщи изглеждат еднакви и също така не съм виждал жива душа от доста време. Мястото е безлюдно. Не се чува и звук от къщите. Никакво радио, никаква телевизия, никакви деца, които да си играят, никакви котки, кучета, никакви коли; все едно се разхождаме в призрачен град. Имаш ли някаква представа къде сме, Франк?"

" Да, мисля че знам къде сме, но е тихо, защото е сиеста. В Тайланд нямате ли сиеста?Изглежда като старо селце. Традициите се спазват; предполагам, че хората от малки са възпитани да не вдигат шум следобедите. Виж, изкачвахме се в посока-запад, така че сега може да слизаме надолу в посока на изток, или да минем на пряко и да се надяваме, че ще стигнем до Камино де Коин долу."

" Не, по принцип нямаме. В Тайланд е по-вероятно възрасните хора да дремнат следобед, но цялото село не си ляга преди да настъпи нощта, не след обяда. Обратно на това, което каза, не можем да сме сигурни,че Камино де Коин е там долу, нали?"

"Звучи като да е правилно."

" Да, но не изглеждаш сигурен?"

"Милият ми стар баща винаги казваше, ако се загубиш, остани там където си и някой със сигурност ще те намери."

"Значи все пак си признаваш, че сме се загубили и никой не ни търси, така ли?"

"Не това имах предвид. Хайде да пийнем по нещо в кафето ей там и да разберем къде сме. И без това ми се ходи то тоалетна."

"Седнаха отвън и зачакаха да им вземат поръчката, но накрая Франк просто влезе вътре и поръча една бира и едно кафе с мляко. Не бяха минали повече от десет минути, но въпреки това, когато се върна, завари Джой да плаче.

" Всичко е наред, скъпа. Не сме далеч от вкъщи, а и винаги можем да викнем такси. Ето ти кафето. Барманът ми нарисува карта, за да можем да се приберем."

"Какво има?"

"Нищо..."

"Не изглежда като нищо. Какво се случи?"

"Няма да ми повярваш..."

"Разбира се, че ще ти повярвам. Това започва да става дразнещо. Какво се случи, Джой?"

"Едно голямо създание с бяло лице, мина покрай мен на мотор... посочи ме и каза: "Тайланд има проблеми". Толкова ме е страх, Франк, не зная какво да правя. Какво трябва да направим, Франк. Тя хлипаше и подсмърчаше в длани, събрани като за молитва.

Той я обгърна с ръце и погледна към безоблачното небе докато главата ѝ лежеше на гърдите му.

"Не зная какво ще правим, скъпа, но едно е сигурно. Не си сама. Винаги ще съм до теб. Никога няма да има нужда да се справяш с нещо сама." Накрая той каза: "Да изпием по един коняк?"

"Не, не ме оставяй сама!"

"Сеньор", извика той високо и домакинът дойде бързо, за да види какъв е този шум по време на сиеста.

Дали заради двете чаши коняк или загрижеността на Франк, а може би и заради двете, но Джой постепено се почувства по-добре и двамата тръгнаха обратно и с помощта на картата скоро стигнаха до Камино де Коин.

Макар да бе една идея по-далеч от там където бяха тръгнали, изведнъж бяха стигнали до кръстовището което бяха пресекли по-рано през деня. Бяха стигнали до задната стена на Сол де Михас. Май бяха вървяли в кръг из задните улички и не се бяха отдалечили чак толкова много.

" Стигнахме скъпа, казах ти, че сме объркали посоката. Просто трябваше да се довериш на моето чувство за ориентация."

"Ти носиш карта!"

" Да, но и без картата знаех къде сме." Тя го погледна право в очите. "Добре де, поне горе-долу знаех приблизително къде сме. Какво значение има всъщност. Стигнахме, на позната територия сме. Казиното е ей там, после стигаш до бара, който Майкъл препоръча, където все още не сме били, а пък зад ъгъла е Бар Теха. Да се ориентираш е доста лесно, ако знаеш какво правиш."

Тя го потупа по гърба. "Вярвам ти, но много други не биха ти повярвали."

Франк искаше съпругата му да си остане в такова добро настроение и предложи да пробват другото заведение, което Майкъл им беше препоръчал.

Бяха посрещнати топло и Джой бе отново на себе си за няколко часа. Тя не говореше испански и другите не говореха английски или тай, но леко подпийнала тя ги бе очаровала. Никой от тях не искаше да си тръгва, когато барът затвори в девет часа. Не им се искаше и да идат другаде, за да не останат разочаровани, така че направо се прибраха в апартамента.

Този път си направиха четири сандвича с бекон и изпиха бутилка вино преди да се изкъпят и да си легнат.

Злите духове на улица Гоя

8 ЛОС БОЛИЧЕС

След няколко дни, в който се чувсваше ужасно и чуваше гласове, сега Джой се чувстваше много по-добре. Изскочи от леглото около девет и предложи да направи закуска.

"Жалко, че нямаме останала Кава." - провикна се тя към Франк, който бе в душа, "можеше да си направим коктейли "Мимоза" с яйцата и препечените филийки."

"Ако искаш, мога да ида да взема една бутилка" - отговори той.

" Не е толкова важно, може утре да вземем" каза Джой. Мислеше си за това, което стана предния път, когато бе отишъл до магазина и тя бе останала сама.

" Кафето също е добро" каза Франк докато закусваха. " Точно това му трябва на човек, за да започне деня добре. Мислех си, че може да тръгнем нагоре покрай брега към Лос Боличес. Не спомена ли, че ти се иска да идеш там?

" Да, сигурно звучи глупаво, но едно от момичетата в послоството беше там миналата година и каза, че е много красиво."

" Намерих го на картата. Виж, горе долу, не мога да кажа точно, но сигурно не е на повече от час на север. Ще стигнем за обяд. Може да поразгледаме и да се приберем обратно за вечеря."

" Или, може да го караме по-спокойно и да се приберем чак когато е време за лягане"каза тя. "Утре не сме на работа."

"Не, разбира се, че не сме. Пак ли съм прекалено твърд в решенията си?"

" Твърд? Не зная. Чакай да проверя... не, все още не е достатъчно твърд. О, почакай, имало още живот във старото момче!"

" Ако продължаваш така, никога няма да излезем. Иди да се изкъпеш."

"Всичко разваляш" нацупи се тя престорено докато сваляше хавлията от себе си и с походка на манкенка от модно шоу се отправи към банята.

"Казах ти, че си най-секси и най-лукавата жена, която съм срещал и те обожавам за това, че си такава" изрече той достатъчно високо, че да може да го чуе.

"Харесва ми, когато ми го напомняш" отвърна тя.

Когато най-сетне бяха стигнали до плажа, часът вече беше дванайсет, но това не бе от значение.

"Там горе е Лос Боличес" посочи Франк няколко километра нагоре по залива. "Все още ли искаш да идеш до там?"

"Разбира се, но тази сутрин не успях да си намеря слънчевите очила и трябва да си купя нови, а и искам широкопола шапка - една от онези сламени шапки с панделка."

"Ще намерим нещо. Със сигурност има много магазинчета за туристите по пътя, които продават такива неща. Можем да спрем и за по една бира, ако стане твърде горещо."

" Ти май си скрит алкохолик,а?" подметна тя шеговито.

" Един стар ерген, трябва да има какво да прави, нали така."

" Мога да си представя какво си правил."

" Ей, за пиене говоря."

" И аз говоря за същото! Ти какво си помисли, че имам предвид?"

" Знаеш много добре, за какво ми говориш и аз също знам."

" Ами работиш в банка, нали. Сигурна съм, че чух някой някъде да казва, че всички банкери са чекиджии..."

"До преди два дни дори не знаеше какво означава тази дума, и всъщност аз съм банков чиновник, а не банкер."

"Може и да не знаех какво значи, но съм я чувала и преди."

" Имаш готов отговор за всичко, нали?"

" Работя като дипломат. Трябва да имам отговор за всичко. Това е част от обучението."

" Добре, предавам се, няма как да спечеля, но си имам и други методи. Виж там, шапки и слънчеви очила, точно това, което търсиш."

Той изказа мнение за различни шапки, които изглеждаха напълно еднакви и след десетина минути започна да го боли гърба.

"Чуй скъпа, виждаш ли бара надолу по улицата? Гърбът ми не е съвсем наред; ако ще ходим до Лос Боличес, трябва да поседна за малко. Ще те чакам там. Ще се виждаме през цялото време, няма и десет метра разстояние. Ще те пазя през цялото време, така че никакви случайни туристи няма да посмеят да те закачат."

" Ами какво със случайни испанци?"

" Не мога повече да водя дискусия с теб. Трябва да поседна."

Той я целуна по челото и отиде да седне в бара докато тя го следеше с поглед. Помаха й и тя продължи да разглежда шапки.

Франк си поръча бира, но не изпускаше Джой от очи, както й беше обещал. Докато седеше и разглеждаше хората, които минаваха - някои бяха облечени твърде оскъдно - забеляза някаква шумотевица на петдесетина метра от тях. Когато се приближиха, видя, че най-вероятно са студенти и актьори от някакъв местен театър, които представят откъси от една пиеса. Имаше две вещици, облечени в черно, с островърхи шапки, с големи, пъпчиви носове и метли и две фигури облечени като черни демони. Приличаха на котки, но той не бе съвсем сигурен. Смесиха се с туристите и носеха кутии в които хората хвърляха монети.

Той потърси из джобовете си за някоя монета. Докато минаваха в близост до Джой, тя бе влезнала в магазина да плати и не ги видя. Когато излезе от магазина, ги видя да танцуват около мъжа й, който им даваше пари. Скри се зад щората в магазина и не посмя да се покаже, за да не я видят. След няколко минути, когато си бяха тръгнали, тя излезе от там с голяма сламена шапка на главата, с розова панделка и очила "Рей Бан". Изглеждаше като филмова звезда под прикритие.

" Не исках тези ужасни същества да ме разпознаят пак."

" Какви ужасни... студентите?"

" Това бяха вещици и демони, не студенти."

" Това бяха местни студенти, които събират пари за нещо, и аз не разбрах за какво точно. Представиха се добре, поне аз така мисля. Ох, какво говоря. Нали не вярваш наистина на такива неща?"

"Разбира се, че вярвам, също така съм ги виждала и преди. В апартамента." - изплези му се тя.

" Стига, шегуваш ли се? Не живеем в Средновековието."

"Не, но са съществували тогава и съществуват и до днес. Повярвай ми."

Погледна изпитателно красивото й лице за няколко секудни и видя, че говори сериозно.

" Франк, обещай ми, че повече няма да имаш вземане-даване с тези същества."

" Дадох им само петдесет цента. Това беше всичко, което направих."

" Моля те, Франк!"

"Добре, добре, хайде да продължаваме нататък."

Продължиха да вървят в мълчание, и двамата мислеха за това, което се бе случило, и двамата достигнаха до различни заключения.

Спряха след двайсет минути пред хотел "Ярамар". "Тук изглежда добре. Ако някога пак идвам, може да отседнем тук. Близо е до плажа и други неща, които човек може да прави на ваканция."

"Нека да се преместим още тази вечер, Франк."

"Не, знаеш ли какво. Защо ни е да се местим. Отседнали сме в толкова хубав апартамент и е напълно безплатен."

" И е обитаван от призраци."

" Какво? Това пък от къде го измисли?"

"Франк, апартаментът, в който живеем. Обитаван е от призраци. Виждам ужасяващи черни фигури през нощта, като тези които видяхме преди малко. Чувам ги... наричат ме с грозни имена, изпиха виното ти и плюха в чашата ти. Беше отвратително, адски смръдливо порвръщано."

"Достатъчно, стигат ми толкова измишльотини за днес, Джой. Нека да свием по тази уличка и да видим, какво има зад хотела."

Първото заведение, което видяха бе "Upper Crust".

" Искаш ли да седнем тук, Джой? С удоволствие бих си поръчал една истинска английска закуска. Отдавна не съм хапвал такава закуска, а тя винаги е по-вкусна, когато някой друг ти я приготвя."

Тя бе на същото мнение, но си поръча калмари и чипс. И двете ястия бяха много вкусни и обилни за цената си. Поговориха си малко с любезните домакини Шон и Деби и Джой се почувства по-добре.

"Пак трябва да дойдем тук" каза Франк.

"Франк, чу ли какво каза мъжът току що?"

" Не, какъв мъж?"

" Този, който мина ей там."

" Не, какво каза?"

" Тайланд има проблеми."

" Защо му е да казва това? Дори не е граматически правилно ."

" Не зная, но каза точно това. Не го ли чу?"

" Не, кога беше това?"

" Преди минута. Не мога да повярвам, че не си чул."

"Джой, трябва да спреш с тези щуротии" каза той и я хвана за ръка. " Ако продължим нагоре по пътя и свием в първата или втората уличка наляво, със сигурност ще намерим някой хубав бар по пътя наобратно. Какво ще кажеш?"

Той се надяваше, че една две чащи коняк ще имат същия ефект като предния ден.

"Добре" каза тя, без да е много сигурна какво трябва да направи.

Харесаха си едно местенце, което беше караоке бар с промоция "две за едно".

" Трябва да влезем, Джой, ти обожаваш караоке, нали? Как се казваше онази песен, която все си пееш в душа?"

" Призрачни ездачи в небето" изрече тя бавно. За първи път чу, колко неудачно звучи това заглавие в създалата се ситуация.

" Необичаен избор за някой, който идва от Тайланд, но смея да твърдя, че я пееш много добре."

Тя все още мислеше за иронията в заглавието на любимата си песен, докато влизаха в мрачния, полупразен бар. Поръчаха си по един двоен коняк с кафе и изчакаха да свикнат с полумрака и атмосферата на бара. Въобще не липсваха певци. Всеки, който имаше желание да пее, можеше да напише една бележка с името си и песента, която иска, след което да си изчака реда.

" Тук изглежда добре, Джой"- каза Франк докато поръчваше още две чаши коняк. "Открихме две хубави заведения в рамките на сто метра. Пак трябва да дойдем тук. Доста оживена част на града. Искаш ли да изпееш любимата си песен, скъпа?"

"Може би малко по-късно" каза тя предпазливо. Все още мислеше за групата вещици, които бяха видяли по-рано.

"Добре. Няма да те притискам. Ти си решаваш. Извини ме, трябва да ида до тоалетната."

Докато отпиваха от третия коняк и се наслаждаваха на атмосферата, чуха диджея да казва:

"Джой и Франк. Аплодисменти за Джой и Франк" каза той, докато преглеждаше една малка бележка. " Джой и Франк, още ли сте тук? Искат да изпеят "Призрачни ездачи в небето". Чудесен избор,хора. Истински стар шлагер".

"Това трябва да сме ние, Джой. Не може ли да излезеш да я изпееш. Справяш се толкова добре - за момиче" пошегува се той. Франк посочи жена си, когато диджеят се огледа из залата.

" Хайде, не се срамувайте. Имаме ли тук Франк и Джой... О, ето я Джой, но изглежда като че ли нашият Франк - упс, котката се е изпикала на килима! Извинявай, Франк - само се шегувам. Изглежда Джой ще пее сама. Хайде Джой, не се притеснявай, публиката те очаква. Окей хора, хайде да чуем аплодисменти за Джой. Ти си наред, Джой."

Видеото започна, но на Джой не и трябваше да чете текста от големия екран зад нея. Пееше тази песен откакто бе на десет. Когато започна вторият куплет тя се развихри, потанцува и се попляскаше по бедрото докато пееше " Йипе ай еее, призрачни ездачи в небето..."

Изведнъж публиката започна да свирка и да подвиква "сваляй дрехите, красавице!"

Джой се сконфузи, никога не бе предизвиквала такива реакции преди. Опита се да запее по-силно, когато видя Франк да тича към сцената размахвайки ръце. Джой се обърна да види големия видео екран и видя себе си гола, заедно с Франк в спалнята. Тя се вцепени, първо се разтрепери, а после започна да хлипа неконтролируемо когато Франк дойде и я отведе от сцената, докато хора в публиката подвикваха "уууу, разваляш шоуто".

Музиката бе спряна и Франк настоя да се срещне с управителя.

" Как по дяволите може да се случи нещо такова?" попита той побеснял, прегърнал с една ръка Джой, която седеше - трепереща развалина от нерви.

" Нямам представа" каза собственикът. Говорих с Диджея и той каза, че някакъв човек му оставил флашката и го помолил да я пусне като изненада за Франк и Джой. Повярвахме, че говори истината, не знаехме какво има на флашката. Ако трябва да съм честен, някои от видеата, които хората си правят, би трябвало да са забранени... някои момичета нямат срам а мъжете не им отстъпват. Извинявам се много, но до утре никой няма да си спомня за това, повярвайте ми."

" Жена ми ще си спомня, аз също, повярвайте ми! Как изглеждаше този човек?"

" Не зная. Майки Диджея каза , че бил висок и слаб, облечен в черно с маска за Хелоуин на лицето. Предполагам на път за някакво скъпарско парти, но напоследък наоколо е пълно с какви ли не хора."

"Както вече казах , какво мога да направя аз? Извинявайте. Виждам, че и двамата сте много разстроени, но да го кажа така - корабът вече е отплавал. Опасно е да правите такива неща, да се снимате в такива ситуации. Човек никога не знае какво може да се случи."

"Но ние не сме..." започна Франк, но усети, че се повтаря. "Добре, благодаря, че отделихте време да поговорим. Довиждане - хайде да вървим Джой. Не мисля, че господинът е замесетн в това."

" Благодаря, че проявихте разбиране. Ще желаете ли по още едно питие, за моя сметка?"

" Джой?" тя поклати глава все още хлипаща.

" Не благодаря, но се чудя може ли да излезем през бара?"

" Не, за съжаление входната врата е също така и единствения изход."

Франк излезе от заведението допрял глава до главата на Джой и сложил ръка на рамното ѝ. Тя все още вървеше трепереща и с поглед забит в земята. Спряха първото такси и се отправиха директно към вкъщи.

След час Джой най-накрая спря да плаче и заспа, най-вероятно четирите чаши коняк от по-рано бяха помогнали. Умът му не побираше какво се бе случило. Стоя буден до четири сутринта опитвайки се да открие връзка между това, което бе станало и това, което Джой му бе разказала, но не намираше логично обяснение. Всичко за което можеше да мисли бе плачът ѝ.

Злите духове на улица Гоя

9 ПАРАНОЯ

Франк едва се бе събудил на следващат сутрин. Погледна към Джой, помисли, че тя още спи и тръгна да се измъква от леглото.

" Къде отиваш?" чу той тревожен глас зад себе си. "Не ме оставяй!"

" Само ще ида до тоалетната. Няма да се бавя".

"Добре" каза тя, но Франк можеше да чуе, че отново плаче.

Той стоеше до тоалетната и се чудеше какво може да направи. Дори не бе приключил да пикае, когато чу Джой да вика името му. Нямаше кой знае какво друго да направи освен да вземе чашата с четките им за зъби, да ги хвърли в мивката и да прескочи обратно в спалнята докато пикае в чашата. Само се надяваше да е достатъчно голяма.

" Какво става?" попита той още от вратата.

" Те пак са тук" каза тя и се обърна към него. Почти се разсмя, но се чувстваше толкова зле, че дори циркът, който се разиграваше пред нея не помогна.

" Защо пикаеш в чашата?"

" Ти ме извика, аз не успях да спра и дотичах веднага."

" Внимавай!"

Чашата преля по пода...

"По дяволите!" Измърмори той, обърна се и забърза към тоалетната докато през това време пикаеше в боксерките си. Джой прекрачи локвата и тръгна след него.

" Току що изсипа съдържанието на чашата в мивката върху четките за зъби."

" Извинявай, бях зает да мисля за други неща. Защо викаше така?"

" Лежах в леглото, когато чух някой или нещо да казва "Тайланд има проблеми". Обърнах се и видях нещо черно да скача от терасата ни.

" Изчакай тук за малко." Той пусна водата в тоалетната, свали боксерките и ги метна във ваната, влезе след тях и пусна душа. След три минути беше готов.

" Ела да погледнем." Наведе се, взе пътечката от земята със себе си. Остави я върху локвата с урина на пода и каза " Ела да ми покажеш какво имаш предвид."

" Правиш най-странните и отвратителни неща" каза тя докато гледаше как пътечката от банята попива локвата урина. " Лежах в леглото и гледах след теб към банята, когато чух "Тайланд има проблеми" зад мен на балкона. Обърнах се и видях нещо да скача през терасата. След това те извиках".

Франк излезе на балкона; разгледа внимателно пода, перилата, погледна нагоре и ндаолу.

" Не виждам нищо."

" Как ще ги видиш, ако те не са от този свят?"

" А ти как ги видя? Те? Не каза ли че е имало само една фигура?"

" Да, този път, но мисля, че са повече. Може би ти не ги виждаш защото не си медиум а аз съм."

" А...?"

" Може би аз имам способности на медиум и затова мога да ги виждам, а ти не".

" Даже има рима..."

" Говоря сериозно!"

" Да, извинявай. Може би това е причината".

" Не ми вярваш, че ги видях - го видях, нали?"

" Не зная, Джой. Много искам да повярвам, но не съм възпитан така. Нямам никакъв опит с призраци и паранормалното".

" Толкова ме е страх, Франк. Виждам ги и ги чувам в главата си през цялото време. Виждам ги и по улиците как се смеят и ме сочат. Защо само аз, Франк? Никого на никой не съм направила нещо лошо, поне доколкото знам, кармата ми би трябвало да е чиста. С какво съм заслужила това. Помогни ми, Франк, моля ти се".

Той я придърпа към себе си, прегърна трепещото й тяло и погледна към тавана. Нямаше никаква представа какво трябва да направи. Най-накрая отидоха във всекидневната за да избягат от миризмата на урина и седнаха на дивана.

" Ако това място толкова те плаши, искаш ли да излезем навън?"

Тя поклати глава, която бе пордпряла на една възглавница в скута си. Все още трепереща и хлипаща.

" Проблемът е, че не може просто да седим тук; не ни е останала почти никаква храна. Ще идем ли до магазина да напазаруваме?" Тя поклати глава.

" Искаш просто да си седиш тук?" Тя отново поклати глава.

" Кое те плаши по-малко? Да останеш тук или да излезеш навън?" Джой поклати глава отново без дори да вдигне поглед към него.

" Това започва да става дразнещо. На такъв въпрос не може да отговориш с "не". Трябва да е или едното, или другото. Така че, какво ще е; излизаме или оставаме?" Тя отново заклати глава и захлипа още по-силно.

" Това е безумно! Не можем да излезем, и не можем да останем тук. Какво да правим тогава? Искаш ли да звънна на лекар?" предложи той. Сети се , че не знае как да се обади на лекар. Джой отново само поклати глава. Поне не трябваше да се чуди как да извика лекар, помисли си той. Поне за сега.

Докато я държеше в прегръдката си, се зачуди дали да извика лекар е единственото решение, или трябва просто да отменият остстъка от ваканцията си и просто да се приберат вкъщи?

"Искаш ли да си идеш вкъщи?" попита я той. Джой кимна. "Сигурна ли си? Мога да поръчам самолетни билети за Лондон онлайн". Тя отново заклати глава в несъгласие.

" Джой, може ли да сме малко рационални. Първо - не искаш да излизаш и не може да стоим тук; сега искаш да се прибереш вкъщи, но в същото време не искаш да се прибираш! Какво искаш да направим, скъпа?" Искаше му се да добави и едно "по дяволите", но се стърпя. Нивата му на раздразнителност рязко се повишаваха.

" Искам да си ида в Тайланд" промълви тя с глава скрита във възглавницата.

Почувства се като пълен идиот. Разбира се, че там бе нейното вкъщи; там където бяха майка ѝ и семейството ѝ.

"Добре, скъпа. Имаме само още една седмица или осем дни тук, до полета, който вече сме поръчали". Той погледна към тавана и се запита, как точно ще издържат една седмица по този начин. Изведнъж му хрумна нещо.

" Само ще си взема комшютъра, скъпа."

Извади компютъра от чантата и го включи. Намери хапчетата си за морска болест. От тях винаги му се доспиваше, така че една две таблетки със сигурност можеха да помогнат на Джой да се успокои. Той донесе чаша вода и ѝ подаде две хапчета.

"Вземи, любов моя, тези ще ти помогнат да се поуспокоиш." Тя взе водата и таблетките без въпроси, а Франк влезна в интернет да намери пицария във Фуенхирола с доставка по домовете. Имаше доста, най-близката само на двеста метра по Камино де Коин. Щеше да е по-бързо да иде и да я вземе сам, но това нямаше как да стане. Франк поръча две големи пици и три бутилки червено вино. Имаше усещане, че това може да е дълъг и тежък ден и за двамата.

Джой беше заспала, когато пицата пристигна 45 минути по-късно. Франк отвори външната врата през дистанционното и прие доставката на вратата на апартамента. Джой нямаше да се събуди да яде, затова той пусна телевизора и започна да се храни и пие сам.

Франк заспа около три и двамата спаха докато Джой не се събуди внезапно с подскок. Навън бе тъмно и завесите се поклащаха и при най-малкия полъх.

" Виж там!" каза тя. " Има нещо вън на терасата!" Франк не бе толкова бърз в полузаспалото си състояние и не виждаше нищо. Той затвори вратата към балкона, придърпа завесите и пусна лампите.

" Не видях нищо. Съжалявам, скъпа. Той погледна към полупразната бутилка вино и четвъртината от пица на масата и реши да продължи започнатото. Наля си още вино и жълто-зелена слуз падна в чашата му. Заплува в червеното вино като стар жълтък.

Двамата се спогледаха; тя с победоносно изражение на лицето и той - ужасен и объркан.

" Но аз бях задрямал съвсем за малко. Не е възможно някой да е..."

" Не някой, Франк - нещо. Тяхната времева линия не е същата като нашата."

Франк поръча още шест бутилки вино и започна третата.

∞

Когато Франк предпазливо отвори очи на другия ден, първото, което видя, бяха дългит крака на Джой нагоре по стената. Проследи ги с поглед чак до горе.

" Какво правиш, любов моя?"

" Боядисвам екраните на камерите за наблюдение, така че призраците да не ни снимат повече".

"Добра идея" каза той за своя изненада. "От къде намери боя?"

" Това е лак за нокти".

" Гениално. Колко е часа?"

" Малко след единайсет."

" Мисля, че ще отворя още една бутилка и ще поръчам още пица. Гладен съм."

Запътиха се заедно към всекидневната и Джой се покатери на дивана, за да стигне до другата камера.

" Днес няма слуз."

" Няма, поне не вътре в апартамента. Внимавах да затворя вратата и всички прозорци преди да си легнем снощи. Имаше слуз на терасата. Вече я измих, а също и бъркотията в банята, която ти забрави."

" Извинявай, скъпа. Какво ще правим днес?"

" Ако ще сме тук още една седмица искам да направя това място на зона без призраци. Като поръчваш пица, помоли за допълнително дресинг с чесън, лук и розмарин, ако имат. Даже попитай за двойна порция чесън."

Франк отвори виното, наля в две чаши и започна да търи чесън, лук и розмарин в интернет. Поръча пиците и добавките и още четири бутилки вино.

" Това би трябвало да ни стигне до довечера" каза той шеговито. Джой прекара следобеда в това да окачва чесън и лучени кръгчета - нямаше розмарин - с памучни конци, които носеше с шивашките си пособия. Закачи ги пред вратата, прозорците, и отворите на вентилацията.

Това би трябвало да държи таласъмите навън, Франк. Не си ли съгласен?" Той не искаше да признае какво мислеше по въпроса, затова отговори. "Ти знаеш повече по темата, скъпа."

Останаха вътре целия ден, в своите защитени от зеленчуци зони със затворени прозорци и спуснати пердета. Въпреки това Джой, все още чуваше гласове отвън, а също така и в главата си. Същата вечер, леко подпийнала, започна да се кара с тях.

Франк се буди на няколко пъти през нощта от Джой, която се мяташе неспокойно в леглото и говореше неща от сорта на: " Какво сме ви направили? Махнете се от живота ни. Не искам повече и да чуя за вас, изчезвайте." Понякога дори проплакваше и всеки път изглеждаше толкова тъжна, като бежанец, който е изгубил и семейство, и дом в бомбена атака.

Всичко, което Франк можеше да направи бе да обвие ръце около нея и да отвори още една бутилка вино. Никога не се бе чувствал толкова безпомощен.

∞

След четвъртият ден под обсада и двамата се бяха отказали да се грижат за външния си вид: те живееха и спяха е същите дрехи, спяха където и когато можеха, пиеха вино от бутилките, ядяха пица и гледаха телевизия, когато не спяха.

Един ден Джой започна да се смее.

" Беше толкова абсурно да те видя онзи ден, докато пикаеше в чашата, и всичко преля по пода. О, Буда!"

Франк малко се притесни, защото тя започваше да звучи истерично, но нямаше какво да направи. Хапчетата му за морска болест бяха свършили предишния ден, така че той просто се разсмя с нея и напълни отново чашите.

След шест дни в укреплението им, Франк като в просъница осъзна, че нещо трябва да се направи и то спешно.

"Джой, това е лудост. Дойдохме тук, за да изживеем медения си месец - мечта, а вместо това преживяваме кошмар. Летим за Малага в четвъртък, какво ще кажеш вместо това да тръгнем утре и да прекараме два дни там за разнообразие. Не е като да сме видяли много последните десет дни. Мога да разгледам в интернет и да намеря хотел до летището. Какво ще кажеш?"

Той погледна към горката си съпруга. Тениската и късите панталони бяха покрити с петна от червено вино, чорлава коса, грим изтрит само наполовина. Бе сигурен, че той самият не изглежда по-добре.

Тя го погледна изпитателно, отпи една глътка вино и каза: "Мислиш ли наистина, че ще ни пуснат да си тръгнем?"

" Убеден съм" погледна я решително той. " Мисля, че вече не сме им забавни."

" Добре тогава, щом ти смяташ, че си струва да опитаме".

Звъннаха за две пици и шест бутилки вино и седнаха да разискват своя план за бягство.

На другата сутрин започнаха да събират багажа - всеки със своята чаша вино на нощното шкафче. Когато бяха готови, доядоха пиците, прибраха последните три бутилки в багажа, изкъпаха се и се приведоха в приличен вид.

"Окей, да тръгваме" каза той докато влачеше един куфар навън. Може ли да заключиш вратата след мен и да извадиш ключа, иначе няма как да вляза после. Не отваряй на никого, няма да се бавя."

Той я целуна и занесе куфара до Бар Теха.

" Салвадор, мога ли да оставя това тук за десетина минути? попита той любезния собственик и му показа една бележка с превод на испански.

" Си, си амиго" получи той отговор. Получи потупване по рамото и Франк се върна в апартамента.

" Това беше първият, готова ли си да тръгваме?"

" Да" каза тя докато изпразваше бутилката вино в две чаши. " Да тръгваме."

Той се усмихна, вдигна чаша за наздравица, след което я изпи до дъно.

"Бпай!" Това бе една от малкото думи на тайландски, които бе научил. Означаваше: " хайде да тръгваме".

Джой отвори вратата, Франк изнесе куфара, и тя затвори вратата след тях.

" Уфф!" Възкликна тя с погнуса докато държеше едната си ръка нагоре а с другата затвори вратата. " Повръщано! Зелена слуз! Те знаят, че тръгваме и ще ни последват. Никога няма да се отървем от тях." Тя започна да плаче отново, протягайки ръка покрита в сополи и слуз, които се стичаха между пръстите. Франк извади кърпичката си, избърса ръката и и хвърли гневно кърпичката на земята.

" Това беше от нас!" Изрече той поглеждайки нагоре към апартамента, когато вече бяха навън. Джой го видя да гледа нагоре към терасата. Очите й последваха погледа му.

" О не, никога няма да спре!" От балкона висеше бесило с една гротескна глава, която наподобяваше Джой. Новата й шапка бе сложена на главата и старите и скъпи слънчеви очила бяха закачени на периферията. Един използван презерватив висеше от една цепнатина в устата на куклата. Отдолу имаше голяма картичка надписана с големи букви " Чао чао, Франк и Джой" Преди да се захване да успокоява съпругата си, която почти бе припаднала, той се сети да сниме всичко това с телефона си.

" Нека да тръгваме, скъпа.Това са болни хора."

Салвадор и другите в бара посрещнаха Джой с усмивка както обикновено, но можеха да видят, че нещо не е наред.

С помощта на езика на жестовете, една апликация за преводи и малко английски, успяха да обяснят, че заминават за Малага малко по-рано от планираното, заради появили се проблеми. Любезните испанци не попитаха какви са проблемите. Съпругата на Салвадор се бе захванала с подготовката на семейно тържество, но излезе от кухнята за да утеши Джой, макар че не знаеше и дума английски. Джой плака през цялото време, а домакинята я галеше по гърба и се опитваше да я успокои като болно дете. Когато Джой се поуспокои, испанката й донесе домашно лекарство, което тя самата взимала при горещи вълни. Бе изключително мила и Франк и Джой бяха много благодарни за това. Франк изпи една голяма бира и двоен коняк с кафе. Джой поръча голяма чаша червено вино. Франк написа в апликацията за преводи на телефона си " може ли да оставим тези ключове при вас. Ще звънна на собственика и ще му кажа, че са тук". Салвадор се съгласи, бяха готови да тръгват, оставаше само да викнат такси.

Случи се още един инцидент. Джой отиде то доалетната и се върна разплакана. Салвадор поиска да разбере какво се е случило и тя успя да обясни, че докато е била в тоалетната е чула един от мъжете, играещи домино, този със синята риза, да казва " Тайланд има проблеми." Трябваше да използват апликацията за преводи. Салвадор изпрати Хесус да доведе човека. Бе голям мъж с бирено коремче и приличаше на типичния шофьор на камион. Салвадор му обясни опкаването, но той отрече да е казвал нещо. Всички освен Джой му повярваха, а Франк му стисна ръката и се извини, обяснявайки, че жена му просто е много разстроена.

Два часа по-късно, четиридесет минути преди семейното им тържество да започне, Салвадор звънна за да им поръча такси. Четиридесет километра и петдесет евро по-късно те спряха пред хотелът на крайбрежната ивица в северната част на Малага.

Малага Бийчсайд хотел разочарова Франк. Той бе оставил Джой да избере, къде да отседнат от рекламите, името и снимките онлайн, макар обикновено той да проучваше по-задълбочено преди да запази стая в хотел. Джой бе доволна, а това бе всичко, което имаше значение за него. Когато пристигнаха, часът бе четири и мястото бе опустяло. Оставиха багажа в стаята си и слезнаха до най-близкия ресторант да поръчат. Или по-точно, Франк да поръча. За първи път откакто се бяха запознали, Джой не бе гладна.

" За мен само една малка бутилка минерална вода" обърна се тя към сервитьора. Франк си поръча голяма бира и дузина скариди с чеснов сос и прясно изпечени хлебчета. Напитките дойдоха почти веднага. Джой се огледа наоколо.

" Дали са ми голяма бутилка вода, не малката, за която помолих." прошепна тя.

" Има ли значение? Сигурно е станала грешка. Половин или един литър, какво толкова е станало? Така или иначе е почти безплатна. Не го мисли толкова."

"Не Франк. Това е знак - набелязали са ме. Огледай се, аз съм единствената пред която стои голяма бутилка вода. Той ме посочва на призраците" продължи да шепне тя, докато се оглеждаше внимателно наоколо.

Франк също се огледа и видя, че е права. Тя бе единствената от четиридесет или петдесет гости с голяма бутилка вода.

" Може малките бутилки да са свършили."

" Не, набелязали са ме. Трябва да тръгваме, преди да са дошли. Хайде, тръгвай бързо иначе ще тръгна сама. Не искам да ги отведа до хотела и по-нататък към Тайланд."

Франк с нежелание остави скаридите и пресните хлебчета, плати сметката и побърза след жена си, която подтичваше надолу по безлюдния тротоар.

" Джой, не мислиш ли, че това вече е прекалено. Държиш се все едно очакваш да те отвлекат извънземни."

" Не, не мисля така", каза тя, макар че очевиодно тази мисъл бе минавала през ума ѝ. " Убедена съм, че са призраци, или още по-лошо, демони." Той я хвана за ръка, за да забави темпото. Изведнъж осъзна, че трябва да обясни на шефа си, защо из целия апартамент от тавана висят връзки с чесън и лучени кръгчета.

" О, по дяволите", изрече той на висок глас.

" Какво има? Виждаш ли ги някъде?" попита тя притеснено.

" Не, просто се сетих за нещо на работа. Не го мисли. Накъде отиваме сега? Обратно към хотела?"

" Да, но първо искам да мина през плод-зеленчук."

" А аз ще се отбия до магазина за алкохол" измърмори той.

Тази вечер поръчахаръмсървис и ядоха в стаята, а когато сервитьорът дойде да вземе подноса, Джой го покани на безплатна ваканция "ол инклузив" в Тайланд. " Там е много красиво, ще Ви хареса, наистина."

Човекът погледна Франк и побърза да се измъкне през вратата. Най-вероятно се чудеше каква ли побъркана двойка са тези. След като той си тръгна, Джой отново започна да окачва зеленчуци по тавана, докато Франк отвори още една бутилка вино.

Преди да седне с Джой на дивана, Франк окачи на вратата табелка " Не безпокойте". Не искаше камериерките да видят как изглежда стаята.

∞

Приготвиха се за закуска и докато Франк се къпеше, чу Джой да казва, че трябва да слязат веднага.

" Не мога точно сега, скъпа. Не съм се изсушил."

" Взимам багажа и ще оставя ключовете на рецепция." Тя затвори вратата след себе си, преди той да успее да изскочи гол от душа. Франк погледна надолу по коридора и извика след нея.

" Не се опитвай да ме спреш, Франк. Връщам се да взема и другия куфар след пет минути. Обличай се. Откриха ни!"

След пет минути на вратата почука една жена от персонала на хотела.

"Съпругата ви каза, че си тръгвате, господине. Мисля, че трябва да слезете на рецепция веднага."

Франк предположи, че английският не му е майчин език, но въпреки това каза:

" Не ми пука какво мислиш. Платил съм за още една вечер и имаме намерение да останем още една вечер. Моля, напусни, табелата на вратата показва, че не искаме да бъдем обезпокоявани", след което тресна вратата пред лицето й.

След десет минути дойде друга жена от персонала, която водеше след себе си Джой с куфара.

"Много се извинявам, господине. Изглежда е станала грешка. Жена ви помислила, че трябва да освободите стаята днес, а всъщност сте платили до утре."

" Може и да има грешка, но една ваша колежка дойде и настоя да си тръгна. Ще го нарека още по-голямо недоразумение, понеже със сигурност има журнал, в който тя може да провери."

Джой все още стоеше плачейки с куфара в коридора, когато камериерката се обърна и се отдалечи бързи крачки. Франк се почувства малко по-добре, когато успя да си изкара яда на някой, който си го бе заслужил.

" Скъпа, ела вътре да седнеш. Ще ти направя чаша чай. Разкажи ми за какво беше всичко това."

" Докато беше в банята, чух една жена от Тайланд надолу по коридора да казва, че те са ме открили и че трябва да се махаме."

"Ти видя ли тази жена от Тайланд?"

" Не, но я чух през стените. Тя е през три стаи от нас и също е женена за англичанин. Каза, че се карат през цялото време. Исках да й благодаря за предупреждението и да и кажа, че трябва да се постарае повече, защото моят англичанин е много мил. Ще ги поканим ли за по питие по-късно?"

" Както пожелаеш, скъпа. Можем да идем да ги намерим после." Той се премести по-близо до Джой, и тя го прегърна през кръста. Когато чу, че дишането ѝ се успокои, той пусна телевизора.

" Какво по дяволите се случва?" помисли си той.

Светна му, че камериерката дори не бе попитала за украсата от чесън в стаята; най-вероятно ги бе помислила за луди.

Джой се събуди в ранния следобед и поиска да намери "новата си приятелка" от стаята по-надолу по коридора. Фрнк напразно се бе надявал, че тя просто ще забрави, но успя да отложи срещата, настоявайки първо да си вземе душ. След това внимателно я поведе, към стаята три врати по-надолу по коридора.

" Убедена ли си, че искаш точно това сега?" Джой кимна.

" Добре." Той почука на вратата, но за негово облекчение, никой не отвори.

" Защо не идем до магазина отсреща, да вземем подаръци зе семейството ти, след това може да седнем в бара за час и да видим дали новата ти приятелка няма да се появи."

Джой се съгласи. Докато седяха в бара, тя бе почти същата, като преди. Все още изглеждаше малко притеснена, но се шегуваше и бе все така секси, както обикновено. Това стопли душата му и той се надяваше, че тя е на път да се оправи. Часовете минаваха, и ставаше все по-малко вероятно приятелката ѝ да се появи, а стова и настроението на Джой започна да се променя.

" Мислиш ли, че той я е убил и е избягал?"

" Кой я е убил?"

"Мъжът ѝ, разбира се! Тя ми каза, че се карат постоянно. Ще помоля управителя да провери стаята. Може би там има труп."

" Не, Джой, стига вече. Толкова добре прекарахме следобеда, да вечеряме. Ако тя не се появи и за вечеря, ще си легнем, утре ще освободим стаята в единайсет и ще помолим на рецепция някой да провери стаята им. Съжалявам, но това е всичко, което съм готов да направя за една жена, която никой от нас двамата дори не е срещал, и с която ти си говорила един път през стената. С това темата е приключена. Финито! Бпай!"

След вечерята изпиха още една бутилка вино и Франк се опита да я накра да поспи, но когато тя най-накрая заспа, той я чу да мърмори на сън: " Съжалявам, че не можахме да се срещнем, но все пак благодаря за предупреждението. Надявам се мъжът ти да не е те наранил... това е добре... моят съпруг също е много грижовен."

Сърцето му се сви. Той отвори още една бутилка...

Злите духове на улица Гоя

Оуен Джоунс

10 ТАЙЛАНД

Когато се събудиха на следващата сутрин, Джой все още се тревожеше за това, какво се е случило с нейната нова "приятелка", но Франк я разсея с приказките си за това, какво ще има за закуска, пътуването до Тайланд, и това че ще се отърват от призраците. Тя бе окуражена от първите две, но имаше съмнения, че третото ще е толкова лесно.

" Съжалявам скъпи, но не мисля, че ще е толкова лесно да се отърва от демоните, които тормозят мен, а и теб. Трябва някой много силен, за да успее да ги убеди да ни оставят на мира, и другото е, ако оставят нас, това значи ли че ще тормозят някой друг. Защото тези същества оцеляват само по този начин. Живеят от това да измъчват хората. Моят страх е, защото виждам, че ти си твърде невеж в тези неща, за да те е страх, как те гледат на нас. Това е както когато ние видим едно печено пиле. Ние, или поне аз, не съм нищо друго за тях освен едно голямо, сочно, печено пиле и ако не могат да се докопат до мен, трябва да намерят друга храна някъде. Искам да се отърва от демоните, но не искам да ги пратя на някой друг. Разбираш ли, какво се опитвам да кажа?"

" Да, или не, не съм сигурен, но всичко това е ново за мен. Разкажи ми още за това какво мислиш, а аз ще те изслушам. Кой мислиш е достатъчно силен да се справи с демоните?"

" Накрая всеки сам трябва да се изправи лице в лице със своите вътрешни демони" изрече тя мистериозно и го погледна сериозно, "но все още не зная, кой може да ми помогне с това. Единственото, което знам със сигурност е, че трябва да потърся помощ вкъщи. Не познавам никой във Великобритания или Испания, който може да ми помогне. Всички, които познавам в Европа мислят само за пари и вещи. Същото започва да се случва и в Тайланд, но там все още има хора които следват Пътя."

Франк смътно си спомняше, че е чувал за Пътя и по-късно щеше да провери в интернет, но за момента трябваше да се фокусира върху това да заведе жена си на закуска, а след това на летището. Поръча такси за 12:30.

Когато най-накрая намериха гишето за багаж, часът бе един и половина и имаха още два часа преди да отвори. Франк нямаше нищо против. Щеше да купи някои подаръци и сувенири, трябваха му още таблетки за морска болест, щеше да пие една или две бири и да мине паспортна проверка преди полета. Но не бе много сигурен с какво Джой ще запълни времето си. Притесняваше се, че някой ще сметне, че тя не е в състояние да се качи на самолета. Оставиха багажа на съхранение и се замотаха из магазините. Опита се да я разсейва като й показваше красиви неща и я разпитваше за това, какво ги очаква в Тайланд.

Планът му проработи и четири без петнайсет влезнаха хванати ръка за ръка в залата за заминаващи. Джой искаше да вземе някои неща от безмитната зона, а Франк искаше да изпие една бира. Не бе сигурен, че може да й вярва напълно и да я остави да обикаля сама, но избра един бар, в който тя можеше да го види от всеки ъгъл и двамата се разделиха.

Той тъкмо бе отворил втората бира, когато я видя да идва към него. С широката си усмивка изглеждаше като жената, която бе до преди две седмици. " Колко бързо могат да се обърнат нещата" помисли си той " и да съсипят твоя живот и този на другите около теб." Тя му помаха и той отвърна; всичко, което искаше е съпругата му отново да се върне към старото си "аз". Изведнъж му светна, че обратното на това, което им се случваше, бе да спечелят от лотарията, или да им се роди дълго чакано дете.

" Намери ли нещо хубаво, скъпа? Искаш ли нещо за пиене?"

" Не, благодаря, мисля че похарчих твърде много пари."

" Това са си твоите пари, Джой, можеш да ги ползваш както намериш за добре. Хайде, вземи си един портокалов сок. Колко похарчи?"

" Добре, 949 Евро, доста са, нали?"

Той погледна запечатаните чанти - няколко парфюма и две бутилки шампанско.

"Да, доста са, но щом те прави щастлива, това е най-важното" и наистина беше така за Франк, който вече виждаше предстоящото дълго и мъчително пътуване, за да сме точни - 19 часа.

Качиха се на борда на самолета и Джой бе в изключително добро настроение, но това също притесни Франк. Искаше му се тя да е колкото се може по-балансирана, нито маниакално весела, нито депресирана. Помисли си, че трябва да е магьосник, за да успее да я държи в стабилно настроение.

Точно преди самолетът да излети, Джой се наведе напред, докосна леко рамото на жената на предния ред и каза:

" Съпругът ми е много мил". Жената се обърна към тях и отвърна:

" Да скъпа, той изглежда наистина като много мил човек."

Джой изглеждаше доволна, Франк също. Притисна я в прегръдка с надеждата така да я спре от това да заговаря други пътници и ѝ каза, че я обича. След като самолетът излетя, той се надяваше, че трите таблетки против гадене, които бе пуснал в сока ѝ, докато седяха в бара, ще подействат и тя скоро ще заспи.

Джой започна да се унася, докато стюардите минаваха между редовете с напитки.

"Две чаши бренди, едно кафе и какао, моля" изстреля Франк и Джой не оспори поръчката. След петнайсетина минути тя заспа и Франк почувства, че най-накрая може да си отдъхне поне за час. Самият той бе задрямал, когато един от екипажа го събуди с въпроса какво иска за вечеря.

" За мен пиле, моля. Джой, ти какво ще вечеряш?"

" И за мен същото, благодаря. Мога ли да Ви попитам нещо?"

" Да, разбира се."

" Мислите ли, че ще има проблеми по време на полета?"

Стюардът погледна шокирано към Франк, после отново към Джой.

" Не, госпожо, в никакъв случай. Мога да Ви уверя, че извънредно рядко се случва да има проблеми по време на полет.

" Разбирам, въпроса е в това, че някой ми каза, че може да има проблеми…"

Двамата мъже виждаха как хората започнаха да се обръщат и да ги зяпат. Докато стюардът се чудеше как да реагира, Франк каза:

" Всичко е наред, няма причини за притеснение. Извинете ни, на съпругата ми ѝ става зле, когато пътува и таблетките я карат да се чувства притеснена. Понякога започва да си фантазира неща. Няма за какво да се тревожите."

" Разбирам, господине. Ако желаете, мога да помоля някоя от дамите в екипажа да дойде при вас?"

" Не, наистина няма нужда, благодаря. Джой, не може да говориш така. Плашиш хората."

Тя се огледа наоколо и със съвсем нормален тон каза: "Всичко е наред. Нищо няма да се случи. Извинявам се, ако съм уплашила някого".

" Окей, Джой" прошепна Франк в ухото ѝ. "По-добре ще е, ако спрем да говорим по темата." Тя кимна и допря пръст до устните си, все едно двамата споделяха нещо тайно.

" Ще желаете ли нещо за пиене с храната, сър?"

" Да, две бутилки червено вино."

" Разбира се."

" И една бутилка за съпругата ми."

Мъжът от екипажа кимна и му подаде бутилките.

Оцеляха по време на полета до Истанбул без проблеми като пиеха все повече вино всеки път когато Джой се събудеше, но въпреки това Франк на няколко пъти трябваше да спасява други пътници от опитите на Джой да се сприятели с тях. Тя искаше да разкаже на всички, колко прекрасни места са Банкок и Тайланд, и че там проблеми не съществуваха. В един от случаите пожела на всички в самолета прекрасна ваканция в родната ѝ страна и обяви на всеослушание телефонния си номер, за да могат да ѝ звъннат ако им трябва помощ с нещо.

Хората бяха мили с нея, но все пак бе срамно - тя се държеше като малко дете. Малко преди да заспи, Франк се зачуди дали е просто от лекарствата, или бе от комбинацията с алкохола. Спяха седнали близо до гейта в Истанбул, където трябваше да чакат два часа, за да се качат на самолета за Тайланд. И там не се случи нищо особено, но Франк трябваше да я наглежда да не обикаля наоколо и да тормози хората.

Всичко мина безпроблемно, те слязоха от самолета в Банкок и се запътиха към паспортна проверка.

" Сега вече ще имаме проблеми".

" Защо?"

" Не зная. Не чуваш ли призраците, които ни казват, че ще имаме големи проблеми?"

" Не, Джой, съжалявам скъпа, но не ги чувам."

Стояха на един голям червен килим пред дълга редица гишета за проверка. "Тук ще си имаме проблеми. Няма да ти дадат виза. Ще те екстрадират, а аз ще вляза в затвора, защото съм помагала на нелегален имигрант."

"Какви ги говориш? Ти самата ми каза, че всички британски граждани имат право на тридесетдневна виза на влизане в страната. Аз проверих и наистина е така. Защо ще мислят, че съм нелегален имигрант?"

Джой започна да се оглежда наоколо сякаш търси такси на оживена улица. Франк се опитваше да я успокои, когато една жена от помощния персонал на летището се приближи към тях.

" Мога ли да помогна с нещо, сър?"

Той погледна към Джой. " Аз работя в тайландското посолство в Лондон..." Млада жена погледна дипломатическия паспорт в ръката й.

" Да госпожо, гишето за дипломати е ето там." След това погледна червеният паспорт на Франк и добави " Гишетата за туристи са насам." Посочи тя и го подкани " моля, наредете се на опашката, господине" и продължи нататък.

За дипломатическите паспорти нямаше опашка, но затова пък преди Франк имаше поне петстотин човека. Стомахът му се сви от лошо предчувствие.

"Виждаш ли, започна се с проблемите; опитват се да ни разделят. Не ме оставяй. Ще направя всичко възможно да ти помогна да минеш." Франк мислеше, че тя реагира прекалено, но направи това, което му бе казано.

" Какво ще правим сега?"

" Не съм сигурна" прошепна тя. " Просто изчакай".

Една от асистентките се запъти към тях. " Мога ли да Ви помогна с нещо, сър?"

" Надявам се да можете да ми помогнете. Със съпругата ми се чудим..."

" Тайландка ли е съпругата Ви?" попита тя, докато гледаше Джой. Той кимна. " Моля преместете се на експресното гише за семейни визи ето там, сър."

Франк благодари ентусиазирано и тя му се усмихна с небезизвестната тайландска усмивка. " Няма за какво, Добре дошли в Тайланд, сър, госпожо" изрече тя и продължи нататък.

"Виждаш ли, Джой, не беше трудно и има по-малко от дузина човека на опашката преди нас. Да побързаме преди да е кацнал следващия самолет".

Джой се остави да я поведе, но не бе напълно убедена. Видимо разтреперена, състоянието ѝ се влошаваше с всяка следваща крачка към имиграционните служби. В последния момент попълниха дългата синя бланка за имигранти, която бяха получили на борда на самолета, но съвсем бяха забравили.

Когато дойде техния ред, Джой го избута напред. "Ще чакам тук в случай че не те пуснат да минеш". Това бе последното нещо, което Франк искаше служителят от паспортна проверка да чуе. Застана пред гишето, усмихна се и подаде паспорта си. Мъжът го изгледа подозрително и щателно изследва паспорта.

" Нямате печат от Истанбул?"

Джой изписка.

" Не господине, беше само междинна спирка от Малага".

" Добре. Каква е причината за посещението Ви?"

" На сватбено пътешествие сме; идвам да се запозная със семейството на жена ми и да разгледам страната".

" Окей, сър. Застанете на жълтата линия и погледнете в камерата. Паспортът ви е почти пълен, имайте го предвид. Приятен престой в Тайланд" каза той и подаде паспорта обратно. " Госпожо Джоунс, Ваш ред е."

Разговорът мина на тайландски и Джой се държеше сякаш е на много важно интервю за работа. Изглеждаше страшно вдървена. Когато я помолиха да застане на жълтата линия пред камерата, тя се изпъна като войник на парад. Въпреки това бе пусната да продължи.

" Видя ли, никакви проблеми."

" Покажи ми печата си."

" Защо?"

" Мисля, че е фалшив. Дали са ти фалшива виза, за да те арестуват, когато решат." Тя стоеше с протегната ръка.

" Не, нищо няма да ти показвам. Пътувах деветнайсет часа, вече над двайсет и всичко, което искам е да стигна там, накъдето сме тръгнали. В момента просто търсиш проблеми там, където ги няма. Аз не си търся проблеми, и нямам проблеми, и ти също нямаш проблеми, така че, нека да си вземем багажа и да се махаме от тук. Хайде! Сега!" Настоя той. " Веднага!"

Тя само поклати глава и продължи да държи протегнатата си ръка пред него.

" Джой, обичам те и съжалявам, че си толкова объркана, но се кълна, че ако не спреш с тези глупости и не дойдеш веднага с мен, ще си взема куфара, ще хвана едно такси до града и ще си намеря хотел и без теб. Омръзна ми, разбираш ли? Искам да си почина на място, което е различно от летище!"

Тя отново се разплака, но отпусна ръка и направи крачка към него. Той сложи ръце на раменете й и я поведе към лентата за багаж.

Сложиха куфарите на една количка и тръгнаха към митницата. Джой буташе количката, но спря пред червените и зелени ленти. "Моля те" каза тя " не минавай митническа проверка с фалшива виза".

Бяха само на няколко метра от най-близкия митничар. Лесно можеше да чуе какво казва тя.

" Аз бях до тук" изрече Франк и взе куфара си. " Оправяй се сама". Той мина спокойно по зелените линии и никой не го спря или попита за каквото и да е. Не му харесваше, че остави Джой сама и се запита колко време ще отнеме преди тя се появи, точно когато я видя да идва, бършейки сълзите си. Тръгнаха към светлината и светът, който ги чакаше зад големите плъзгащи се врати пред тях.

Франк никога не бе ходил в топла страна, по време на най-големите жеги. Почувства се все едно е отворил фурната, за да извади свинското печено.

" Уф, Джой, това не го очаквах. Сигурно е поне 35 градуса". Тя не отговори, само посочи термометъра над вратата, който изписваше дата, час и температура едно след друго.

" 42! Добре, какво правим от тук нататък?"

" Не знам" промълви тя едва доловимо.

" Извинявай, но не чух какво каза".

Повтори се същото. Устните и помръдваха едва-едва.

" Ядосана ли си?" Никакъв отговор. Той затъркаля куфарите до две свободни места за сядане до пътя. Един таксиметров шофьор го подкани да се качи, избърса челото си с хавлия и каза нещо на тайландски най-вероятно за жегата. Франк само му се усмихна и на свой ред забърса челото си с носна кърпичка. Тя имаше около един процент от попивателната способност на хавлията и най-вероятно скоро щеше да е подгизнала. Шофьорът му се усмихна отново. Най-вероятно и той мислеше същото.

Джой стоеше там, където я бе оставил - на 5-6 метра встрани и гледаше вторачено куфара си. Той я повика и тя дойде да седне.

" Сега накъде, скъпа? Тук е твърде топло за едни англичанин, знаеш ли."

Тя го погледна, все едно никога не го бе срещала.

" Къде отиваме от тук?"

Изглеждаше все едно тя отново прошепна "не знам". На него започна сериозно да му кипва.

" Какво имаш предвид като казваш "не знам"? Довлече ме на хиляди километри, за да седим на някакъв миризлив път пред летището при 42 градуса на сянка и не знаеш какво да правим? Това ли искаш да ми кажеш?"

" Не знам" прочете той по устните ѝ.

" Мамка му, ако ти не знаеш, кой, по дяволите, ще знае? Това беше твоя идея и сме в твоята страна. Сега стани и направи нещо!"

Той гледаше как тя се изправи и започна да обикаля в кръг с пръсти на устните. След няколко минути седна отново.

"Какво беше това? На това ли казваш да направиш нещо?" Тя го погледна като малко, уплашено животно, и той се почувства засрамен, че е повишил тон.

" Добре, Джой, нека започнем от начало. Съжалявам, че ти се развиках, но нещо трябва да се направи. Не може просто да седим тук, нали?" Тя седна и захлипа отново, минаващите хора я гледаха странно. " Чуй сега, онзи човек с кърпата - повечето имат кърпа - но онзи ей там, със зелената кърпа, аз говорих с него. Изглежда сериозен. Помоли го да ни закара до някой близък хотел, който и да е. Моля те, направи го."

Тя се наведе през Франк и прошепна нещо на тайландски на шофьора, който трябваше да се приближи още повече, за да чуе какво казва тя.

" Какво каза?" попита Франк, леко облекчен от това, че разговорът бе приключил, защото носеше едни и същи дрехи вече два дни и подозираше, че мирише лошо.

" Каза 800 Бата."

" Какво? Не чух какво каза." Тя повтори, този път малко по-високо.

" Чудесно! Кажи, че сме съгласни, не ме интересува колко е скъпо, кажи че сме съгласни. Имаш ли пари в брой?"

Отне и няколко минути да намери една пачка пари с около хикяда Бата и после още седем осем минути да уреди таксито. Най-накрая караха по магистралата, далече от летището и стигнаха до покрайнините на това, което Франк предположи че беше Банкок, но се оказа на трийсет километра от центъра на града. Караха покрай различни хотели и Франк усети как отново започва да се изнервя.

След половин час каране, Джой каза нещо на шофьора и посочи надолу по една тясна, странична уличка. Деца и възрастни се замерваха с бял прах по лицата, хвърляха вода по такситo и едни по други. Такситo съвсем намали, за да не прегази някого. Въпреки всичко, което бе казал за духове и демони, не можеше да се отърве от усещането, че се намира в Ада.

Хората изглеждаха щастливи, помисли си той, почти като изпаднали в някакво маниакално състояние. Повечето танцуваха наоколо под звуците на силната музика. Не можеше да не забележи, че много от възрастните пиеха уиски направо от бутилките. Някои от празнуващите хвърляха бял прах по стъклата на такситo, други изливаха кофи с вода, но повечето просто се усмихваха, на сантиметри от прозорците.

"Радвам се, че си с мен, Джой. Ако пътувах сам, точно сега щях да помоля такситo да обърне и щях да съм на следващия полет обратно към Европа. Тайландците винанти ли са толкова плашещи?"

" Не се опитват да те изплашат" отговори тя с нотка на раздразнение в гласа. " Празнуват Сонгкран, традиционната тайландска нова година. Продължава три дни, понякога повече и се случва хората да се поувлекат. Сигурно си мислят, че си дошъл специално за празника. Много чужденци идват тук по това време, точно заради тържествата."

Той бе изумен. Никога не бе виждал нещо подобно и се питаше как е пропуснал, при всичките си пътувания по света.

Колата продължи бавно надолу по пътното платно, което се наричаше " сой " на тайландски. Това даде шанс на местните и Франк добре да се разгледат взаимно. Джой помоли таксито да спре пред една малка къща с две стаи горе и две - долу. Слязоха от колата, благодариха на шофьора и отвориха дворната врата. Едно дете хвърли по тях кофа вода и смеейки се - избяга. Една жена излезе тичешком и заприказва Джой; усмихна се на Франк и го поздрави. Той ѝ отвърна и те бяха поканени да влязат вътре, където жената им предложи кърпи, но те отказаха любезно, тъй като не бяха особено мокри. Веднага щом гостоприемството и обичаите позволяваха, което бе след три минути, Франк протегна ръце като крила на самолет, направи няколко крачки и се плесна по бедрата.

" Трябва да се пораздвижа" каза той. " Бяхме седнали доста дълго. Ще се поразходя. Джой не се чувства добре след дългото пътуване." Той се престори на някой, който повръща. " Джой, може ли да ми дадеш малко пари, моля. Видях един възрастен мъж да седи в някакво кафе нагоре по улицата. Мисля да поседна при него за час - два. Ако искаш ела и ти, след като си починеш. Чао." Той се поклони за поздрав с длани събрани като за молитва, но само домакинята отвърна на поздрава. Той побърза да излезе, преди някой да го спре.

Когато стигна до заведението, бе подгизнал и покрит с бял прах, който се оказа талк смесен с вода. Миришеше доста свежо от ментола, който някои добавяха в сместа, за да е освежаваща и разхлаждаща.

Мястото, което откри се оказа магазинче за нудли. Тук човек можеше да си купи голяма порция от азиатските спагети със зеленчуци и няколко парченца месо за шейсет пенса, но както и в повечето други магазинчета и ресторанти, тук продаваха и бира. Франк изпи първата си тайландска бира - Чанг, а след това и още няколко.

Заведението бе празно, а собственикът не говореше английски, така че Франк имаше време да си помисли добре за всичко. Синът на собственика обърна една кофа с ледена вода във врата му и това рязко го върна обратно в реалността. Момчето избяга със смях, но изглеждаше все едно очаква Франк да му отвърне. Той обаче имаше само бирата си и нямаше намерение да я разлива на вятъра.

Той все още обичаше жената, за която се бе оженил само преди две седмици и му бе мъчно за "побърканата" жена, която бе оставил при сестра ѝ, но какво друго можеше да направи? Не можеше дори да си помисли да я изостави само две седмици след сватбата, но не можеше и да продължава по същия начин. Не разбираше какво се бе случило с психиката ѝ за толкова кратко време.

Разбира се, имаше неща, които не можеха да бъдат обяснени логично, а видеото и главата на бесило бяха направо зловещи, но бяха дело на хора, само болни мозъци можеха да стоят зад нещо такова. Защо Джой бе решила, че това със сигурност е дело на призраци и демони? Умът му не можеше да го побере - оставаше му само да поръча още една бира.

След три часа, когато започна да се стъмва, той поръча три бири за вкъщи. Заклатушка се обратно към своя временен дом и получи още една доза кофи с вода по пътя. Той отвори входната врата и застина на прага.

Джой лежеше на пода и тихо говореше нещо на себе си, докато сестра ѝ, Гейл бе коленичила до нея и бършеше челото ѝ с мокра кърпа.

Тя го покани да влезе и той седна на пода. Ясно беше, че първата му вечер в Банкок, източната столица на нощния живот, нямаше да е особено приятна.

Злите духове на улица Гоя

11 СЕСТРАТА НА ДЖОЙ

" Господин Франк, ще ми кажете ли защо сестра ми е в това състояние?" попита тя и отново му подаде мократа кърпа.

Франк я погледна и се почувства страшно глупаво, заради нещата, които бе казал преди няколко часа. Гейл бе може би четири или пет години по-възрастна от Джой, но иначе двете много си приличаха. Единствената разлика бе, че Джой се усмихваше повече, и носеше секси дрехи. Гейл бе по занемарена и приличаше на стара, неомъжена леля, която можеше да изглежда много по-добре, ако се грижеше за себе си.

"Извинявам се Гейл, не знаех че говориш английски. Чувствам се като пълен идиот. Моля те, наричай ме Франк, без Господине."

Тя кимна. " Добре. Английският ми не е много добър. Ако идеш до кухнята, ще намериш отварячка за бутилките на хладилника. Ако искаш остави двете бутилки в хладилника. В Банкок е много горещо."

" Ти искаш ли една бира?"

" Не, благодаря."

" Да се върнем на сестра ми." Напомни му тя, когато той отново седна.

" Предполагам си запозната с историята до преди сватбата ни?" Тя кимна.

" Отпътувахме за Испания на меден месец преди да дойдем тук и Джой започна да чува гласове. Стана много особена, дори параноична".

" И не се е случило нищо, което може да е причината за това?"

" Едни младежи от Норвегия в апартамента отстрани и този над нас бяха доста шумни, кресливи, дори малко агресивни, но не мисля, че бяха опасни. Джой не ги харесваше, но не е говорила с тях и не ги е обвинявала за това, което се случи."

" Какво се случи?"

" На няколко пъти Джой видя призраци и демони в апартамента ни. Понякога намирахме повръщано и… ъъъъ…"

" Искам да знам всичко, моля."

" Когато тя пя "Призрачни ездачи" в караоке бара, показаха едно видео, на което двамата правим секс в спалнята ни. Собственикът на заведението каза, че някой е оставил видеото и ги е помолил да ни го покажат като изненада. А в деня, в който си тръгвахме, намерихме една от шапките на Джой и слънчевите ѝ очила провесени като плашило от терасата ни, но Джой беше разклатена психически седмица преди това да се случи". Той отпи една голяма глътка бира от бутилката си.

" Останахме в апартамента седмица, след това се преместихме в друг град за няколко дни, но нещата си останаха същите."

" Вярваш ли в призраци и демони, Франк?"

" Не, не мога да кажа, че вярвам."

"Обичайно ли е за англичаните да не вярват в такива неща?"

" Не зная. Никой от приятелите ми не вярва, а дори и да вярват в призраци, не биха ми казали".

" Защо, Франк. Щеше ли да им се смееш?"

" Не бих се смял - добре де, може би, но не на висок глас".

" В Тайланд много хора вярват в тези неща. Най-вероятно повече от половината население. Би ли се присмивал на милиони хора, просто защото не вярват в същото като теб?"

" Надявам се - не."

" Но не е изключено, нали? Глупави азиатски селяни, проклети Будисти."

" Хайде стига вече. Не е честно."

" Опитвам се да съм откровена. Винаги се старая да съм; трябва да се грижа за своята Карма. Вие в западните страни не мислите по същия начин; мислите си, че може да правите каквото решите и после Исус ще оправи всичко и ще ви прости. Аз се опитвам да разбера какво другите мислят, вярват и правят."

Франк искаше да каже нещо, но разбра, че сериозно е подценил сестрата на Джой. Вместо това отпи още една глътка бира.

" Предполагам още имаш чувства към сестра ми, оженихте се само преди две седмици, така че, какво предлагаш да направим?"

" Не зная, много мислих по темата, но единственото, което мога да предположа е, че отровата от болния й мъдрец я кара да халюцинира и чува гласове."

" Какво предлагаш - зъболекар?"

" Да, зъболекар".

" Добре, щом така си решил. Късно е, трябва да поемеш грижите за нея. Ако искаш още бира, магазинът две врати по-надолу по улицата е отворен до осем и половина. Няма нужда да ходиш чак до главния път. Дадох й приспивателно малко по-рано, за да поспи до утре. Има английски канали на телевизора, ако ти се гледа нещо. Лека нощ, Франк, и благодаря, че доведе сестра ми обратно при нас.

Поздравиха се с поклон и тя се качи на втория етаж. Часът бе осем.

Злите духове на улица Гоя

∞

Когато се събуди малко след девет на следващата сутрин, той видя, че Джой я нямаше. Сестра ѝ също не се виждаше никъде и Франк реши, че са отишли при зъболекаря. Чувстваше се мръсен като непрана от три седмици футболна фланелка, затова отиде да се изкъпе. Сложи си чисти дрехи и седна. След пет минути пусна телевизора, а след още пет го спря, взе последната бира и седна пред къщата. Там имаше кръгла бетонна маса с четири бетонни пейки. Той се пльосна на едната като чувал с картофи и зачака жените да се върнат. Преди това трябваше да иде да купи още три бири, защото те не се върнаха преди часът да бе три.

" Здравей, скъпа, как мина със зъба?"

Джой стисна устни и се хвана за челото в отговор.

" Упойката ще отшуми след час и до утре отново ще си своети старо Аз. Ще видиш." Сълзи се стичаха по лицето ѝ и тя побърза да влезе навътре.

" Мрази да ходи при лекари или зъболекари" поясни той на Гейл.

"Зная. Така е от двадесет и четири години, но отказва да ходи на зъболекар. Разказах на зъболекарката това, което ти ми каза и тя ни даде тези антибиотици. Обядвахме навън, но Джой почти не обели дума. Това, което разбрах е, че според нея е преследвана от демони. Извини ме, но трябва да ѝ дам лекарствата".

Франк въздъхна тежко и отново се свлече на пейката. Отиде да купи още три бири. Върна се мокър до кости за втори път този ден, но бе започнал да свиква с традиционния начин на празнуване.

Джой отново бе легнала на пода, а сестра ѝ грижливо и с много любов и даваше таблетките. Скоро тя отново заспа, изтощена от събитията през деня и часовата разлика. В седем Гейл извика за вечеря. Ядоха различни ястия, които Гейл бе купила по-рано през деня, докато тя даваше на Джой оризова супа, която изглеждаше по-скоро като каша. Това бе тайландският еквивалент на пилешка супа.

" Дадох ѝ антибиотиците и едно приспивателно. Утре ще опитаме пак, но тя иска да си с нея, за часа при лекаря. Гледай да си готов сутринта. Днес не успях да те събудя. Лека нощ, много съм изморена тази вечер."

Франк се чувстваше зле от това, че оставя някой друг да се грижи за съпругата му, но самият той бе минал през много последните дни и имаше нужда да презареди батериите, макар че методите му най-вероятно не бяха научно доказани.

Той подпря с една ръка главата си, с другата прегърна Джой и опита да заспи.

Сънят дойде изненадващо бързо, докато сънуваше за демони със зъл смях, които ги преследват по целия свят.

∞

Той чу Гейл да помага на Джой да се изкъпе около девет сутринта. Двете вече бяха закусили. Когато бяха готови го изчакаха и тръгнаха.

Франк и Джой не бяха говорили откакто бяха пристигнали в къщата на сестра ѝ. Джой не проявяваше никакъв интерес към него, и така или иначе почти не говореше. Ако искаше нещо, просто посочваше и промърморваше нещо на тайландски. Това ужасно дразнеше Франк. Чувстваше се като някой който работи в линейка, с единствената задача да закара пациента до болницата и нищо повече.

Гейл спря пред една голяма болница. " Заведи я вътре и ме изчакайте. Аз ще паркирам."

Франк направи каквото му каза. Когато им предложиха инвалиден стол, той отказа, но асистентът сложи Джой да седне въпреки това. Двамата просто стояха там като статуи докато Гейл не дойде.

"Последвайте ме" изкомандва тя, но когато Франк се опита да бутне инвалидния стол, човекът от персонала го избута предпазливо настрани. Явно да бута инвалидните колички бе негова работа и някакъв си невежа чужденец не можеше просто да дойде и да му отнеме задачите. Всички табели бяха написани и на тайландски, и на английски, и Франк заключи, че това говори добре за болницата.

"Всичко е наред, скъпа. Зъболекарят ще излекува зъба ти скоро, и след това можем да идем да вечеряме в любимия ти ресторант. Ще е хубаво, нали?" говореше й той докато я галеше по челото, вървейки по коридорите на болницата. Качиха се три етажа по-нагоре с асансьора и продължиха да вървят подминавайки множество табели, докато не завих след тази, която сочеше "Психиатрична клиника." Джой започна да се оглежда объркано наоколо и не бе единствената. Франк също бе тотално объркан. Хвана я за ръка.

Гейл поговори със сестрата на рецепция и двете помогнаха на Джой да се изправи, за да я прегледат. Франк можеше да види, че резултатите са доста завишени. Кръвното бе 175/135, а пулсът 145. След това записаха колко е висока и колко тежи.

"Съпругата ми има страх от болници и лекари." Жената се умихна и опита отново. Резултатите бяха малко по-добри, но все още твърде завишени. "Докторът е готов да Ви приеме", каза медицинската сестра, хвана Джой под ръка и я поведе надолу по коридора. Гейл кимна на Франк да ги последва към вратата, на която пишеше "Психиатър". Влязоха вътре. След няма и петнайсет минути продължиха към "Неврология". Младият лекар бе много любезен и дори попита Франк, какво е мнението му за състоянието на съпругата му, но бързо изключи като диагноза неговото предположение за абсцес на зъба. "Не, симптомите не отговарят на това заболяване." След това продължиха към Рентгеновото оделение, където ѝ направиха ЯМР. На излизане трябваше да платят на рецепция.

18 750 Бат, около 400 паунда.

Джой нямаше в себе си достатъчно пари в Брой, а Франк не мислеше, че е добра идея да използва здравната и застраховка, в случай че посещението при психиатър би попречило на повишение в работата в бъдеще. Затова плати с кредитната си карта.

" Защо ме доведе при психиатър, Франк? Мислиш, че съм луда?"

" Не, скъпа. Не беше моя идея. Попитай сестра си. Тя излъга и двама ни. Аз мислех, че отиваме при зъболекар."

Гейл погледна и двамата в огледалото за задно виждане.

" Това бе най-лесният начин да я заведа на лекар. Моята съвест е чиста. Направих най-доброто, което мога за сестра ми. Ако парите са това, което те притеснява, ще ти ги върна.

" Не става въпрос за парите, Гейл. А за предателството. Като неин съпруг, пред закона аз съм отговорен за нейното здраве, не ти. Настоявам от тук нататък да се допитваш до мен за всякакви решения, които се отнасят до съпругата ми."

Тя го погледна отново в огледалото и се усмихна. " Ти си в Тайланд, ние сме семейство. Ти нямаш думата тук. Съпрузите идват и си отиват. Може да се ожениш три или четири пъти в живота, но тя има само една майка, един баща и една сестра. Можеш да ме дадеш на съд, ако искаш."

Той виждаше, че за нея въпросът бе приключен. Гейл можеше да го толерира, даже да се държи любезно с него, заради сестра си, но да се занимава с неща, които засягаха семейството? Никога.

По един начин той знаеше, че тя е права.

На път за дома минаха през един ресторант с храна за вкъщи и ядоха на масата в градината. Джой все още не искаше да говори, поне не на английски, но изяде няколко лъжици от храната и Гейл и даде лекарствата. Осем нови таблетки и три от предния ден и я изпрати да си легне на пода във всекидневната след като си бе взела душ.

Франк донесе още бира и просто седна и зачака. Гейл излезе с една чаша студен чай. Седна срещу него на кръглата маса.

"Разбирам колко си ядосан, че нямаше дума при взимането на решение. Наистина разбирам и ще се опитам да се допитвам повече до теб за напред, но можеш ли поне да опиташ да погледнеш от моето място?"

"Разбира се, но не искам да се чувствам като натрапник - някакъв външен човек." Апликацията за преводи играеше важна роля в техния разговор.

" Добре, значи се разбираме. Истината е, че аз работя в това отделение, Психиатрията. Работя същото като сестрата, която премери кръвното на Джой днес. Също така искам да се развивам в кариерата и Джой ми помага в това. Всяка година полагам изпити, за да стигна следващото ниво. Когато бях млада, всичко, което исках бе да стана майка и да се омъжа. Отдавна приключих с тази мечта, от която ми остана една прекрасна дъщеря. Бю се подготвя да кандидатства в университета и тя също е много благодарна на Джой за помощта. Дължа на Джой повече, отколкото можеш да си представиш."

Тя погледна Франк с каменно изражение на лицето и той се зачуди дали това е нейният начин да не се разплаче. Очите й бяха влажни, но той не откри никакви други емоции в тях. Първият му сблъсък с азиатка на нейна територия и тя избираше да не се разкрива пред него. Дожаля му за нея, почти, колкото му беше жал за него самия. Никой от двамата не искаше да изгуби прекрасното същество на име Джой. Той сложи ръка върху нейната, изправи се и я прегърна.

"Вече сме семейство", каза той. "Това е проблем и на двамата, не само твой." Тя кимна леко, взе чашата си и влезе вътре.

∞

На следващия ден трябваше да идат отново до болницата, за да видят резултатите от ядрено-магнитния резонанс. Същият невролог ги поздрави с добрата новина, че не са открили тумор, но посочи няколко малки рани, които според него бяха резултат от повишеното кръвно налягане. Препоръча им да спрат антибиотиците и им предложи диск с рентгеновите снимки като сувенир. Франк го взе и се усмихна. На излизане Гейл помаха на Франк от рецепция.

"Имаш още една сметка за плащане" каза тя.

"И за резултатите от рентгена ли се плаща допълнително? Боже!"

Оказа се, че сметката от 40 паунда е за диска.

Когато по-късно вече седяха отново в градината, Франк изказа мнението си.

"Гейл, всичко през което минахме и платихме през последните два дни не даде никакъв резултат. Казаха ни, че за да се оправи, трябва да намали стреса и кръвното и налягане да се стабилизира. По дяволите, аз можех да направя сам това заключение след като видях резултатите от изследванията. Признавам си че сбърках, като мислех, че зъбът е причината за всичко, но тогава не знаех колко е високо кръвното ѝ, но няма нужда да си психиатър или невролог за да кажеш, че високото кръвно налягане трябва да се свали. Имам усещането, че ни прекараха през всички тези изследвания само за да наливаме пари във воденицата на болницата, с които да могат си платят скъпото оборудване. Колко пари изкарва средно на месец човек тук?"

"Около шест до десет хиляди. Разбирам какво имаш предвид, но повечето хора имат застраховка, която покрива такива разходи."

" Джой също има застраховка, но не искам работодателите й да знаят, че е била при психиатър, нали разбираш? Затова и застраховката й е безполезна в случая. За един следобед използвахме повече пари, отколкото един обикновен човек изкарва за три месеца, само за да ни кажат, че Джой има високо кръвно, което трябва да се свали и че не трябва да се тревожи за гласовете, които чува, защото най-вероятно това е причината за високото кръвно налягане. Дори не е сигурно, че е така. Неврологът каза, че е най-вероятно да е това. Извинявай, но това на мен ми звучи като измама."

" Поне знаем, че няма тумор в мозъка".

Франк я погледна втрещен. " Никой дори не е предполагал, че е тумор, но ясно можеше да се види зависимот между стреса и виокото кръвно налягане."

" Някои тумори растат бавно, други се развиват доста бързо. Добре беше да изключим това като вариант."

" Гейл, аз също съм щастлив, че тя няма рак, но съм силно несъгласен с всичко останало. Какво ще кажеш за най-скъпия и безполезен диск в колекцията ни? Две хиляди бата за нещо, което никой, никога повече няма да погледне."

" Ти го взе - можеше да кажеш, че не ти трябва и да си тръгнеш."

Той разбра, че няма да излезе на глава с тази жена, която не приемаше критика по адрес на болницата или отделението, в което работеше. По-късно вечерта, докато лежеше до Джой, се запита дали и той не реагира по същия начин, когато става въпрос за банката, в която работи. Всички банки отнасяха много критика през последните години, но той винаги намираше начин да ги оправдае.

∞

Следващите три дни прекара в самота, докато Гейл бе на работа. На четвъртия ден тя се върна заедно с Бю.

"Бю празнува Сонгкран в Патая. Там тържествата продължават цяла седмица, тя беше отседнала при баща си. Кажи здравей, Бю. Това е Франк, мъжът на леля Джой."

Бю се поклони в традиционен тайландски поздрав, и се пресегна над Джой, за да стисне ръката на Франк. " Приятно ми е да се запознаем" каза тя. " Как е леля?"

Франк направи физиономия, с която се надяваше да предаде, че нещата са били и по-добре. Бю коленичи, прегърна Джой и каза нещо на тайландски. Джой отвори очи, протегна ръце към нея, двете се прегърнаха и заплакаха. Франк се почувства като натрапник, затова се измъкна навън, купи си една бира и седна отвън до масата.

Злите духове на улица Гоя

12 БЮ

Не остана дълго, защото се почувства зле от това, че остави Джой сама, освен това Бю го бе заинтригувала. Остави бирата си отвън и зае мястото си на пода до Джой. Гейл излезе да приготви вечеря.

Бю все още бе във ваканция, защото март и април в Тайланд бе лято и се смяташе, че е твърде топло за да се работи. Тя се готвеше да кандидатства в университет по-късно през годината, но още от сега изглеждаше като студентката- мечтата на всяко момче. Бе висока за тайландка, около 178 см с гарваново черна коса дълга до бедрата. Погледната отзад изглеждаше като скъпа перука заборена на два молива, дрехите ѝ не се виждаха. Погледната в лице, тя бе слаба и плоска. Франк подозираше, че двете малки издатини се дължаха по-скоро на сутиена отколкото на гърдите ѝ. Това най-вероятно бе най-голямото ѝ притеснение относно външния ѝ вид. Изглеждаше почти анорексична. Имаше високо чело, усмивка, която можеше да спечели всеки и големи, кафяви очи. Освен това говореше английски по-добре от майка си.

Тя бе седнала като русалка до Джой и галеше ръката ѝ само на метър от Франк.

" Какво се случи?" попита тя.

Франк ѝ представи трите теории, така както ги виждаше самият той: теорията за призраците и демоните, тази за високото кръвно налягане на Джой и неговата теория за абсцеса на зъба.

Тя гледаше изпитателно ту него, ту Джой, докато обмисляше тези хипотези.

" Джой вярва, че за всичко са виновни демоните, нали така, а ти не й вярваш?"

" Да, предполагам, че може и така да се каже."

Джой внезапно се събуди, видя Бю, разплака се и я прегърна. Докато Бю отвръщаше с прегръдка на леля си, също започна да плаче и я положи внимателно на пода. Говореха си тихо нещо на тайландски, докато се поклащаха леко в синхрон. На Франк му се прииска да не бе влизал. Изглежда никой не го беше грижа, че е в стаята.

Бю най-сетне пусна Джой, сложи пръст пред устните си и отиде да намери майка си. Върна се с една студена мокра кърпа от хладилника, която сложи на челото й.

" Леля Джой разказа, че демони са накарали хората от етажа над вас и в съседство да ви сторят зло. Защо ще вярва в такова нещо, Франк? О, май трябва да те наричам чичо Франк."

" Технически погледнато е така, но просто Франк е окей. Не зная колко норвежки съседи имахме, но живееха над нас и в съседния апартамент. Бяха досадни, шумни и необщителни, но мисля, че бяха просто младежи отишли на ваканция. Срещнах само двама от младежите веднъж. Момчето от съседния апартамент се бе заключило отвън и искаше да прескочи през нашата тераса на своята. Отказах му, защото се страхувах, че ще падне, изглеждаше пиян. Един друг път съседите ни вдигаха толкова шум, че не можехме дори да чуем телевизора и любезно ги помолих да се поуспокоят. Хвърлиха ми някой и друг поглед накриво и получих едно "ти за какъв се мислиш?", след което всички се разсмяха. Мисля, че бяха или пияни или на някакви вещества. Освен тези две случки, сигурно поне двайсет пъти непознати звъняха на звънеца ни долу на входната врата, но не пуснах вътре никой от тях. Джой без причина се уплаши много от тези норвежци, но никой от тях не ни е пипнал с пръст или дори заплашвал."

" Джой спомена нещо за бъркотия, повръщано и слуз."

" Да, имахме един епизод с някаква жълто-зелена слуз или повръщано в апартамента и на терасата."

" Вътре? Имаш предвид вътре в самия апартамент?"

"Да."

"И ти не се зачуди, как е попаднала там?"

"Виж, и двамата бяхме пийнали доста и си помислих, че на Джой и е станало лошо, след това я е хванало срам да си признае. Или това, или просто не си спомняше, че тя е повърнала. Знам, че първият път тя обвини мен в същото."

"Нещо друго случи ли се?"

"Да" - той и разказа за шапката и слънчевите очила, а след това с голямо нежелание и за видеото. Или по-точно с престорено нежелание. Чувстваше се крайно развълнуван да сподели за видеото с тази млада жена. Помисли, че тя се досеща какво му е, защото побърза да смени темата.

"Разбирам. Леля Джой сигурно е била ужасена."

" Да, беше много разстроена. И двамата бяхме."

Когато Гейл дойде с вечерята, Бю помогна на Джой да се изправи и да седне с кръстосани крака на земята за да хапне. На нея ѝ се удаде с лекота да помогне на Джой, за разлика от опитите на Франк и майка ѝ. Може би лекарствата и познатите лица оказваха влияние.

Джой изяде по-малко от шепа храна от богатото меню и отказа да хапне повече. Дадоха ѝ лекарствата и за изненада на всички,тя остана седнала.

" Испанците са много мили хора" каза тя, огледа се около себе си и закима " и страната им е много красива". Тя продължи да кима, все едно се съгласяваше със себе си, докато изучаваше пръстите си, който свиваше и разпускаше в скута си.

" Така е. Хареса Испания и испанците, нали Джой?"

Тя му хвърли един бърз поглед и кимна отново. Той я хвана за ръка. В този момент тя бе повече себе си, отколкото когато и да е след пристигането им в Банкок. Той се усмихна на себе си.

" Намери ли си някакви приятели в Испания, лельо Джой?"
Джой погледна към Франк и смръщи чело.
" Да видим, Салвадор и Хесус в Бар Теха, онзи, когото наричаше "черният мъж" от Мароко и също англичанинът и съпригата му. Помниш ли? Мартин и Деби, мисля че се казваха. Спомняш ли си скъпа?"
Джой вдигна поглед, кимна му и пак се загледа в пръстите си.
"Боли ме главата" изхлипа тя и сложи длан на челото си, "не мога да спра да мисля, че имам големи проблеми…Keet maak, mi penha yai!"
Франк и Бю се пресегнаха да я прегърнат и ръцете им се допряха. Бю премести ръката си по-надолу.
" Хайде сега, скъпа. Срещна някои много мили хора там, нали? И двамата срещнахме."
Стори му се, че я чу как каза "да", но бе толкова тихо, че не бе сигурен.
" Те са тук сега" прошепна тя разтреперена. "Мога да ги чуя."
" За какво говориш, Джой? Нищо не чувам." Каза Франк.
" Имам големи проблеми" извика тя, взе възглавницата, зарови лице в нея и се тръшна на земята отново. Плачът и бе слаб, но се чуваше, че плаче. Франк просто сви рамене, нещо на което Гейл и Бю не погледнаха с добро око.

∞

Франк се събуди с гледката на Бю в дълга до коленете раздърпана тениска, най-вероятно служеща за нощница, която се бе навела над Джой, за да й помогне да иде до банята. Тениската не оставяще много на фантазията. Когато забеляза, че той се е вторачил, тя седна на колене. "Мислех, че спиш." Каза тя със студен глас. "Мама отиде на работа и аз ще заведа леля Джой при лекаря след двайсет минути, в единайсет часа. Закусихме, докато ти още спеше. Ще дойдеш ли с нас?"

"Да, разбира се. Само ще си взема душ. Има ли къде да си изперем дрехите? Има нужда."

"Да, аз вече изпрах тези на леля Джой и ги прострях да съхнат. Мама и аз и заехме някой неща, които да облече."

"Добре", каза той. Не знаеше, че една жена от Тайланд никога няма да изпере дрехите на непознат мъж, бил той и чичо. Бе обиден. "Идвам след малко".

От таксито, Бю ги поведе по познатия път към кабинета на психиатъра и след четвърт час бяха готови. Никой не говореше с него и той не разбираше и дума. Видяха Гейл, но тя само се усмихна едва преди да поговори с дъщеря си и продължи с работата.

Франк трябваше да плати 3 750 бат или 75 паунда за консултацията и четиринайсет жълти хапчета. Предположи, че надписът на бутилката и инструкциите бяха на тайландски и затова неразбираеми за него. Все още никой не го броеше за нищо и имаше усещането, че е там само за да плаща болничните разходи.

Ядоса се и просто тръгна след Бю, докато тя извеждаше Джой навън. Спряха пред един ресторант за улична храна и взеха храна за вкъщи. След като ядоха, Бю даде на Джой едно от новите хапчета.

"Какво с останалите?" попита Франк.

"Няма да й трябват повече. Лекарствата от днес…"тя погледна телефона си, "да, лекарствата от днес заместват предишните. Ще взима само хапчетата за кръвно и тези от сега нататък."

Това означаваше, че просто бяха изхвърлили осемдесет таблетки, за които той вече беше платил.

"Няма ли да ни възстановят парите?" попита той с усмивка. "За старите лекарства?"

"Не, толкова ли си стиснат?"

"Не съм, но са пари на вятъра. Ако днес така или иначе пак щяхме да ходим в болницата, защо ни дадоха лекарства за четири дни, които има вероятност да не ѝ трябват въобще?"

Бю продължи да се грижи за Джой и не го удостои с отговор.

"Бю, майка ти и аз имаме уговорка. Съгласихме се да работим заедно в името на това Джой да се оправи. Не става въпрос за тайландци срещу британци или твоето семейство срещу моето."

"Мама нищо не ми е казала."

"За Бога, всички искаме едно и също тук!"

Бю кимна леко. "Нека да започваме тогава - заедно."

Тя кимна отново. "Утре следобед, когато мама е готова на работа, ще идем до селото."

"Благодаря ти, че ми каза. Оценявам го." Отново, просто кимване.

Джой имаше кратки проблясъци на яснота, но спеше с часове и все още мърмореше полуразплакана за проблеми - понякога на английски, но по-често на тайландски. Тези моменти бяха тежки, защото Джой не искаше да чуе никой и също така не отговаряше. Често скриваше лицето си с възглавницата или поне се покриваше с нея до очите, които през повечето време бяха затворени, а когато ги отвореше - бяха изпълнени с ужас. Франк не искаше да каже нищо, но се страхуваше, че ще я настанят в институция. Никога до сега не бе срещал някой с психически проблеми и нямаше представа кои заболявания бяха толкова сериозни, че човек трябваше да постъпи в психиатрия. Дори не бе сигурен дали малкото, което знаеше по темата, важеше и в Тайланд.

Всичко бе една голяма бъркотия и въпреки помощта на семейството, той имаше чувството, че трябва да се справя с проблемите на Джой съвсем сам.

"Как ще стигнем до там и колко време отнема?"

"Мама ще ни закара; отнема шест или седем часа, ако тръгнем в три и избегнем задръстванията."

"Ще сме готови" каза той по-скоро на себе си. Не получи никаква реакция от Бю. "Бю, направил ли съм нещо нередно?" попита той.

"Да видим, разказа ми за секусалния си живот; сложи ръка върху моята; опита да погледнеш под полата ми; свиваш рамене, все едно не те е грижа за жена ти и седиш по цял ден самосъжалявайки се и пиеш бира. Според теб има ли защо мама и аз да сме ядосани?"

Той реши, че с това интелигентно момиче, истината е най-добрата стратегия.

" Добре, да започнем с най-лошото. Да опитах да погледна под полата ти, но ти си красива млада жена, а аз още не съм изкуфял и сенилен. Беше просто автоматична реакция и моля за извинение, но всеки мъж, който не е гей, би искал да види повече от теб. Докоснах ръката ти, но беше просто случайност; правехме едно и също нещо едновременно. Беше просто съвпадение, това е. Не съм опитвал да те докосвам. И накрая, да пия бира и да се самосъжалявам? Да, може би е вярно, но ти си с Джой само от два дни. Грижих се за нея сам две седмици, освен времето, в което сме тук в Банкок и я водих със себе си над единайсет хиляди километра. Бях свидетел на това, как моята красива млада съпруга бива тероризирана и постепенно се превърна в това, което ти виждаш сега. Така че, да, жал ми е за мен самия, мъчно ми е и за Джой, и за теб и майка ти, и начинът, по който се справям с това е като пия. Може би не е това, което ти би направила, може би не е най-правилното, но е единственото, което мога да направя. Съжалявам, ако това ме прави глупав и егоистичен в твоите очи, но как може да ти хрумне, че не ме е грижа?"

"Ти просто сви рамене предната вечер, помниш ли?"

" Да, спомням си. Това просто значи, че вече не зная какво да направя."

"В Тайланд това означава, че на човек не му пука вече и се отказва."

"И ти прецени какъв съм по едно свиване на раменете?"

"Може би трябва да внимаваш малко повече какво правиш, когато си в чужда страна? Във всеки случай изглеждаше като логично обяснение."

"Разбирам какво казваш, но си си направила грешно заключение. Може ли да започнем от начало? Дай ми още един шанс, моля те."

" Хубаво. Джой трябва да е видяла нещо добро в теб. Ще опитам да направя същото."

Той щеше да протегне ръка, но се спря. Вместо това поздрави с поклон по тайландски обичай и каза "благодаря".

∞

На следващата сутрин, след като Бю бе помогнала на Джой в банята да се изкъпе и облече, тя я остави седнала вън до масата и влезе, за да донесе закуска.

Джой го погледна. "Имаш нужда от чиста риза, и трябва да се избръснеш преди да се срещнеш с майка ми. Не искам тя да си помисли, че не се грижа за мъжа си. За първи път от две седмици тя проявяваше загриженост към него. Очите му се напълниха със сълзи. Взе ръцете й в длани и я целуна по бузата.

"Ще свърша всичко след закуска" каза той. "Не съм се грижил за себе си последните дни".

Джой беше себе си докато закусваха и разговорите бяха горе-долу стандартни, но тя бързо се измори и след като взе лекарствата си, всичко, което искаше бе да спи. Франк искаше да ѝ помогне, но Бю го изпревари. Зад гърба на Джой тя вдигна палец нагоре и му се усмихна. Когато тя се върна да разчисти чашите след закуска, Франк каза:

" Това беше добър знак нали? Мислиш ли, че лекарствата започват да действат, или може би е просто мисълта, че ще види майка си отново?"

"Не зная, Франк. Може да са и двете, но бих искала да вярвам, че добротата, с която се грижим за нея, също помага."

"Сигурен съм в това. Иска ли питане? Имах предвид, заедно с грижите, които получава тук."

Бю разтреби и не се върна повече, а той остана да се пита дали бе един от тези, които показваха загриженост за Джой.

Злите духове на улица Гоя

13 В ПРОВИНЦИЯТА

"Готови сме за болницата" каза Бю, когато стана дванайсет и половина. "Ще дойдеш ли или ще ни чакаш тук?"

Изглеждаше, че Гейл бе забравила уговорката им, а Бю не взимаше нещата на сериозно.

"Разбира се, че ше дойда, но защо не ми каза по-рано. Сега щях да съм готов."

"Мислех си, че майка ми е говорила с теб."

"Не, не е. Така ли ще е от тук нататък?"

" Просто искаме това, което е най-добре за леля Да".

" Кой?"

" Твоята съпруга, Джой".

" Знам как се казва жена ми, благодаря, че ми напомни, но никога преди не съм чувал някой да я нарича "Да"".

" Така я наричат на галено в селото, преди да отиде в университета и да избере да се нарича Джой. Хората от селото я познават като Да, не под името Джой. Никой там няма да знае коя е Джой."

"Разбирам. Благодаря, че поне за това ми каза."

" Таксито ги откара отново до същата болница и Бю пак ги поведе към психиатричното отделение, бутайки инвалидната количка с Джой пред себе си. Джой все още не обелваше и дума и изглеждаше уплашена. Франк се наведе, за да я успокои, но това не даде никакъв ефект. Когато влязоха, срещнаха Гейл на рецепцията и след като ги поздрави тя премери пулса и кръвното налягане на Джой.

След като звънна на някого ги помоли да я последват в кабинета на психиатъра.

Джой седна до бюрото, точно пред Франк, който бе седнал на един голям кожен диван. Гейл седна до Джой, докато Бю избра да остане права. Разговорът вървеше на тайландски повече от четвърт час и остана напълно неразбираем за Франк, но на края психиатърът се обърна към него на английски.

"Изписах на съпругата ви нови лекарства. Моля изхвърлете каквото е останало от старите. Когато тези свършат след две седмици, трябва да дойдете обратно."

"Ние няма да сме тук, докторе."

"Къде ще пътувате?" попита тя.

"Не съм съвсем сигурен, но някъде на север, да посетим семейството на Джой, а след това обратно към Великобритания."

Последва нов кратък разговор на тайландски.

" Има добра болница в Пицанулок, заведете я там след две седмици, и елате отново при нас преди да отпътувате за вкъщи. Довиждане и се надявам да се насладите на красивата тайландска природа."

"Благодаря" успя да смотолеви той, преди да излязат от стаята. Гейл бе приключила със смяната си, тя каза нещо на Бю и Бю изведе Франк и Джой навън.

Консултацията и новите лекарства излязоха 3 750 бат. Чакаха Гейл в кафето докато тя се приготви, изкъпе и преоблече.

"Не беше чак толкова страшно, нали скъпа?" попита той Джой. Тя го погледна и прошепна нещо.

"Не мога да те чуя, Джой. Какво каза?" Той искаше тя да повтори по-високо казаното, макар че можеше да отгатне какво беше то. Тя не бе изразявала несъгласие за каквото и да е откакто бяха в Малага. "Всичко наред ли е?"

"Не, скъпи. Кога ще идем вкъщи?" Той не знаеше за кое вкъщи говори тя, но отговори:

"Ще стигнем в родното ти село тази вечер." Той погледна към Бю, която кимаше потвърдително и Джой проследи погледа му.

"Ще стигнем към осем и половина, девет". Джой се усмихна за първи път от много време и това стопли сърцето на Франк. Гейл не се забави дълго и паркира колата пред страничния вход, за да ги вземе.

"Можеш да седнеш отпред" каза Бю и помогна на Джой да се настани на задната седалка. "Краката ти са по-дълги от моите". Шофьорът зад тях натисна клаксона нетърпеливо, така че Франк се настани на предната седалка. Осъзна, че краката им са еднакво дълги. Погледна Бю в огледалото. Тя държеше Джой през кръста и се усмихваше.

"Колан" скастри го Гейл, когато започнаха дългото пътуване.

Още не бяха излезнали от Банкок, когато Джой взе да търси нещо в дамската си чанта.

"Сигурно търси хапчетата за пътуване" предположи Франк. Бю ги намери и щеше да й ги даде, когато Франк поиска да види опаковката.

"Не може да взима от тези. На етикета пише "не взимайте в комбинация с лекарства по предписание, преди да се консултирате с лекар" Ето виж, отстрани пише на тайландски." Бю с неохота потвърди, че това е вярно. И на тримата им беше ясно, че Джой няма да издържи дълго без лекарствата за път.

Решиха да спират на всяка бензиностанция на магистралата за петминутни паузи. Майка и дъщеря се възползваха от тоалетните на всяка спирка, докато Джой просто стенеше на задната седалка и повръщаше в една пластмасова торба.

Опитаха се да ѝ дадат нещо за ядене, но бе безмислено, тъй като тя върна всичко. Започваше да мирише доста зле. Франк се чудеше дали миризмата не спомагаше за гаденето и правеше нещата още по-лоши. Той самият също не се чувстваше добре. Опита се да повдигне настроението на Джой малко, като поговори с нея, но това не помогна. Осъзна, че тя най-вероятно влага всичките си сили в това, да повръща, колкото се може по-малко. Потупа я по коляното. Така беше най-добре.

Отне им малко по-дълго от очакваното, но стигнаха до селото по тъмно, малко след девет вечерта. Франк не можеше да види нищо, откакто бяха отбили от главния път и бяха започнали да карат по по-тесния път, който водеше към селото. Когато стигнаха, той едва успя да различи някакви сгради и кучета, които лежаха по улиците под слабата светлина от къщите. Гейл караше внимателно и им оставяше време да се събудят, изправят, да покажат раздразнението си и бавно да се отместят от пътя. Тяхната работа беше да лежат там. Това бяха кучета-пазачи, които охраняваха селото и предупреждаваха за натрапници, точно както прадедите им бяха правили в продължение на хиляди години.Колата спря отново. Бю изскочи навън, отвори пътната врата и Гейл паркира вътре.

Франк видя четирима човека да седят около една голяма квадратна маса в близост до една странична врата на къщата. Бю отвори задната врата на колата.

"Остава ли още много?" попита Джой и разтърка очи.

"Пристигнахме при баба. Ела, всички те чакат."

Джой се изправи, прокара пръсти през косата си и очите и се спряха на майка ѝ, която седеше до масата. Огледа се в огледалото за задно виждане, после погледна Франк, който бе протегнал ръка да ѝ помогне да излезе от колата, и се приплъзна по седалката към него докато се усмихваше едва доловимо.

"Добре дошъл в нашия дом и в нашето село" каза тя тихо, докато той и помагаше да излезе ог колата. Изправи се до него и сложи ръка на рамото му.

"Какво ще правим, Франк?" каза тя.

"Какво имаш предвид, скъпа?"

"Какво ще правим с всичките ни проблеми?"

" Нямаме никакви проблеми. Намираме се в родното ти село, на 11 000 километра от Испания; имаме пари и билети за връщане във Великобритания. Какви проблеми бихме могли да имаме?"

Тя го погледна в очите, стисна предмишницата му и се свлече на колене. Той едва успя да я хване за ръка. Никога досега не бе виждал този поглед в очите ѝ. Напомни му на войниците от филмите за войната, които са били уцелени от снайперист. Една смесица от шок и недоверие. Ръката ѝ се изплъзна от неговата, тя падна и удари главата си на тротоара, за щастие падна от доста ниско.

Франк помисли, че тя е мъртва и не знаеше какво да направи. Гейл дойде до тях. Тя погали Джой по челото и извика Бю. Миришещи соли от куфарчето за първа помощ бяха сложени под носа на Джой, и след няколко секунди, тя отвори очи. Тя все още имаше същото объркано изражение на лицето си, докато го прегръщаше и плачеше. Той никога преди не бе виждал някой да припада.

"Всичко наред ли е, любов моя?" Отговорът ѝ беше безиразен поглед докато размахваше ръка пред лицето си. Той предположи, че това означава "не сега". Той протегна ръка в опит да ѝ помогне да се изправи, но Гейл го отпъди настрани. Той бе толкова щастлив, че Джой не е мъртва, че точно в този момент можеше с радост да раздаде цялото си имущество за благотворителност.

Преди майката да успее да стане от масата, за да ги срещне, Бю помогна на Джой да стигне до нея. Франк изпитваше облекчение, и този път дори не изпита ревност.

Бю настани Джой с гръб към масата, но тя сякаш не знаеше от къде да започне. Имаше много желаещи да й помогнат, но тя вече се изтощаваше и от най-малкото усилие. Франк просто стоеше до нея и й се усмихваше окуражително, без да е много сигурен как точно трябва да се държи. Джой го хвана за ръка, обърна се на 45 градуса и го представи.

"Това е съпругът ми, Франк. Той е много добър човек." Джой се премести с още 45 градуса, за да вижда и другите, които бяха седнали там. Франк седна непохватно до масата, сложи ръце на раменете на Джой, усмихна се и кимна на непознатите хора пред него.

Франк предположи, че тази, с която Джой беше говорила, е майка й. Тя бе единствената от четиримата, която бе запазила зъбите си. Имаше общо двама мъже и две жени, но той не знаеше дали са партньори, съпрузи и дали въобще са семейство. Джой беше казала, че баща й починал преди време, но може би майка й щеше да се омъжва отново.

Никой не си направи труда да го представи. Той ги намираше за твърде слаби, с буйни коси и тъмнокафява кожа, можега да седят в поза лотус и освен тъща мъ, имаха малко зъби. Никой не се смееше или усмихваше. Мъжете носега стари дрехи, а жените бяха облечени с дълги традиционни тайландски поли, наричани саронг, и модерни блузи. Всички носеха злато около шиите си.

Гейл и Бю се присъединиха около масата, след като бяха внесли багажа.

"Гадеше й се по целия път насам." Каза Бю. "Молихме я да хапне нещо, за да не се разболее, но тя отказва. Знаета каква става при дълги пътувания, ако не вземе хапче за път. Нямаше как да не се случи." Хората започнаха да кимат и да говорят помежду си едновременно.

Ако Франк не бе толкова щастлив, че Джой бе жива, щеше да му направи впечатление, че всички говорят на тайландски. Никога не се бе чувствал толкова самотен. Бе зает с това да гледа Джой и тайно да следи как семейството се държат един с друг. Харесваше му да наблюдава хората.

В същото време не разбираше, защо никой не се интересуваше от него. Той тъкмо се бе оженил за дъщеря им и бе пропътувал единайсет хиляди километра за да ги срещне и никой дори не го поглеждаше. Досети се, че най-вероятно го обвиняват за болестта й. Може би си мислеха, че това нямаше да се случи, ако той се бе грижил по-добре за нея.

Той не разбираше какво би могъл да стори, за да го избегне, но знаеше, че ще направи всичко да защити Джой.

Когато приключиха с вечерята, всички освен Франк и Джой минаха по своя ред през банята и се отправиха към леглата. На тях им показаха една стая на горния етаж, където висяха осем мрежи за комари. Мушнаха се под своята мрежа и Джой нареди завивките и дрехите им по мрежата на пода, така че насеокмите да не могат да пропълзят вътре. Най-сетне заспаха, или поне Джой. Франк бе твърде напрегнат, за да заспи. Би предпочел да изпие няколко бири и да си поговори с някой, но бе доволен и на това да гледа усмихнатото, спящо лице на Джой, докато самият той не заспа.

Злите духове на улица Гоя

Оуен Джоунс

14 БАН ЛЕК

Франк се събуди плувнал в пот. Беше му по-горещо, отколкото някога преди в живота му, макар че под завивката бе само с късите панталони, с които бе дошъл предната вечер. Измъкна се изпод мрежата и огледа голямата, облицована в дърво стая. Видя му се, че някой стои на верандата, която бе по цялата обиколка на къщата. Тръгна внимателно към светлината, която влизаше отвън, и масата, която се виждаше и до която имаше нещо.

Човекът, който седеше във високия шезлонг, не се виждаше в гръб, но се обърна стреснат когато една от дъските на пода изскърца. Джой изглеждаше объркана, явно бе очаквала някой друг, но му помаха да вземе един стол и да седне до нея.

Той го направи и каза: "впечатляващо подобряване, Джой. Много се радвам. Как се чувстваш тази сутрин?"

Джой просто допря пръст до устните си в знак да запази тишина и му посочи да седне.

"Изглеждаш много по-добре. Чувстваш ли се по-добре?" Той я разглеждаше изпитателно.

Очите ѝ се напълниха със сълзи и тя прошепна "не".

"Наистина не чух какво каза, скъпа. Трябва да говориш по-високо. Знаеш, че слон ми е стъпил на ушите". Надяваше се като използва жаргон да я развесели, но това не помогна. Тя само поклати глава и посочи към слепоочията си.

"Не мога да чета мисли, Джой. Говори си с мен."

Тя го погледна вторачено. "Все още ги чувам" каза тя едва доловимо преди да обърне глава и да отмести поглед в страни.

"Помислих си, че изглеждаш толкова по-добре. В Банкок лежеше на пода по цял ден и цяла нощ, и само плачеше или спеше. А виж се сега. Не ти ли стана по-добре сега, когато си обратно в родното си село?"

Тя вдигна дясната си ръка и отмери половин сантиметър между палеца и показалеца си. Хвърли му един поглед, колкото да провери, дали я е видял и отново се обърна.

" Добре, значи така ще я караме занапред?" Джой не отговори.

Бю мина зад тях тихо като призрак. "Има закуска за теб долу, чичо Франк. Сега мога аз да поседя с Да."

"Благодаря, но ако не мога да закусвам заедно с Джой, не искам нищо. Ти може да идеш да закусваш, аз ще стоя тук с нея."

"Ние закусихме в шест, преди изгрева. Така правим винаги, когато сме при баба. Традиция още от времето на фермерите. Предполагам ти се събуди от жегата? Токът спря, често се случва тук."

"Започва да става топло, но се търпи." Отговори той. Не искаше да й достави удоволствието да признае, че е права. В този момент един вентилатор започна да се върти на няколко метра в дясно.

"О, тока дойде. По принцип не трае повече от час. Добре, ако не си гладен, мога да ти донеса една чаша студен чай." Обърна се и тръгна, докато съпруг и съпруга останаха да седят в настаналата конфузна тишина. Беше срамно, особено за Франк, който нямаше идея как да говори с няко, който му отговаря на езика на глухонемите, ако въобще решеше да отговори. Затова той просто седеше там и опитваше да измисли нещо, което да я заинтересува достатъчно, че да му отговори, но тя просто се взираше пред себе си, в нещо, което приличаше на дворна ограда от бамбукови пръти.

Всички пръти бяха почти еднакво високи, но някой от израстъците надстърчаха с още метър. Франк го намираше за интересно, но той никога не бе виждал такова нещо преди. Предположи, че Джой е израснала с такива огради, но не бе сигурен дали и тя гледа по същия начин. Той не можеше да отгатне, а тя не обелваше дума. От време на време тя поклащаше глава, сякаш се караше със себе си или с някой, когото той не можеше да види. Чувствата му бяха на границата на това, което бе способен да изпитва, но не можеше да направи нищо.

След като пи чай, изкъпа се и облече чисти дрехи, Франк се върна при Джой, с Киндъла си. Нямаше абсолютно нищо за правене и той си помисли, че може да се пробва да се вържe на интернета на Бю и да свали някоя книга за четене. Той бе приятно изненадан, когато откри, че няма нужда да моли за услуга, тъй като намери отворена мрежа под името "Thamafuang Free". Успя да се върже без парола и се обърна към Джой.

"Я, има интернет мрежа, която се казва "Thamafuang Free". Какво е това, Джой?"

Тя не отговори и той повтори въпроса.

"Какво?" попита тя най-накрая. Изглеждаше раздразнена, че някой я безпокои. "Това е общината. Предоставят безплатен интернет на жителите на селото."

"Но това е страхотно" каза той, докато едновременно с това се опитваше да започне разговор.

"Това никога не би се случило във Великобритания. Представи си държавните власти да започнат да развалят пазара на интернет доставчиците! Би настанал хаос. Помисли за всички пари от данъци, които биха изгубили."

Джой не каза нищо и той се облегна назад, зачетен в книгата, която бе избрал "Тигровата Лилия от Банкок". Бе написал в търсачката "романи от Тайланд" и му бе харесала корицата.

∞

Няколко часа след обед, той опита нова тактика, с която да накара Джой да направи нещо. "Може ли да ме разврдеш из селото ти? Толкова е тихо и спокойно, не като Лондон или Банкок. Бих могъл да се пенсионирам тук някой ден, ти какво ще кажеш?" Тя кимна. "Хайде, ела да се разходим." Тя само присви устни и поклати глава в несъгласие. Най-вероятно просто се бе съгласила с предложението да се пенсионират тук.

"Няма проблем, и сам ще се разходя. Накъде е по-добре да тръгна - на ляво или на дясно?" Джой вдигна лявата си ръка и той се изправи и я остави сама. Докато минаваше покрай семейната маса от предната вечер, той поздрави с поклон по тайландски петимата, които бяха седнали там, но не и преди да види Бю да се отправя към Джой. Бе доволен, че някой й прави компания.

∞

Бан Лек бе едно много тихо селце, но само през деня, когато децата бяха на училище и повечето възрастни работеха на полетата; основното препитание в селото бе да отглеждат ориз. Изглеждаше като два неправилни кръга от къщи. Отне му петнайсет минути да обиколи вътрешния кръг. Всяка от къщите във външния кръг бе свързана с малко оризово поле от другата страна на улицата. Всички спираха това, с което се бяха захванали и го зяпаха, докато минаваше. Две деца се разплакаха, а глутница кучета се разлаяха след него от разстояние, докато ги подмина. Той бързо намери трите магазина, които търсеше. Всичките бяха също толкова мръсни, колкото тези на улицата на която живееше Гейл, но той просто седна пред най-близкия и си поръча голяма студена бира Чанг, с помощта на жестове и мимики. Бе доволен, че е взел със себе си Киндъла и се облегна назад зачетен в книгата. Почти не обръщаше внимание на хората, които идваха и бяха принудени да си купят нещо за да го разгледат по-отблизо. Той видя доста хора да си говорят шепнешком с продавачката, докато сочеха към него.

Когато изпи и втората бутилка, половин час по-късно хората бяха загубили интрес към него, старата продавачка седна срещу него. Явно и тя предпочиташе тази маса, когато имаше време да си почине в жегата. Той вдигна поглед от книгата и й се усмихна. Тя го разгледа изпитателно и отвърна с широка усмивка.

Тя бе ниска, закръглена и ужасно пълна, но достатъчно стара да не се вълнува от това, тъй като тайландците, които в по-голямата си част са Будисти, вярват в прераждането. "Защо човек да полага усилия да бъде нещо, което не му се удава в този живот, ако може да се върне отново и да започне на чисто в следващия си живот?" Беше го попитала Джой веднъж. В момента виждаше пред себе си приложението на тази философия.

"Анкит?" попита тя, но не получи отговор. " Англичанин? Ти англичанин или американец, или Германия?"

" Извинявай, англичанин съм, Лондон." Обясни той. Опита се да завърже разговор, тъй като тя наистина опитваше. " Съпруг, гадже, приятел на Джой" продължи той и посочи нагоре по пътя към къщата на Джой. "Извинявай, Да - приятел на Да от Лондон."

"Оооо" каза тя и събра показалците и средните пръсти на двете си ръце на едно, което Франк разтълкува като сватба. Със сигурност цялото село бе чуло, че Джой се е омъжила за англичанин. Отвърна на приятелската й усмивка и протегна дясната си ръка. Тя разбра какво прави той, беше го виждала по филмите по телевизията, но никога не го бе правила сама, затова протегна лявата си ръка. Франк я хвана за ръката и я стисна за поздрав. Тя изглеждаше много доволна.

"Аз...ъъъъ...Франк. А ти?" попита той докато сочеше себе си, а след това нея.

"Франк? Чан Чу Ел, Ел."

" Ел? Лесно се помни. "Тя"на френски и тя, като името на онзи стар филм, промърмори той на себе си "след като тя излезе от пламъка". Той се усмихна на собствената си шега, което Ел прие за добър знак и протегна отново лявата си ръка. Този път и той протегна лявата си ръка и скаутският поздрав им се получи добре. Забеляза, че някои от клиентите ги зяпат. Предположи, че затова тя иска да се здрависат отново, и беше прав. Тя посочи с брадичка към зрителите, пусна ръката му и се изправи. "Още една?" Каза тя като имитираше фразата, която той бе използвал вече два пъти.

"Да, благодаря, Ел". Тя грейна в доволна усмивка и се шмугна покрай другите клиенти, някои от които стояха с отворена уста от удивление.

Франк изпи бавно третата бутилка, купи още три за вкъщи и каза довиждане на Ел.

По време на вечерята, която продължи между четири и половина и осем и половина, когато беше време за лягане, Франк опита да се отърси от самотата като подхване разговор с Джой, тъй като тя не казваше нищо без някой да я заговори, той започна да и разказва историята си от селото.

"Много от хората са виждали англичани само във филмите" обясни му тя. "Пипаха ли те, или може би те погалиха по косата?"

"Какво имаш предвид? Аз съм женен мъж." Пошегува се той. Надяваше се да види малко от предишната Джой в отговора.

"Сигурно си забелязал, че тук хората нямат телесно окосмяване като Фаланг. По-възрастните често могат да хванат някой бял за ръката и да го погалят, като котка."

"Не, нищо такова не се е случвало днес" каза той, разочарован от реакцията на Джой. "Може да имам повече късмет утре. Защо ме наричат Фаланг и защо децата плачат като ме видят?"

Имаше проблясък на усмивка, когато Джой опита да обясни, но изглежда и беше трудно да намери правилните думи.

"Има много неразбирателства около думата Фаланг и някои Фаланг се обиждат от думата без причина. Първите бели тук са били французи и са били наричани "Falangset". Всъщност се пише с "r", а не с "L" както повечето го произнасят. Накратко "Falang" означавало "френски" и все още значи това, но с времето е станало нарицателно за всички бели хора. Най-лесно е да се преведе като евразиец."

"И защо да е обидно? Бели европейци, американци, канадци и още ред други са евразийци."

"Да, глупаво нали. Някой невежи хора виждат в това думата "manfalang", което значи "картоф" и мислят, че ги наричаме картофени селяни или картофени глави. Глупаво е и само показва, че всяка нация си има някакъв процент идиоти."

"Какво с децата, които започват да плачат като ме видят? Толкова ли съм грозен?"

"Не, няма такова нещо. Повечето жени тук биха дали всичко за кожа като твоята. Тъмната кожа значи, че си беден и глупав и трябва да работиш на полето под слънцето; бялата кожа значи, че си завършил училище и си намерил добра работа. Може да гледаш тайландска телевизия, колкото си поискаш, няма да видиш и едно кафяво лице. Ако разгледаш която и да е тайландска баня, ще намериш шишенца с избелващи кремове. Тъжно е, но всички са подвластни на предразсъдъците. Дори аз се грижа, кожата ми да е светла - използала съм много време да го постигна и все още продължавам. Никога не излизам, когато слънцето е силно.

" Когато става дума за децата, обяснението е лесно. Преди, когато е имало тигри, големи змии и разбойници, които са обикаляли из селото през нощта, родителите плашели децата си с истории за призраци, "Пи Поб" и други чудовища, за да не ходят децата далеч от вкъщи. Чудовищата били големи, страшни и бели. Ако пуснеш телевизора, може да видиш подобна програма всяка седмица. Ако никога досега не са виждали бял мъж, естествено че ще те помислят за едно от чудовищата, което е дошло да ги изяде."

"Не е в теб вината, такава е културата ни. Не го мисли - просто бъди себе си и се усмихвай. Когато разберат, че не си дошъл да ги изядеш, ще се сприятелите."

" Добре скъпа, вярвам ти. Старата жена от магазина, Ел. Изглежда мила."

"Да" усмихна се тя. "Познаваме се цял живот. Има добро сърце, "jai dee", но също така знае всички клюки в селото."

"Да" чу Франк непознат глас и в миг вниманието и бе за някой друг, а той се почувства отново като безгласен страничен наблюдател.

∞

Когато всички бяха легнали и заспали същата вечер, Франк все още се чувстваше самотен. Той бе уверен, че вижда подобрение в състоянието на Джой откакто бяха дошли в селото и след новите лекарства, но не можеше да го обсъди с нея, тъй като не искаше да притеснява другите, а последното хапче, което тя взимаше всяка вечер, бе хапче за сън.

Той лежеше и мислеше, слушайки животните навън в нощта - птици, кучета, буболечки и насекоми докато не заспа по обичайното време между дванайсет и един.

Злите духове на улица Гоя

Оуен Джоунс

15 ДА ЖИВЕЕШ ПРИ МАЙКА СИ

Когато Франк се събуди на другия ден, Джой бе изчезнала, но поне имаше ток. Вече знаеше, къде да търси и намери Джой на терасата, на същото място като предишния ден.

"Как се чувстваш, любов моя? Напоследък ставаш доста рано."

"Добре" каза тя и му посочи да седне на стола отстрани. На масата имаше храна; тя посочи и побутна някой от чиниите в неговата посока. Той опита едно от нещата, колкото да има тема за разговор. Още след първата хапка разбра, че няма да му хареса. Бе поне три пъти по-люто от всичко, което бе опитвал преди. Джой дочу кашлицата, погледна го, видя сълзите от очите му и течащия нос и почти се усмихна. "Трябва да го ядеш с ориз" каза тя и премести една купа с ориз по-близо до него.

"Много е люто. Това ли ядеш за закуска?"

"Може би не първото нещо на празен стомах, но след това" каза тя.

"Съжалявам, скъпа, но въобще не мога да ям такава храна, особено пък сутрин. Но кажи защо, за Бога, ставаш толкова рано, на сватбено пътещесвтие сме." Тя само вдигна рамене и продължи да гледа вторачено през стената от бамбукови пръти.

В единайсет Джой попита за лекарствата си и Бю със сълзи на очи я помоли да хапне нещо преди това, както лекарят бе препоръчал. Джой отказа и вдигна скандал, но Бю държеше на своето. Франк не бе присъствал досега на тези кaraници и сега му стана ясно, защо Джой се буди толкова рано. Беше за да вземе лекарствата, които заглушаваха гласовете в главата ѝ. През цялто време бе вярвал, че тя се оправя, докато тя просто бе станала зависима от лекарствата, за да оцелее през деня. Почувства се като ударен с мокър парцал, когато осъзна, че тя не бе по-добре, отколкото преди няколко седмици, и че единственото което я крепеше, бяха лекарствата.

Той се изправи и я целуна по челото, но не получи отговор. Погледна на Бю с нови очи. Осъзна колко отговорност лежеше на раменете на тази млада жена, която се грижеше за Джой. След още няколко секунди осъзна, че ще мине доста време преди да могат да си идат вкъщи. И това бе проблем, който само той бе способен да разреши.

С новопридобитото си уважени към Бю, той я остави да заведе Джой долу да яде преди да вземе следващите таблетки. Той ги последва като послушно кученце. Не бе естествено за мъж като него, но бе достатъчно умен да прозре, кой разбира повече от него и да остави този човек да взема решенията. Това бе същото, за което му плащаха в банката. Единственара разлика бе, че нито работата му, нито житейският му опит го бяха подхотвили за това да гледа как, жената, която обича най-много на света, губи разсъдъка си.

Не знаеше дали да я отведе от привидно приятните емоции, които ѝ носеше това да е около семехството, дали да я върне в Банкок, или да я отведе в Лондон. Бе свикнал с проблеми, които могат да се решат с пари, но случаят не бе такъв.

За първи път не знаеше какво да прави.

Чувстваше се незначителен и това не бе приятно чувство. Искаше му се да разтърси Джой от раменете и да ѝ каже, че скоро заминават за Англия, така че тя трябва да побърза да оздравее, но разбираше, че това е егоистично и така или иначе няма да проработи. След като Джой яде и изпи лекарствата си, всичко което искаше бе отново да седи и да гледа бамбука. Франк отиде да види единствената приятелка, която бе намерил тук, Ел.

∞

Дните минаваха и Франк бавно започна да потъва в същата депресия като съпругата си. Въпреки това бе невъзможно да намерят един друг там долу в дупката на депресията.

∞

Франк бе нищо друго, ако не методичен човек. Правеше си списъци на календара на компютъра и напомняния. Последното го подсети да провери билетите и паспортите преди полета им след два дни, защото след четири дни той трябваше да е отново на работа. Бе немислимо Джой да лети в това състояние, но той въпреки това провери и откри, че е забравил тайландската си виза. Бе получил една безплатна. Тридесетдневна виза на летището на влизане в страната, която бе валидна за още 17 дни, но можеше и да не му стигне. За да сложи ред в мислите си, той започна да проучва възможностите за удължаване на визата. Бе убеден, че всичките добри пожелания, молитви и лекарства няма да помогнат за това те да се приберат у дома на 29 април, нито пък на 14 май. Можеше тайно да се надява, може би, на 29 май, което щеше да означава нова виза, да отложи билетите за връщане и да звънне на работодателите им. Може би бе дошло време да звънне и на Майк, неговия шеф в банката, за да предупреди за закъсненията и да благодари за това, че им предостави апартамента си в Испания.

"Апартаментът!" Сети се той. "По дяволите!" Бе забравил в какво състояние бяха оставили апартамента и че не бяха оставили пари на почистващия персонал.

Погледна мобилния си телефон. Беше малко след три и той забеляза, че батерията е на 75 процента. Време беше да посети Ел; можеше да проучи за визата и да звънне на Майк и от кафето. Попита Джой дали не иска да иде с него, както правеше винаги, но тя отказа - както обикновено. Целуна я по рамото, обеща да се върне до шест и излезе.

Когато мина покрай масата поммаха на Бю и Мае, което значеше майка на тайландски и което той се бе научил да произнася. Продължи да върви. Никой от шестимата на масата не го удостои с внимание. Когато се обърна да затвори дворната врата, видя Бю да изчезва навътре в къщата, най-вероятно за да заеме мястото му до Джой.

Въздъхна тежко и тръгна с тромави стъпки към магазина.

"Още една, господин Франк?" попита Ел когато той потъна в твърдата бетонна пейка.

"Да, благодаря ти, Ел" отвърна той и забеляза, че всичко което тя някога през живота си бе научила на английски, започваше да влиза в употреба. Може би опитваше да научи и някоя и друга нова дума всеки ден. Помисли си да поправи "Господин", но не му се занимаваше. Можеше да почака, докато той е в по-добро настроение. Погледна часовника отново; три и половина, в Англия - девет и половина. Най-натовареното време в банката. Не бе проблем, можеше първо да изпие още една бира и да помисли точно как да помоли за извинение.

"Ето, господин Франк. Бирата Чанг - много студена днес. Ел я сложи в лед за теб през нощта."

Той допря леденостудената бутилка до челото си, което я накара да се разсмее силно поради една или друга причина, след това изпи една глътка и наля в чашата, която бе пълна с кубчета лед. "Защо пък не?" помисли си той, изпи съдържанието на чашата и я напълни отново. Ел дойде с една кофа лед и щипки и му показа как да извади леда и да го постави в чашата. Той ѝ кимна, засмя се и извади четеца си, за да запише някои идеи за извинението си.

Не че се страхуваше от Майк. Просто ужасно го беше срам. Бяха добри приятели и често прекарваха време заедно извън работа, когато Джокаста, съпругата на Майк им позволеше. Тя бе невротичка, с резки смени на настроенията и когато бе в лошо настроение, настояваше Майк да е при нея. Всички, които ги познаваха, виждаха, че това не се случваше в работно време. Майк бе спокоен и добронамерен човек, обичаше съпругата си и толерираше контролиращия ѝ характер. Някои предполагаха, че му харесва да е търсен и това го кара да се чувства незаменим.

Франк отпи още една глътка бира, погледна отново времето и набра запазения на бутон номер 2 телефонен номер. На номер 1 беше запазил Джой, а на номер три - майка си. Нищо не се случи. Той отново провери колко е часа. Бе 10:40. "Номерът не може да бъде избран" пишеше на екрана. Бе немислимо Майк да е изключил телефона си. В офиса се шегуваха, че той най-вероятно се ослушва дали някой не му звъни, дори докато прави секс с Джокаста. Франк опита отново, но същото съобщение за грешен номер се появи пак. Добави 0044 пред номера на Майк и набра пак.

Прозорецът за видео чат стана тъмен само след две позвънявания. " Здравей Франк, ти старо куче! Как минава сватбеното пътешествие? Изглеждаш изтощен. Нанагорно ли ти идва? Сватбеното пътешествие може и да е изморително, когато мъж на възраст като теб има такава млада съпруга!" На 58 години възрастта бе започнала да се отразява на красивото лице на Майк, въпреки редовните посещения във фитнеса и при масажиста. Той се усмихваше леко и излъчваше естествен чар.

"Нещата не са точно, както очаквах, ако трябва да съм честен, Майк. Имаш ли десет - петнайсет минути, този разговор е отчасти свързан с работа."

"Разбира се, какво има, старче? Винаги ще намеря време за приятелите и колегите си, знаеш това. Нека да седна до бюрото. Какво мога да направя за теб, което Джой не може да направи? Тя добре ли е? Сигурно е щастлива, че е на родна земя?"

"Ъъъъ, не точно, това е и една от причините да ти се обаждам. Първо нека ти благодаря за това, че ни предостави апартамента в Испания и да се извиня за това, в какво състояние го оставихме. Франк разказа за престоя им в Испания и Майк изслуша без да прекъсва.

"Разбирам. Консуела, камериерката, каза нещо за лук и чесън, но човек очаква подобни неща от южноевропейци, нали?" Майк се разсмя, но Франк не каза нищо. "За какво беше цялата работа? Някаква сватбена традиция? Или искахте да държите вампирите надалеч?" Изсмя се той отново.

"Не съм сигурен дали се опитваше да държи вапирите на разстояние, но тя имаше проблеми със... да ги наречем нощни създания."

" Нощни създания? За какво говориш, човече?"

"Да, знам че звучи налудничаво, но Джой бе убедена, че вижда призраци, зли духове, демони или каквото искаш ги наричай, които се промъкваха из апартамента през нощта. Аз самият не ги видях, но със сигурност се случиха някои странни неща."

"Като какво например?"

"Някой изпи виното ни и остави повръщано в чашата на няколко пъти, и някои от вещите на Джой изчезнаха." Не искаше да казва за видеото.

"Някой или един от вас двамата? На всички ни се е случвало поне веднъж да пием повече, от колкото трябва, да ни прилошее или да изгубим нещо. За Бога,човече, най-вероятно няма възрастен човек, или дори тийнейджър в Европа, който да не го е правил - дори аз и Джокаста."

"Съгласен съм с теб, но това не е всичко. Пращам ти снимка и освен това някой ни снима, докато правихме секс, след което го пусна на голям екран в един местен бар и съшо така го споедли в интернет. Джой още не знае за последното."

"Не се опитваш да ми изпратиш домашното си порно, нали?"

"Не, разбира се че не."

"Окей, благодаря за което. Знам че сме приятели и всичко останало, но има неща, които прекрачват границата, не си ли съгласен. Лични неща и други подобни. Добре, получих снимката. Това е зловещо."

"Да, Джой бе много разстроена."

"Въпреки това, не мога да си представя призраци да пият вино и да записват порнофилми, ти можеш ли? И как биха могли да пуснат филмите в един бар по интернет?"

"Не зная нищо повече от теб, Майк, но цялата тази история, откъдето и да я погледнеш докара на Джой сериозна нервна криза. Никой тук не говори английски, а тези, които говорят , не искат да ми кажат нищо. Не ме включват в решенията, които взимат и не ми казват каква е диагнозата на лекарите. Последните дни в Испания и на самолета, тя бе съсипана. Първата седмица в Банкок прекарваше времето си като или спеше, или плачеше, а сега е или съвсем безчувствена, моли за лекарствата си, за да спре гласовете,или плачре,или спи."

"Мисля, че разбирам. Съжалявам много и за двама ви, не бих пожелал това и на най-лошия си враг. Явно е, че си в трудна ситуация. Какво мога да направя, за да ти помогна?"

"Не мисля, че има какво да направиш, Майк - освен да не ме уволниш. Просто няма как да взема Джой обратно с мен, когато е в такова състояние. Ще ни трябват поне още четиринайсет дни, може би месец. Всъщност не знам."

"Надявам се финансово всичко да е наред; имаш застраховка при пътуване, нали? Работата ти ще те чака, поне докато не се върнеш да предадеш рапорта си и документите. Семейната застраховка на банката е една от най-добрите, а посолството на Джой със сигурност има добра полица за нея?"

"Да, всичко е наред що се отнася до финансите, но не и със застраховките. Не ми остана време да добавя Джой в моята застраховка, а не искаме в посолството да знаят за психическите и проблеми. Но здравеопазването тук е много добро и доста евтино, сравнено с това в Европа, така че това не е проблем. Бих дал всичко, за да си върна обратно Джой такава, каквато беше преди месец, но тези неща не могат да бъдат пришпорвани, нали така?" Прииска му се да не бе казвал последните думи, в момента, в който се изплъзнаха от устата му.

"Така е" съгласи се Майк. "Чуй сега, трябва просто да се постараеш красивата ти съпруга да оздравее, предай ѝ поздрави от мен и ако има нещо, което мога да направя от тук, просто кажи. Ще отбележа във файловете ти, че си се обаждал, но ме дръж в течение какво се случва. Казвам го като твой приятел, също и като твой шеф."

" Добре Майк, благодаря ти. Ще ти звънна отново след няколко дни. Довиждане за сега и предай поздрави на Джокаста от нас."

"Да, разбира се. Дръж се, всеки кошмар отминава накрая".

Франк затвори и очите му се насълзиха.

Ел дойде с още една бира и я изсипа в чашата преди той да успее да сложи лед вътре. Тя му поднесе чашата, така че той да изпие малко от съдържанието, за да направи място за леда. Подозрителната му природа го накара да се замисли, дали тя не опитва да го накара да пие по-бързо от обичайното, но той отпъди тази идея от ума си. Половин литър бира струваше само един паунд, а той бе свикнал да плаща три, четири или дори пет пъти повече в Лондон.

Докато седеше там и се чудеше дали да поръча четвърта бутилка, написа в търсачката "виза за Тайланд". Кликна на един от първите излезнали резултати и се отвори нов прозорец. Тъй като той бе в Северен Тайланд, изглежда можеше или да иде в Нан, една провинция още по-на север или да пътува извън страната, до Виентиан, столицата на Лаос. Щеше да обсъди плюсовете и минусите по-късно с Джой.

Купи още три бири, за вкъщи, и пожела "приятна вечер" на Ел.

Единайсет души седяха в кръг около голямата дървена маса в градината, когато той се прибра, включително Мей. Бю и Джой бяха единствените, които не пиеха. Джой каза нещо на Бю и тя стана пъргаво от масата. Донесе му стол, за да може и той да седне заедно с тях, взе бирите и ги занесе в хладилника, откъдето се върна със студена бира.

"Искаш ли чаша с лед?" попита Джой толкова тихо, че той едвам я чу.

"Няма нужда, благодаря, но и така е добре. Ти как си, любов моя? Какво е това, някакво семейно събиране?"

Тя нарисува с пръсти кръгове на слепоочията си в отговор, но той не разбра, какво се опитва да му каже.

"Добре, все още е така. Говорих с Майк следобед. Праща ти поздрави." Осъзна, че той е единственият, който говори и че най-вероятно бе прекъснал разговора им. Джой потвърди подозренията му като сведе глава, затвори очи и покри ушите си с ръце.

" Говорехме за здравословното състояние на леля Джой" обясни Бю.

"Извинявайте, че закъснях, но не бях информиран какво се случва… отново." Веднага щом отпи от бирата си, разговорът започна отново, на тайландски. Нито Бю, нито Джой му превеждаха, макар че Джой само отговаряше кратко на директни те въпроси към нея.

Франк започна да се чуди, дали три бири ще са му достатъчни, в заформилата се ситуация. На няколко пъти забеляза Джой леко да поклаща глава в несъгласие и да запушва ушите си с длани. Беше седнала точно до него и Франк я галеше по гърба от време на време, само за да и напомни, че е там. Остана с впечатлението, че другите я убеждават да направи нещо, но не разбра какво бе то.

Обикновено би изпил половин литър в рамките на час, час и половина, ако имаше нещо за вършене в същото време, но разбра, че е изпил и трите си бири само за два часа, от скука и яд. Странното бе, че Джой бе преброила бутилките, които той бе донесъл вкъщи и колко бе изпил, и изпрати Бю навън да купи още три. Показваше повече внимание , отколкото той бе получил отнея за последните две седмици. "Скъпа, това бе много мило от твоя страна" каза той и я погали по гърба. "Благодаря, Бю", но Бю само кимна в отговор.

Дискусията продължи доста след десет часа, когато някои се разотидоха, а други се отправиха към банята. Всичко, освен Франк и Джой, които отидоха да си легнат направо с дрехите. Франк имаше още една бира в хладилника, но все още не знаеше какво точно се бе случило тази вечер. Надяваше се Джой да му разясни, но хапчетата за сън, които Бю и даде, ѝ подействаха веднага.

Тази нощ Франк отправи молитва към Господ за първи път от четиридесет години. Той се моли Господ да даде сили на Джой и тя да оздравее, без значени какви ще са последствията от това за него. Това бе единственото, за което можеше да мисли. Дори не можеше да си спомни цялата молитва "Отче Наш". Докато отчаяно се опитваше да си припонмни, погледът му попадна върху главата на Джой и той положи ръка на рамото ѝ и плака докато не заспа изтощен, повтавяйки името на жена си. "Скъпа Джой, върни се при мен. Толкова те обичам. Ще умра без теб. Не искам да живея без ти да си до мен..."

Злите духове на улица Гоя

16 ЧЕРНАТА ОВЦА

Започна да става част от ежедневната рутина на Франк да намира съпругата си на балкона с полупразна чиния ориз до нея. Бю полагаше усилия тя да изяде малко месо и зеленчуци с ориза преди да вземе дневната доза лекарства. Все едно се грижеше за някой зависим от наркотици. Когато той седна до нея на масата, тя почти не го погледна, но Бю стана и ги остави насеаме.

"Как си днес, любов моя?" попита той с надежда в гласа. Тя само поклати глава и посочи с кръгово движение на показалеца слепоочията си.

"Джой, искам сега да ме чуеш. Това почва да ми омръзва. Разкажи ми какво точно не е наред, за да мога да ти помогна да се оправиш."

Тя се обърна и го изгледа ядосано. "Чан кит маак! Киет!" Той вдигна рамене.

"Не мога да говоря тай".

"Мисля много. Не мога да спра да мисля. Тревожа се. Разбираш ли?"

"Не, за какво мислиш?"

Тя се поколеба. "Не зная."

"Чуй, скъпа, не може да мислиш за нещо, или да се тревожиш за нещо, ако не знаеш какво е, нали така? Хайде, разкажи ми какъв е проблема, за да намерим решение?"

"Не зная какъв е проблема! Не можеш ли да разбереш, идиот такъв?" - просъска тя.

Франк бе шокиран, но бързо дойде на себе си и каза:

"Не, не мога да разбера. Как ще се тревожи човек за нещо, без да знае какво е то? Ако се притесняваш дали ще ти стигнат парите, знаеш, че това е проблемът. Ако се тревожиш за здравето си или образованието на децата, знаеш, че проблемът се корени там, но никога не съм чувал някой да се тревожи, без да знае за какво. Как можеш да мислиш за нещо, без да знаеш какво е то?"

"Не може ли просто да млъкнеш и да идеш при Ел да пиеш още бира? Остави ме на мира!Имам си достатъчно проблеми и без да се занимавам с това."

Франк се почувства наранен. Бе опитал, без резултат.

"Добре, както искаш. Отивам да се напия. Ще се видим към шест."

Часът бе само девет сутринта и той не бе започвал да пие от толкова рано, от ергенското парти на един приятел в университета. Той мина покрай градинската маса без да каже нищо и тръгна в обратна посока от магазина на Ел. Този път щеше да отиде до местния пъб; нямаше шанс той да седи в мръсния магазин девет часа. Трябваше поне да стане три часа.

Първият магазин, в който попадна бе изключително невзрачен и собственикът не можеше да понася присъствието на Франк там. Така че той седна там и четири часа чете книга, като си поръча само две бири, колкото да го дразни. Второто магазинче бе по-добре, но младата собственичка бе строго пазена от също толкова младия си, ревнив съпруг при всеки опит да обърне внимание на Франк. Изглежда тя просто опитваше да го накара да се ядоса. Франк не искаше в никакъв случай да се забърква във взаимоотношенията им и да отнесе някой бой, затова кротко изпи две бири и чете книга там още три часа.

Когато приключи обиколката си из селото тръгна полупиян към магазина на Ел и по пътя мина покрай едно магазинче, което бе пропуснал на идване. Жената на средна възраст , която миеше бетонните маси и пейки отпред помаха и му посочи да седне. Той се усмихна с благодарност, помоли за една бира Чанг и я поздрави по тайландски обичай, на което тя отвърна, макар,че той бе объркал традициите без да знае. Хареса му как се държи, дори я намираше за симпатична, а и имаше усещането че и тя го харесва.

Бирата му бе поднесена с усмивка, след което тя отиде по своите задачи и нищо повече не се случи. Дори полупиян, Франк си даваше сметка, че така е най-добре. Той просто седеше там и релаксираше, докато четеше книгата си. Не бе много далеч от вкъщи или от магазина на Ел.

В пет без петнайсет един автобус спря отпред и един куп деца на различна възраст се изсипха от него в шумна група. Много от тях се отбиха в магазина, за да си купят сладки и нещо за пиене, преди да продължат към вкъщи и повечето го зяпаха все едно идва от друга планета. Три момичета в тинейджърска възраст с кикотене седнаха срещу него на единствената друга свободна маса. Той не разбираше какво казват, но му бе ясно, че говорят за него. Често чуваше в разговора им думата "фаланг". Понякога вдигаше поглед от книгата си с усмивка, докато се опитваше да им покаже, че не разбира езика им.

Когато първоначалното вълнение бе поотминало и повечето ученици, облечени в небесносини униформи с тъмносини панталони или поли, се бяха разотишли, едно от момичетата остана да седи само. Тя го гледаше вторачено, докато пиеше през сламка соево мляко от една малка кутия.

Той се опита да не ѝ обръща внимание, но не му се получи. Тя го бе заинтригувала, но той упорито опитваше да не я заговори. Изглеждаше някъде между шестнайсет и осемнайсет годишна.

Когато млякото в кутията свърши, сламката започна да издава сърбащи звуци, които го дразнеха. Той вдигна поглед и срещна големите ѝ кафеви очи.

"Свърши ми млякото" каза тя.

"Чух" отвърна той и се изнада като чу себе си да казва "искаш ли още едно?"

"Да, моля" отговори тя. "Англичанин ли си?" Той кимна. "И аз бих искала да живея в Лондон в Англия един ден. От къде си? Манчестър Юнайтед?"

"Не, аз съм от Лондон. Не зная как да ти поръчам мляко. Може ли да си поръчаш и да вземеш една бира и на мен?"

"Ще взема. Няма проблем".

Тя се върна след малко с напитките и седна до него. "Наздраве!"каза тя и бутна картонената кутия с мляко в бутилката бира. "Нали така е правилно да се каже?"

"Да, правилно го каза."

"Уча английски в училище. Може ли да видя какво четеш?" Тя сложи ръка на бедрото му между коляното и късите панталони. "Интересно ли е?" попита тя докато масажираше коляното му, сочейки към книгата.

"Да"- успя да отговори той запазвайки самообладание. "На колко години си?"

"Почти на осемнайсет и наесен ще започна в универститета."

"Това е добре, в кой университет ще се запишеш?"

"В Лондон, ако си намеря спонсор, или в Банкок." Ръката й се премести нагоре по бедрото му, но той не направи нищо, за да я спре.

"Хубаво, и как се казваш?" бе единственото, което успя да я попита.

"Казвам се Бу... Кун пуут паса тай, май?" Тя разбра от изражението му, че не разбира тайландски. "Не говориш тай? Аз мога да те науча. Името ми е Бу... като ракът. Знаеш какво е рак? Върви ето така" и тя размърда пръсти надолу към коляното му и обратно към ръба на панталоните. Ракът обича да се крие под камъни, ето така... И тя пъхна ръка в панталоните му и хвана възбудения му пенис. "О, имаш голям "чанг" като на слон. Хората говорят, че "фаланг" имат големи членове, но аз не съм виждала до сега. Искам да го видя."

Франк се огледа наоколо, когато тя свали шортите му. Тя извади ръката си от крачола и хвана члена му отгоре. След пет секунди той свърши в ръката й.

"Англичаните свършват бързо!" Каза тя през смях. Тя разгледа спермата по пръстит си, вдигна пола и избърса ръка в белите си бикини. След това преметна крак през пейката, като се постара той да види интимните й части и се разсмя като видя изражението на лицето му. Тя извика към собственичката на кафето и Франк бе залят от чувство на вина. Дали тя искаше да го издаде?

"Део, Део, побързай. Франк иска да му помогна с големият му "Чанг".

Той се ужаси от потенциалната катастрофа, унижението, дългия съдебен процес, неустойките, уволнението от банката, развода и присъдата в затвора.

"Mai poot passa ancia, dek! (Знаеш, че не говоря английски, дете.) Ao alai? (Какво искаш?) Eek chang neung? (Още една бира Чанг?)"

" Chai (Да)" каза тя и посочи към него. " Един голям Чанг". И двете се отдалечиха и Франк остана сам с чувството си за вина. Той знаеше, че "Чанг" е тайландската дума за слон, а също и жаргон за пенис, но в шокираното състояние, в което бе изпаднал, забрави, че това е и марката на бирата, която пие. Знаеше, че " Vai" означава "голям".

Двете жени се върнаха. Държа една мнооого голяма бутилка "Чанг" в ръцете си, Франк, но е студена, твоята бе толкова топла." Тя сложи бирата пред него и се изсмя на явното неудобство, което той изпитваше. "Чао, чао, Франк, надявам се отново да срещна теб и твоята... бутилка, утре." Можеше да я чуе да се отдалечава със смях нагоре по улицата, но надигна бирата за наздравица към Део и отпи голяма глътка. Никога не се бе чувствал толкова уплашен в живота си, дори от болестта на Джой. Той бе убеден, че тя ще се оправи. Въздъхна облекчен. Скоро пулсът му възвърна обичайното си спокойно темпо. Той плати и се отправи към магазина на Ел. Зарадва се да я види, там се чувстваше повече удома си, отколкото при тъщата. След една бира там, той се запрепъва към вкъщи с още три бутилки в една чанта. Бю ги взе преди той да седне при тези, които бе почнал да нарича "съветът на старейшините".

"Имаш петно на панталоните" каза Джой и посочи към скута му. "Трябва да си по внимателен, когато ходиш до тоалетна, иначе хората ще започнат да ти се смеят и да те наричат немарливо старче."

"Най-вероятно е просто бира, която е капнала от бутилката, докато пия" каза той.

"Кондензът от студена бира е просто вода, не оставя петна. Други неща от "чанг" правят мръсно."

Прииска му се просто да бе замълчал без да казва нищо. Опита се да измисли нещо.

"Сигурно си права. Ще внимавам повече. Как минава при теб и за какво са дошли всички тези хора, този път?"

"По-добре съм. На приливи и отливи е. В един момент мисля за сватбата ни и искам да разкажа на всички, а в следващия мозъкът ми се замъглява и усещам всичко проблеми, които ни очакват. Чувставм се петдесет процента по-добре от вчера и от тази сутрин. Как мина твоя ден? Срещна ли някакви интересни хора?"

"Толкова се радвам, че си по-добре Джой. Това наистина са добри новини, най-хубавите новини от седмици. Аз? Дали съм срещнал някакви интересни хора? Как да стане това? Никой не говори достатъчно английски дори за да обсъдим времето."

"Повечето младежи учат английски в училище. Момичетата винаги се стараеха повече, да говорят английски, когато аз ходех на училище. Сигурно все още е така."

"Защо е така според теб?" попита той и усети, че започна да се притеснява отново.

"Защото момчетата искат да станат фермери като бащите си някой ден и да карат големи трактори, и може би някой ден да наследят фермата, така че не им трябва да знаят английски. Момичетата от своя страна виждат майките си, или бременни, или в кал до коленете на полето и не искат същия живот. За тях да знаят английски е билет далеч от селото и кошмарния живот да си жена на фермер. Мечтаят да срещнат някой богат тайландски бизнесмен или богат бял турист в Банкок или някои от другите туристически градове като Патая, Хуа Хин или Самуи. Има доста такива и на север и на юг. Като Чанг Май, на няколко часа на север от тук. Сигурно и аз щях да искам да направя същото, ако семейството ми не бе помогнало да си намеря хубава работа след университета."

"Разбирам. Защо имам усещането, че тези хора ме гледат лошо? Прекъснах ли нещо?"

"Да, но се радвам, че дойде. Ставаше скучно. Просто повтарят същото като вчера. Искат да отида при друг лекар."

"А ти не искаш?"

"Не, не искам."

"И мен ме устройва решението ти. Имаш лекарства за още десет дни от лекаря в Банкок и състоянието ти определено се подобрява откакто бяхме в Банкок, така че съм съгласен с теб. Продължавай да вземаш същото лекарство, докато не свърши, и след това можеш да решиш какво ще правиш. Всеки лекар ще ти препоръча да приключиш лечението, което си започнала, преди да ти назначи ново, особено ако има подобрение. А ти наистина изглеждаш много по-добре днес, скъпа. Това е първият смислен разговор, който провеждаме откакто се затворихме в апартамента във Фуенхирола."

Тя кимна и щеше да каже нещо, когато майка ѝ каза нещо на тайландски и дискусията започна отново.

Той отвори бутилката, която Бю му подаде и забеляза строгите погледи на някои от събралите се, които дори не познаваше. Вдигна бутилка за наздравица и им се усмихна просто напук. Разправията стана шумна и той видя пръсти които сочат и студени погледи насочени към него, а някои и към Джой. Бю бе единствената, която изглежда проявяваше някакво разбиране, но тя се държеше настрани. Най-вероятно я смятаха за твърде млада. Когато видя Джой да се хваща за главата и да запушва уши поклащайки се напред назад, докато клатеше глава, той помисли, че всичкият прогрес в състоянието ѝ е загубен. Сложи ръка на рамото ѝ и попита какво се случва.

"Казват, че трябва да си запазя час при един местен лекар; такова е семейното решение. Казват също, че ако беше мъж на място, щеше да ме принудиш да ида, а не да се противопоставяш на решенията на семейния съвет, но тъй като си чужденец не разбираш нищо."

"Най-вероятно са прави за последното, но можеш да кажеш на онази дебела крава там, беззъбия идиот и двете ухилени магарета, че това, което разбирам е, първо - че е просташко да сочиш с пръст и да се подиграваш и второ - че всеки възрастен човек сам решава дали иска да иде на лекар или не, особено ако все още взима лекарствата предписани му от първия лекар, които изглежда имат ефект. Бъди така добра да обясниш на тези идиоти."

"Франк, моля те. Това няма да помогне". Тя се разплака и все още се поклащаше напред и назад. "Може ли всички просто да млъкнете! Иуут! Нйеп, ка!"

Никой не спря да говори, дори Франк.

"Проклетите глупаци само се съвещават и те разплакват. Как смеят да се наричат семейство и приятели? С такива приятели не ти трябват врагове".

"Франк, моля те, спри!"

"Добре, ще спра заради теб, мога ли поне да остана да слушам?"

Джой не отговори.

"Бай ха мор - иди на лекар." прошепна Бю. Франк я чу и кимна, но разправията започна отново с "Вай ха мор" повтаряно в хор от всички страни.

На Франк му се искаше да набие някои от тях, макар че по принцип бе против всякаква форма на насилие.

Бю отведе и двамата горе и даде на Джой лекарствата преди да се върне обратно на масата. Джой заспа веднага, но Франк можеше да чуе гласовете с часове след това.

Той не стана преди единайсет и отиде при Джой. "Как си днес, скъпа?"

"Била съм и по-добре и по-зле." Отвърна тя. "А ти?"

"Не съм имал такъв махмурлук от годините в университета. В устата си имам вкус, който напомня подмишницата на потна горила, която току що се е събудила."

"Беше пил доста."

"Какво друго очаквашe? Храната, която получавам тук, не стига и за врабче."

"Вината е моя, извинявай. Не знам как да се грижа за един фаланг".

"Говориш за мен, все едно съм някакво екзотично животно."

"Може и да си. Не ядеш същата храна като нас, не и същото количество, и не по същото време. Ние хапваме по малко през целия ден, докато ти имаш две големи хранения на ден. Майка ми не би разпознала какво е морков, грах, картофено пюре или сос, дори да ги сервираш пред нея. Не мисля, че някога е виждала пържола или дори парче сирене и никога не е опитвала хляб, масло, конфитюр или мармайт. Ти се мръщиш на всичко, което тя яде, но истината е, че тя не познава друго. Какво може да направи? Докато се оправя или измислим нещо по-добро, ще трябва да оцеляваш на бира, бисквити и сухари, както по времето, когато си бил студент."

"Как знаеш какво ядях тогава?"

"Всички студенти ядат твърде много бисквити и сухари, а и харесваш бира."

"Добре де, права си, но харесвам също и вино."

Получи една бегла усмивка в отговор, но и това бе по-добре от нищо.

"Това е моето момиче" каза той окуражително. Бяха прекъснати от Бю, която влачеше крака по пода, за да могат да чуят, че идва. Тя остави една чиния с бисквити и някакви листа и една чаша чай на масата. "Това беше всичко, което намерих" каза тя извинително на Джой, след което бързо изчезна.

"Бисквитите ще ти харесат, направени са от банан, а това тук са традиционни тайландски сладкиши." Тя взе едно листо, което с помощта на клечки бе оформено като триъгълник с някакъв розов пълнеж.

"Направено е от преварен ориз и оризово брашно" обясни тя, докато той гледаше сладките. Той пробва една.

"Много са сладки, но са вкусни." Хареса сладките и изяде всички, тъй като Джой отказа, когато предложи една и на нея. "Сега поне има две неща, които мога да ям."

На Джой не ѝ се говореше повече и отново се загледа втренчено в бамбука. Франк извади електронния четец и продължи с книгата.

Когато стана три и петнайсет, той усети, че има нужда от една бира и помоли Джой да го придружи до Ел, но тя отказа. Той слезе, помаха на тези, които бяха насядали около масата, но не получи отговор. Почувства се виновн, че подмина магазинчето на Ел, но вдигна два пръста с надежда, че тя ще разбере какво има предвид -че ще се върне след два часа, или след две бири. Побърза да стигне до Део, докато се чудеше дали хубавото момиче ще дойде отново, макар че бе твърдо решен да избягва всякакъв телесен контакт с нея.

Той каза "здравей" на Део, поръча си бира и се зачете. Деветдесет минути по-късно той видя същите три момичета от предния ден, точно преди да седнат на масата при него. Те се усмихваха, кикотеха се, оставиха раниците си на масата и поздравиха по тайландски преди да седнат.

"Здравейте момичета, какво искате да пиете?" Тази, която той наричаше "своето момиче" превеждаше на другите две. Те започнаха да се смеят, отидоха до хладилника, взеха това, което искаха и се върнаха обрано. Поклониха се отново за поздрав, след което седнаха и просто се вторачиха в него, докато засмукваха през сламките от напитките.

"Казвам се Франк, а вие как се казвате?"

Те се спогледаха и се разкикотиха отново. Момичето в ляво каза "аз съм Ма. Как си?"

"Добре, благодаря че попита, Ма. Приятно ми е да се запознаем." След което двамата си стиснаха ръцете. Другите две последваха примера ѝ и Франк предположи, че е нещо, което са научили в училище. Неговото момиче се казваше Бу, но той се престори, че не знае, а третата се казваше Дин. И трите бяха много красиви, но Бу имаше един странен блясък в очите и някак порочно чувство за хумор, което го възбуждаше страшно много. Никоя от тях не бе достатъчно възрастна да се нарече жена, но бяха достатъчно привлекателни хората да се обръщат след тях. Докато ги оглеждаше с любопитство, Бу го прекъсна.

"Днес бяхме да пазаруваме. Падаме си по "люти чушлета", нали момичета?" Тя преведе на тайландски и приятелките и закимаха ентусиазирани. "Обожавам горещи, много лютиви чушлета" изрече тя бавно докато дишаше секси и облизваше устните си. Приятелките и все още кимаха усмихнати. "Да, всякакви видове "люти чушки" и малките, които се срещат тук, и големите, червени чушки, каквито имате в Англия. Искаш ли да ти покажа как можем да оближем една "люта чушка" тук и сега, трите заедно?" Франк не знаеше какво да отговори, но разбираше, че това е капан. "Особено ни харесва лютивият сос от чушките, нали момичета?" попита тя и вдигна предизвикателно вежди, докато облизваше устните си.

" Нямаме лют сос, или може би ти имаш лют сос за нас, Франк? Не? Спомням си, че вчера имаше, или се бъркам?"

Той не отговори, но здраво се бе надървил.

"Добре тогава, щом ти няма да ни дадеш "лют сос" , ние сами ще се погрижим." Тя потърси нещо в раницата си под масата, даде нещо на приятелките си и им каза нещо. И трите се изправиха и започнаха да облизват и смучат червени чили чушки, които държаха между палеца и показалеца. Единствено на неговото лице бе изписано неудобство.

"Трябва да се прибираме. Майките ни чакат за покупките, но ако имаш "лют сос" за нас утре, с удоволствие ще го опитаме." Тя преведе на другите и те закимаха в съгласие. Тръгнаха си хихикайки и смеейки се и го оставиха превъзбуден - и него, и пенисът му.

Бу явно бе такова момиче, което може да вкара всеки мъж в неприятности. Личеше си отдалече.

С хаос в мислите и разни части от тялото подскачащи в панталоните, той отиде при Ел, изпи две бири, докато се успокои, купи още две и се отправи към дома.

Всички освен Джой напълно го игнорираха, макар че може би бе по-правилно да се каже, че Бю просто бе забила поглед в скута си, докато другите го виждаха, но им бе все тая.

На него не му пукаше особено. "Мога ли да оставя тези в хладилника?" попита той Джой. Тя му посочи, но той така или иначе знаеше пътя. Когато се върна, Джой каза:

"Нарушил си изконните семейни традиции и затова никой не иска да говори с теб точно сега. Ще ти разясня повече довечера или утре сутрин, но до тогава е по-добре да пиеш бирата си горе на балкона. Ще дойда, когато мога. Съжалявам."

Не че имаше желание да говори с някои от старците около масата, или пък можеше да говори с тях, дори и да иска, но не бе приятно да си отлъчен. Самият той не смяташе, че е направил нещо толкова лошо, че заслужава да се отнасят с него като с черна овца. Седна на терасата, напръска се със спрей за комари и се зачете в книгата си, макар че не успяваше да се концентрира върху написаното.

Злите духове на улица Гоя

17 СРАМНИ ВРЕМЕНА

Допълнителният срес, причинен от това, че Франк бе игнориран от семейството ѝ, докара Джой до влошаване. Всяко подобрение от последните седмици изчезна. Тя отново седеше на балкона, след като я бяха подкупили да яде преди да може да си вземе лекарствата. Говореше рядко, поне не с него, но това нямаше нищо общо с неговото отхвърляне от роднините ѝ. Единственото, от което се интересуваше, бе Бю и то само когато ѝ носеше лекарствата. Отново се бе върнала към фазата си на наркозависима, или поне така мислеше Франк.

Не разбираше, как семейството е готово да изложи на опасност здравето на любим човек, само за да наранят някого, който не могат да понасят.

Бю му донесе бисквити и чай и стисна рамото му. "Не мога да говоря с теб" прошепна тя, "но съм съгласна с теб и Джой" след което изчезна.

Бе станало съвсем ясно, че няма да летят наобратно навреме. Той си мислеше, че семейството най-вероятно реагира така, за да задържат Джой. Ако случаят бе такъв, то те показваха обичта си към нея по един много объркан начин. Колкото и откачено и неразбираемо да бе това за него, те поне имаха един друг. Той от своя страна, нямаше никой, освен сянката останала от съпругата му…и Бу, помисли си той.

Тя го караше да се усмихва, понякога го плашеше, но го караше да се чувства жив. Джой се шегуваше, че тя е наполовината на годините му, но това щеше да означава, че е той е на 58. Бу беше само на една трета от годините, които щеше да навърши на следващия си рожден ден. За всеки случай реши да провери каква е възрастта за съгласие при секс в Тайланд. Намери различни отговори, но изглежда общоприетата възраст бе 16. Даваше си ясно сметка, че е тръгнал в грешната посока, но не можеше да се стърпи, не още. Завърна се обратно към реалността.

Билетите - трябваше да отложи пътуването наобратно, но за колко дълго? Искаше му се тя да е здрава, за да може да взима таблетки за пътуване, но изглеждаше като че ли ще отнеме поне още месец. В същото време не искаше да остава дълго, заради последиците, които тяхното отношение към него имаха върху нея. Реши да заложи на 14 дни, но това означаваше, че трябва да направи нещо с визата си. Оставаха му още 16 дни, но още отлагане щеше да го притесни. Трябваше му виза поне за следващите два месеца, за да не се тревожи поне за това.

В три часа той отново мина през ритуалът, в който канеше Джой да го придружи до Ел, но тя само поклати глава. Целуна я по челото и каза "Ще се видим в шест" преди да тръгне. Този път отиде директно при Ел и отложи самолетните билети до Лондон за последните дни, в които сегашната му виза бе валидна. Това му даваше петнайсет дни да уреди нещата. След това звънна на Майк.

"Съжалявам, Майк, лоши новини. Семейството на Джой реши преди няколко дни да ме отлъчи и състоянието ѝ се влоши от стреса. Глупавите идиоти успяха да съсипят всеки признак на подобрение, точно сега, когато нещата изглеждаха толкова по-добре. Преместих пътуването ни наобратно за четиринайсти. Тогава изтича и визата ми, но ако трябва да съм честен, мисля че ще отнеме поне още две седмици след този срок да се измъкнем от тук, а през това време ми трябва и нова виза. Всичко е една тотална катастрофа, сватбеното пътешествие от мечта се превърна в кошмар."

"Дръж се, приятелю. Всичко ще се нареди накрая и не се тревожи за нищо тук. Ще се оправя с всичко докато ти се върнеш, но помни да пазиш всички касови бележки и епикризите от лекарите. Може да ги ползваш като доказателство за това, къде си бил и какво си правил."

"Благодаря, Майк,ще се видим - надявам се скоро. Дори започнах да се моля на Господ, а ти знаеш, че аз и Бог сме забравили един за друг, толкова отдавна не съм се молил."

Майк усети отчаянието в гласа на Франк и затвори угрижен.

Следващият телефонен разговор на Франк бе с посолството на Тайланд в Лондон. Той се разбираше добре с един от колегите на Джой и намери номера на посолството в телефона си. Този път не пропусна да добави и международния код преди да звънне. Жената на рецепция си спомняше кой е и се опита да е дружелюбна, но той приключи набързо разговора като поиска да говори със своя познат, Сомчай.

След бърза размяна на любезности, Франк мина директно на въпроса. "Съжалявам, Сом, но няма да може да се върнем навреме утре и Джой няма да е на работа в понеделник, нито пък аз." Не искаше да навлиза в детайли и просто каза, че Джой се е разболяла и сега е при майка си, но ходи на лекар редовно.

"Разбирам" каза съчувстено Сомчай, наистина се надявам Да, имам предвид - Джой, да се оправи скоро. Ще предам на шефовете и ще те уведомя какво трябва да направите. Ще ти звънна обрано - или аз или началника на персонала."

"Да, благодаря, Сом. Само още едно нещо, звъни на номер на Джой ако искаш, но между девет и един английско време, или три и седем часа тайландско - звъни на мен. Благодаря ти още веднъж. Ще се видим скоро и ще излезем да пием по нещо. Чакам с нетърпение. Довиждане засега. Да, ще те държа в течение. Чао." Той натисна червената слушалка.

Бе изтощен и погледна часовника. Пет без петнайсет. Все още можеше да стигне на време, ако тя искаше да се срещнат. Допи бирата и забърза по улицата.

Намери Бу седнала на "неговата" маса и тя беше взела със себе си двете си приятелки.

"Здравейте дами, мога ли да седна при вас?" попита той и седна без да дочака отговор.

"Да, сър" отговори Бу, "имаш ли лют сос" за нас, за да ти покажем какво можем?" Трите момичета се разсмяха - приятелките на Бу сложиха ръка пред лицата си. Франк предположи, че това бе някаква вътрешна шега.

"Део, още една бира Чанг за мен и каквото си поръчат момичетата". Бу превеждаше от негово име и напитките дойдоха на секундата.

"Наздраве, момичета" каза той. "Сега, Бу, каква е тая глупост с лютивия сос?"

"Не е глупост. Жена ти е тайландка, нали? Мислех си, че знаеш, че "phrik" означава чили и "naam phrik" значи лют сос. Не знаеше ли? Извинявам се, ако си помислил,че съм невъзпитана. Аз не съм такова момиче."

Той не й вярваше съвсем, но това което казваше имаше логика, ако "phrik" наистина значеше "чили" на тайладнски. Докато говореха за какво ли не, той провери в телефона си и думата наистина значеше това, което тя твърдеше.

Поговориха още малко и Франк помисли да попита Бу за помощ с визата, но тя го изпревари и каза "Искаш ли да опиташ нашите ъъъ... нъм? Забравих думата на английски. Изпи си бирата, а е много топло."

Той усети, че това е уловка и преди да отговори, провери в речника. Думата се използваше или за "мляко" или за "гърди". И трите пиеха соево мляко от кутии.

"Да го кажем направо, Бу. Добра си в играта на думи, но аз не искам да опитам млякото ти, но бих опитал вкуса на гърдите ти." Опита се да убеди сам себе си, че го казва, за да опита да я шокира.

"Може да се уреди" каза тя спокойно "какво ще кажеш за събота следобед?" След това трите се изправиха и си тръгнаха.

"Какво направих?" помисли си той. Поръча си още една бира.

Часът бе пет и половина или дванайсет и половина в Англия. Надяваше се от посолството да му се обадят и поне това да е свършено, за да има някакви новини за Джой. Отиде при Ел, за да е по-близо до къщата, поръча бира и звънна на Джой. Бю отговори. "Да е в банята" каза тя без всякакво чувство.

"Добре, само й кажи, че ще се забавя още час. При Ел съм и чакам едно обаждане от Лондон." И той затвори със същата безчувственост.

Когато Ел донесе втората бира, тя положи голямото си грознооблечено тяло на пейката с тежка въздишка придружена от усмивка. Франк я погледна изпитателно с надеждата, че тя само ще поседи за малко, без да се опитва да завърже разговор. Не му беше до това и се престори, че е зает с телефона си. Очакваното позвъняване дойде. "Мае Лондон - моята майка от Лондон" излъга той, горд с първия си опит да говори тай. Ел се усмихна широко и се приближи още повече. Тя вярваше, че всички добри синове са близки с майките си.

"Франк, Сомчай е. Добри новини. Няма проблем с това, че на Да й трябва болничен. Единственото е, че трябва да изпрати болничния лист от лекаря до седмица. Всички детайли ще бъдат изпратени от Банкок до адреса й в Баан Лек, нали там сте отседнали? Добре, в писмото ще има препоръки за болница Питсануведа във Фисанулок. Това е най-добрата болница в околията и всички от местната администрация ходят там. Имаме уговорка с болницата. Да знае всичко по този въпрос. Звъннете ако имате нужда от някаква помощ."

"Благодаря ти, Сомчай. Много ми помогна. Довиждане."

Затвори и изпсува тихо. Беше се надявал да не им трябва документация от лекарите. Естествено, че щяха да попитат за документи. Всеки работодател би направил същото, дори неговите. "Идиот" каза той малко по-силно от очакваното. Видя обърканият поглед на Ел през масата. "Мае Лондон сабай? - Твоя майка в Лондо - добре?" попита тя. Той знаеше че "сабай" значи "здраве" или "здрав", защото бе част от един традиционен поздрав с пожелание за добро здраве.

Реши, че най-добрата защита е да избягва темата, поръча си още една бира и извади книгата, която четеше.

∞

Той седна при Джой на другата сутрин, но тя все още не обелваше и дума. Когато пресполови закуската с чай и бисквити, той опита отново.

"Джой, любов моя, имаме да обсъдим някои важни неща. Може ли поне да опиташ, важно е да знам че ме разбираш, а и ми трябва съвета ти." Тя кимна троснато, а изражението й не бе това, което той очакваше. Бе огорчено и студено, очите и устните й бяха присвити в малки процепи. Той се почувства объркан, но продължи.

"Днес е двайсти". Тя го изгледа отново, този път за по-дълго. Франк все още бе объркан "знаеш ли, кой ден е днес, Джой?"

"Петък" просъска тя.

"Да, и ние трябваше да сме отпътували за вкъщи, но е невъзможно да пропътуваш двайсет часа в твоето състояние, така че…"

Тя го прекъсна със сълзи в очите, "така че ти ще ме оставиш и ще заминеш сам".

Чак сега той започна да разбира. "Не скъпа, за Бога" каза той, избута масата настрани, придърпа стола си близо до нейния и я хвана за ръка. "Какво те накара да си помислиш това?"

През хлипане и сълзи, тя най-сетне успя да изстреля "Мислех си, колко подреден е животът ти и каква хубава работа имаш в Лондон. Разбира се, че няма да искаш да стоиш с една побъркана тайландка в къща, в която никой не говори с теб, в едно село, в което никой не може да говори с теб, на 11000 километра от вкъщи. Най-логичното е да поискаш развод и да си намериш една красива англичанка."

Той преметна ръка през рамото й и стисна ръцете й в дланта си. Очите и на двамата бяха пълни със сълзи. "Това ли си мислиш, че планирам?" Той получи едно изхлипване, кимване и един поглед в отговор. "Никога не бих се отказал, а й сме женени само от месец, утре се навършва един месец. Да се оженя за теб, е най-хубавото нещо, което съм правил, макар че последните три седмици са едни от най-лошите в живота ми, а сигурно и в твоя."

Тя поклати глава и стисна ръцете му в своите. Сълзите капеха като дъжд върху сплетените им ръце.

"Не, никъде няма да ходя без теб, любима моя", сега се сети, че най-вероятно ще трябва да наруши това обещание. "Има още нещо, което трябва да обсъдим. Презаверих билетите и на двама ни за четиринайсти, на същата дата, в която изтича визата ми. Звъннах на Майк, да го предупредя, а днес се обадих и на Сомчай от посолството и му обясних. Той каза, че ще получиш писмо от Банкок във вторник или сряда".

"И ти няма да ме оставиш?"

"Не и никога не съм си помислял да го направя. Защо да те оставям? Обичам те!" Джой притисна ръцете му към сърцето си и ги целуна.

"Благодаря, благодаря, благодаря, любов моя. Обичам те. Не мога да живея без теб..."

Той допря чело в нейното. Сега не беше най-подходящият момент да ѝ разкаже, че може би ще трябва да иде до Нан или Лаос в следващите десетина дни.

Когато Джой горе долу се посъвзе, тя му даде остатъка от сладките и чаша чай, когато изглеждаше така, все едно има нужда от точно това. Изглежда ѝ доставяше удоволствие да се грижи за него.

"Това ли бе причината, състоянието ти да се влоши отново? Колко съм глупав. Аз си мислех, че си разстроена заради семейството ти, което не иска дори да говори с мен."

"Да, и това, но те ми напомниха, че пътуването ни наобратно е доста скоро и макар да знам, че няма да тръгнеш без мен, това не направи нещата по-добре."

"Какво? Проклетите идиоти ти казаха, че ще те изоставя? Това е ужасно."

"Не беше точно така. Тяхно задължение е да мислят за всичко. Ще се опитам да ти обясня. Обикновено, когато ние тайландците имаме някакъв проблем, опитваме да го разрешим сами, с малко съвети от страна на половинката или някой приятел, каквито са и вашите западни обичаи. Ако обаче проблемът е голям и не може сам да се справиш или пък е проблем, който засяга цялото семейство, тогава отиваш при тях и молиш за съвет и помощ. Всъщност точно това е, което ти направи, като ме доведе при сестра ми, а после и тук вкъщи. Ти и аз намесихме семейството ми и те наистина го оценяват, защото така е редно да се направи. Същото биха направили и те. Проблемът е там, че когато попиташ семейството за съвет, те очакват да се съобразиш с решението на мнозинството. Иначе излиза, че им казваш, че ти знаеш повече, отколкото най-мъдрите членове на моето семейство, а това е грубо незачитане. Разбираш ли?"

"Разбирам, но защо тогава Гейл игнорира всичко, което аз казах в Банкок и ме изолира от всичко?"

"На това не мога да ти отговоря, никой не го е споменавал. Ако наистина е постъпила така, това не е правилно и аз трябва да те помоля да извиниш нейното неуважително поведение. Вярно е, че не си тайландец, но като мой съпруг имаш право да се изказваш по въпросите, които засягат мен и здравето ми."

"Тези хора не са запознати с обичаите на запад. Познават само тайландските традиции. Ти наруши традициите и в резултат на това сега си наказан. Затова и Бю не може да показва пред другите, че е приятелски настроена към теб. Освен нас двамата, тя бе единствената, която бе за това да допие лекарствата, преди да ида при друг лекар. Изгубихме, но трябваше да се съобразим с мнозинството. Ти започна да крещиш. Да повишиш тон особено в дискусия е признак на лоши маниери и губиш уважението на другите. Нещата са зле.

Ние сме от Тайланд и се нуждаем от семейството си. Когато времената са тежки, няма социални осигуровки. Ако се разболееш, трябва сам да платиш престоя си в болницата. Не всички имат застраховка. Тук не е на Запад. Без семейството, без значение дали сме съгласни с тях или не, много бедни и болни тайландци просто ще умрат.

"Повечето хора тук просто нямат достатъчно пари да правят каквото си поискат, както вие, хората от Запада можете да си позволите. Мнозина се страхуват, че ще стане точно както при вас и това ще е краят на нашето традиционно общество. Това е един национален дебат, който чуваме все по-често.

"Обществото ни може да е много несправедливо, но поне имаме едни други. Вашето общество също може да е враждебно, но връзката със семейството е много по-слаба. Кой може да каже кое е по-добре?"

"Може би ще разберем някой ден, скъпа, когато сме женени от трийсет години, а не само от тринайсет дни."

"Може би", каза тя "харесва ми идеята да съм женена за теб тридесет години." Той стисна ръката й и я погледна.

"На мен също" отговори той и й намигна. Тя също му намигна, след което затвори очи и се унесе. Това бе нещо, което повечето тайландци можеха да направят, но той подозираше, че бе по-скоро облекчението да знае, че съпругът й няма да си тръгне от нея, а също и бе изтощена от концентрацията, която се изискваше от нея, за да обясни как работи тайландското общество и семейство.

Целуна я по челото, взе си душ и излезе за една разходка и също така за бира, макар че бе още рано.

Успя да устои на изкушението да изчака Бу в магазина на Део. Не бе редно да говори с нея и да я желае, когато Джой бе толкова по-добре, така че той отиде при Ел, засърба от една бира. Той бе прочел книгата и бе видял реклама на следващата от поредицата "Тигровата Лилия от Банкок в Лондон". Звучеше интересно и той я свали от Амазон. Момичето от книгата - Лили - бе изпълнено с енергия младо момиче, което му напомняше на Джой, от времето когато се бяха запознали. Също така бе и малко луда, което бе неприятно съвпадение, имайки предвид състоянието на жена му. Ядоса се на себе си, че дори може да си помисли нещо такова. "Джой е много по-добре днес." Каза той сам на себе си. Изпи четири бири преди да стане шест, после купи още три и тръгна към вкъщи.

Изненада се приятно като видя Джой да го чака на вратата, но после се появи Бю, която я хвана за раменете и я отведе навътре. "Какво ли се е случило?" запита се той.

"Излезе да ме посрещнеш ли?" попита той обнадежден.

Джой поклати глава, заплака и тръгна към него с протегнати ръце. "Помислих, че си си отишъл."

"Глупаче", каза той загрижено и я целуна по челото. Бю взе чантата с бутилките. "Куфарът ми е в къщата, а паспортът ми - в твоята дамска чанта. Не мога да ида никъде, дори и да искам, а тази сутрин ти казах, че ще те чакам."

" Една стара жена ми се изсмя и ми каза, че си излезнал през задната врата и си ме оставил."

"Каква стара жена? Само ми я покажи, ще набия и нея, и мъжа ѝ, и кучето им, ако имат такова."

Джой посочи към челото си. "Тя е тук вътре."

"О, тази ли" каза той и погледна към Бю. "Да се надяваме, че тази стара вещица ще млъкне най-накрая..."

"Тя не иска да млъкне. Вече се опитах да я изгоня, но тя не иска и да знае."

"Ще ми се да можех да ѝ кажа какво мисля за нея, защото ми втръсна от игричките ѝ. Ела, нека да влезем вътре. Също така ми втръсна тия стари идиоти около масата да ме зяпат така. Благодаря ти, че си на наша страна, Бю. Джой ми разказа всичко." Тя се обърна и ги поведе навътре. Заведе ги горе на терасата, след което изчезна нанякъде и се върна след минута с бутилка бира, чаша и една кофа лед за Франк. "Видях те в селото да пиеш бирата с лед " каза тя и сведе поглед. "Лельо, ти имаш изненада за Франк, нали така?"

Джой се огледа, сякаш имаше нужда от напомняне. Бю прошепна нещо на тайландски. "Хляб" каза Джой. "Може би хляб, масло и шунка, но се опасявам, че няма сирене."

"Това е прекрасно, скъпа, как успя? Един сандвич със шунка ще е супер, особено в комбинация със студената бира." Устата му се напълни със слюнка само при мисълта за този деликатес.

Мей помоли майката на едно от местните момичета, което ходи на училище във Фичай, да иде до Севън Илевън до гарата. Нямаше гаранция, но хората казват, че може да намериш такива неща там." Тя каза нещо на Бю на Тайландски. "Момичето закъснява. Трябваше да е тук преди ти да си дойдеш. Съжалявам, скъпи."

"Няма за какво да се извиняваш, направили сте всичко възможно. Ако не става, значи просто не става. Така се случва понякога. Но идеята ти е била много добра."

Бю чу името си, кимна и ги остави. След миг се върна и каза нещо на Джой. "Момичето е тук, но иска да се запознае с теб. Надявам се да е окей."

"Разбира се" усмихна се той. "Всичко бих направил за един сандвич с шунка."

"Благодаря ти, любов моя. Знаеш колко любопитни могат да бъдат младите момичета. Бю, кажи на Бу да се качи."

Сърцето му спря. Не бе сигурен дали се надява да е същата Бу или не, но нямаше време да мисли за това сега. Сладкото момиче, което се качи на подскоци по стълбите, с дълга до раменете гарваново черна коса, искрящи очи, небесни синя блуза и пола до под коленете бе "онази" Бу.

Видя я да идва към него, докато си оправяше полата със свободната си ръка, но по никакъв начин не показа, че вече го е срещала. Тя поговори с Джой, даде й чантата и потърси рестото в дълбоките джобове на полата си. Изглежда рестото бе шест Бата. Джой й благодари и настоя да задържи парите. "Франк, имаш ли нещо за Бу? Ползвала е междучасието си за да иде до магазина."

"Разбира се, какво да й дам?" Бу се завъртя на пети, за да се обърне към него, с лице към слабините му, докато го гледаше право в очите.

"Двайсет бат." Той погледна в портфейла си, извади двайсет бат и й ги подаде. Тя направи реверанс, поклони се по тайландски и взе банкнотата.

"Благодаря, лельо Да, благодаря чичо Франк." каза тя.

" Вярно е това което каза майка ти, че си много добра в това да говориш английски. Някой път може да дойдеш да се упражняваш като поговориш малко с Франк. На него му доскучава, защото освен с мен и Бю няма с кой друг да говори, а ние често сме заети. Наистина нямаш против, нали Франк?"

"Да, разбира се, ако ти нямаш нищо против, скъпа."

"Защо да имам против? Решено е. Може да се разберете с Бю за детайлите."

"Благодаря ви, лельо Да и чичо Франк. Със сигурност ще ми е от полза. Сега трябва да се прибирам." Джой се обърна, загледана в бамбука, разговорът бе приключил, но Бу задържа ръката на Франк. "Ще се видим скоро" каза тя докато плъзваше бележка в ръката му, "приятна вечер".

"Приятна вечер" повтори той докато гледаше плавната и походка, докато тя се отдалечаваше и пъхна бележката в джоба си, за да я прочете по-късно след няколко сандвича с шунка.

Злите духове на улица Гоя

Оуен Джоунс

18 УБЕЖИЩЕТО НА БУ

По-късно вечерта, преди да си легне, Франк прочете бележката от Бу, докато седеше на тоалетната. Бе написана на английски: "ако искаш да ме видиш утре, тръгни към магазина на Ел, но завий в първвата пресечка на ляво. След това свий надясно и отбий в третата уличка на ляво. Има пътека между оризищата. Седни на един пън и изчакай. Ще дойда в три. Бу"

Сложи бележката на дланта си, направи снимка с телефона и запази снимката в таен албум. След това накъса написаното на малки парченца и ги хвърли в тоалетната. Не знаеше дали ще отиде или не, но стана, изкъпа се и си легна. Джой говореше нещо на тайландски в съня си. Реши, че е най-добре да не я буди.

∞

Джой все още се караше със старицата в главата ѝ, когато той стана в десет сутринта. Изглежда Джой бе научила Бю как да приготви препечени филийки и да сложи върху тях резенчета шунка. Тя се бе справила доста добре, но настояваше да изстърже с нож парчетата, които бяйа изгорени за по-сигурно, за да не се разболее той от рак. Тя бе убедена, че всеки знае как изгореният хляб може да причини рак. На Франк всъщност му харесваше хлябът да е по-препечен, но намери за детинско да се обяснява имайки предвид обстоятелствата. Също така за първи път му сервираха пресен портокалов сок и това бе най-добрата закуска която бе ял някога. Бе почти обяд, когато приключи да се храни. Той се изкъпа и облече последните си чисти дрехи. Бе помолил Джой да говори с някой, който да му помогне с прането и тя се бе съгласила. Той само се надяваше, че тя няма да забрави да попита.

Времето вървеше бавно и два часът бе още далеч, той бе решил, че тогава ще отиде да търси скривалището на Бу. Първо отиде до Ел, за да събере кураж. Изпи две бири набързо и тръгна по маршрута, които бе запомнил наизуст. Пътеката между двете оризови ниви бе тясна и криволичеща, но той ясно виждаше мястото, което тя бе споменала. Изглежда бе широко около 20 метра и той се запъти натам предпазливо. Бе почти невъзможно да види нещо между храстите наоколо докато слънцето грееше, а веднъж попаднал зад тази естествена ограда, човек можеше да види много скрити в сянка местенца. Приличаше на горска поляна, с много паднали дървета, на които човек можеше да седне. Избра си едно дърво и извади телефона си, но нямаше покритие. Започна една игра, но помисли, че тази среща може да е капан. Тук можеше лесно да бъде убит или нападнат, заровен в една ливада и никой нямаше да го открие. Джой щеше да реши, че я е изоставил и най-вероятно щеше да влезе в психиатрия. Така както бе седнал, той бе лесна мишена.

Прииска му се да пушеше. Така поне щеше да има нещо за правене, но вместо това подскачаше уплашен при най-лекия полъх на вятъра или най-малкия звук. Бе на ръба на нервите си.

Напрежението бе по-оглямо, отколкото на интервюто в университета, банката или това за приемане в ложата на Масоните. Провери телефона си. Часът бе три и седемнайсет минути. Реши да изчака до три и половина и след това никога повече да не ѝ вярва. Докато времето минаваше, той се опита да се наслади на красивата природа, която го заобикаляше. Бе хладно, подухваше леко и той бе седнал на едно паднало дърво. Опита се да си спомни дихателните йога упражнения, които му бе показала една приятелка в университета, но дори това да диша дълбоко и бавно изглежда помагаше. Бе избрал един пън, от който можеше да вижда пътеката. Загледа се и започна да отброява секундите.

Когато чу звука на приближаващ двигател, първата му мисъл бе да се скрие. Застана зад едно дърво, точно срещу мястото, от което идваше шума. Предположи, че е просто някой фермер, който идва да нагледа нивата си. Двигателят спря и той започна да подготвя в ума си извинение за това, какво прави там. Опита се да изглежда безобиден. Реши, че ще каже, че е тръгнал на разходка или да търси интересни животни, змии или може би крокодили. После се досети, че един фермер най-вероятно не би разбрал нито дума английски. Събра смелост да тръгне обрано натам, от където бе дошъл и просто да каже, че е объркал пътя. Когато излезе от прикритието си по възможно най-тихия начин, чу зад гърба си глас.

"Здравей Франк, защо толкова бързаш да си тръгнеш?" Погледна през рамо и изпадна в еуфория когато видя, че е Бу. Бе облечена с раздърпана тениска, къси панталони и с голяма усмивка носеше една чанта от Севън-Илевън.

"Как ти се струва моето убежище?" попита тя.

"Красиво е" каза той внимателно, "но какво, ако някой дойде?"

"Защо му е на някой да идва тук?" запита тя. "Всички тези ниви са на родителите ми и дори те да дойдат, какво лошо сме направили?"

Той кина, но си помисли, че самата причина да бъдат тук е точно да "направят нещо лошо".

" Добре, ти си шефът, какво ще правим?"

" Ще си направим парти с барбекю" отговори тя и вдигна една пазарска торба. "Ти ще ми преподаваш английски един час, а аз ще те науча на малко тайландски. Става ли?"

" Да, чудесно. Нямам търпение. С какво искаш да започнем?"

" Първо да се преместим ето тук, за да може да запалиш огън с тези клечки. Знаеш ли как се пали огън?"

" Мога да паля огън, но нямам кибрит..."

" Ти събери клечките, аз имам кибрит на мотора. Ще ида да го донеса, докато ти направиш огнище."

Вече имаше една купчина с клони и му трябваше само нещо, което да ги накара да се разгорят. Отнесе се в мисли за времето си като скаут, когато някой сложи ръце пред очите му.

"Познай кой е?" изрече познат женски глас.

"Злата вещица от гората" отговори той и протегна ръце над раменете си. Докосна две голи гърди. Започна да ги масажира и застена почти, колкото нея. Придърпа я в скута си, целуна я и после сложи цялата ѝ гърда в устата си. Стисна дупето ѝ си проправи път към срамните ѝ устни. Тя се измъкна от шортите, за да може той да прави каквото си поиска с нея. Франк пъхна палец в нея и започна да го вкарвка и изкарва, докато тя не свърши шумно. Хвана го страх, че някой може да чуе виковете ѝ, но бе толкова възбуден, че бързо спря да мисли за това. След като свърши няколко пъти, тя се изправи. "Не е честно аз да съм единствената, която е без дрехи." Докато той разкопчаваше ризата си, тя свали панталоните и бельото му с едно рязко движение. "Така е по-добре" каза тя и засмука члена му. Той не издържа дълго и след две минути свърши в устата ѝ. Бе изтощен, докато Бу изглежда тепърва започваше. "Може ли да запалиш огън, ще е по-уютно?" Той я видя да разгъва едно одеало, докато той палеше огъня. "Хареса ли хляба вчера?" попита тя.

"Най-хубавият хляб, който съм ял от седмици" отвърна той.
"Ядоха ли Да или Бю от него?"
"Не, не мисля че тайландците харесват хляб или млечни продукти."
" Това е добре, но е странно, че спомена млечни продукти. Причината да закъснея вчера бе, че извадих хляба от пакета и отърках всяка филия в циците си, след което ги опаковах отново. А този хляб тук отърках в путката ми, защото знаех, че само аз и ти ще ядем от него. Може да мислиш за това като за моя "специалитет". Тя се разсмя. Той се надърви отново и тя го забеляза.
"Предлагам ти да направим нешо с това, преди да го опариш на огъня." Хвана го за члена и го заведе на одеалото.
"Случва ли се да идват други хора тук? Трудно ми е да се отпусна."
"Отпусни се, Франк. Обикалям тук гола от около четири, пет години. Поне откакто станах на единайсет."
"Четири или пет години, откакто си била на единайсет! За Бога, значи сега си само на петнайсет!"
" Да, но казах от поне четири или пет години."
" Ти също така ми каза, че си почти на осемнайсет."
"Да, малко преувеличих, но съм тръгнала натам."
" О да, аз лично не познавам никой, който да е тръгнал наобратно, ти сещаш ли се за такива? На колко си всъщност? Бъди честна."
" Шестнайсет и половина, но използвам превенция. Майка ми откри моя интерес към момчетата отдавна и се погрижи да сложа спирала ето тук на предмишницата. Странно място за спирала, не мислиш ли? Всеки, който знае какво значи това малко синьо петно може да прави секс с мен и да е спокоен, че няма да забременея. Като един вид зелена светлина, не че аз имам нещо против. Харесвам момчета, затова и майка ми искаше да е сигурна, че ползвам превенция. Момчетата харесват момичета, защо момичетата

да не могат да искат да са с момчета. Поне аз така мисля." Тя преметна десния си крак през него и придърпа члена му. "Така, добре ли е?" Той нямаше отговор на нейната логика, просто влезе в ритъм и опита да издържи малко по-дълго този път.

След като препекоха хляб на огъня, ядоха, изпиха една бутилка бира, която Бу бе донесла и правиха секс отново, Бу изведнъж обяви, че трябва да се прибира. Тя взе боксерките му, избърса се с тях, наметна дрехите си и издърпа одеалото изпод него като магьосник. Франк се изтъркули със смях в листата. "Защо се разбърза толкова?"

"Часът е пет. Майка ми ще ме чака да и помогна с вечерята, нали не искаш майка ми или баща ми да дойдат тук да ме търсят?"

Той се стресна дори само при мисълта за това. "Не, тръгвай. И аз ще се прибирам след малко."

"Може да останеш колкото искаш, но моля те изгаси огъня преди да тръгнеш. Ще намериш една малка лопата под цепениците ей там. Аз ще запазя тези като сувенир" каза тя и взе боксерките му. Ще се видим утре по същото време."

Той се опита да каже, че не е сигурен...

"Ако сега не обещаеш утре да дойдеш, е напълно възможно да поканя едно момче от училище. И без това повечето искат да ме опознаят по-отблизо."

Той бе отвратен. Не искаше дори да си помисля за това тя да е с някой друг, също толкова колкото Джой да е с друг мъж.

"Ще дойда."

"Ти си бил ревнив! Не искаш да си представиш как ще целувам члена на друг, нали?"

Той искаше да излъже, но трябваше да признае, че е права. " Добре, значи ще се видим утре. Чао, чао, любов."

Тя изтича през храстите от другата страна, там от където бе дошла и той чу мотоциклета, който запали и изчезна надолу по пътеката. Слуша докато звукът съвсем се изгуби. Потъна още по-дълбоко в отчаянието си докато се обличаше, в стил-командо, без бельо.

Когато стигна до пътя до външните ограждения, му хрумна една идея. Знаеше, че Джой има много силно обоняние и тя му бе казвала, че това е типично за повечето тайландци. Той самият не подушваше нищо, но знаеше, че Бу се бе отъркала хубаво в него, така че за да е сигурен той седна до канала за напояване, който миришеше на блато, и се потопи в него. Потъна вътре леко притеснен и само се надяваше никой да не го е видял. След това се върна стотина метра наобратно до главния път. Часът бе четири и половина, но слънцето и телесната топлина бяха достатъчни да изсушат дрехите му до толкова, че те да са само леко влажни.

Бе сигурен, че е успял да замаскира миризмата на Бу, когато стигна до Ел. Когато го видя, тя опита да попита защо мирише толкова лошо и защо е мокър, но той се престори, че не разбира.

Искаше само да изпие, колкото може повече бири за час, за да има извинение за падането си в канавката. Когато забеляза, че номерът няма да мине поръча половин бутилка Джони Уолкър и започна да отпива по една глътка между бирите.

Това подейства. Изправи се, когато Ел дойде със сметката и три бири за вкъщи. Потърси портфейла в джоба си. Бе под носната му кърпа, но не успя да го измъкне. Бе пил твърде много, затова извади всичко от джобовете си и го изсипа на масата.

Той погледна Ел и се опита да се извин за това, колко е непохватен, когато я видя да се подсмихва. Проследи погледа ѝ и изпадна в ужас, когато видя, че портфейлът му се е оплел в розови бикини с панделка и бели дантели. Грабна ги бързо, но осъзна, че това само подсили, колко виновен изглежда.

Той се усмихна и опита да изглежда засрамен, не че това бе трудно. "Да, моята жена, пералнята..." промърмори той докато имитираше въртенето на пералнята с дрехи които се разбъркват вътре. Накрая просто напъха бикините обратно в джоба си.

Така и не разбра дали Ел го разбра или прие обяснението му, но имаше усещането, че тези бикини ще са пирон в ковчега му.

Когато стигна вкъщи, Бю веднага забеляза на какво мирише и възкликна "мин". Това бе дума с много значения, но в случая бе използвана за "вониш". Обратното на "мин" бе "хом". Знаеше тези думи, тъй като Джой му бе подарила тоалетна вода за Коледа.

"Паднах в напоителния канал" оправда се той и помаха ръка пред носа си.

"Да е горе."

"Влагодаря, Бю" каза той и си даде сметка, че това бе най-дългият им разговор за последните три или четири дни. Надяваше се ледът най-накрая да се е разчупил и наказанието му да приключи скоро.

Той изтича възможно най-шумно по стълбите, така че Джой да се обърне. Вдигна ръка за поздрав и тръгна към нея.

"Здравей, какво се е случило с теб? Изглеждаш все едно са те влачили през жив плет и после са те хвърлили в реката."

"Минах през оризищата" започна той докато сядаше и си отвори една бира "и видях напоителния канал. Исках да погледна за риба, а като ми се стори, че видях змия исках да погледна по-отблизо. Подхлъзнах се и преди да разбера какво става, бях в застоялата вода. Не знам какво видях и повече нищо не открих."

"Хубаво, но трябва да внимаваш повече. Може да е било кобра или една дузина други отровни змии, които живеят тук. Недей просто да седиш тук и да пиеш бира, миришещ така. Между другото, приличаш на работник от полето. Изкъпи се и си смени дрехите."

"Разбира се, любов моя, веднага отивам". Докато беше под душа обмисли да пусне бельото на Бу в тоалетната и така да се отърве от доказателствата, но размисли, защото не знаеше как би обяснил, ако тоалетната се запуши. Заключи, че е най-добре да ги изгори в огъня на следващия ден, след като Бу си тръгнеше.

" Утре! Какво щеше да прави с миризмата утре?" Той се замисли. Не можеше два дни поред да пада в канавката. Сложи бикините в джоба на чистите си панталони и се върна при Джой.

"Ама че живот" промърмори той като седна.

"Каза ли нещо, скъпи?" попита Джой.

"Казах само "Какъв скапан живот"."

"Бреме ли съм за теб? Съжалявам, сигурно е така, и къщата, и селото."

"Не, не, Джой - нямам предвид теб. В никакъв случай! Говорех за това, как паднах в онази миризлива вада. Ти никога не би могла да си ми в тежест. Обичам те. Липсва ми предишната Джой, но знам, че тя някой ден ще се върне при мен. Просто се надявам да е по-скоро."

Джой протегна ръка. Той я хвана и се разплака. "Аз все още съм тук, Франк. Просто понякога се чувствам влачена и изхвърлена на брега след корабокрушение. Ти си моята котва и когато въжето, което ме свърза с теб се скъса и аз отплувам, е много трудно да се върна, макар да знам, че ти винаги ще си там. Нали така, Франк? Ти винаги ще ме чакаш?"

"Разбира се, Джой. Винаги! Дори не смей да си помислиш нещо друго. Четиридесет години бях големия, силен самотник, който си мислеше, че няма нужда от никого. Ти ме дари с радостта да обичам някой, това да имам половинка. Винаги съм мислел, че името ти много ти прилига. Ти си моята радост (джой) и моята жена." Бе много гузен, но наистина мислеше всяка дума, която изрече. Той стисна ръката ѝ разплакан и тя отвърна със същото, единствената котва, която имаше на този свят.

∞

Джой бе необичайно жизнена на следващия ден и когато бяха готови с обяда, Франк я покани на разходка да потърсят змии. Тя отказа любезно и каза, че предпочита да подремне и той тръгна сам както обикновено. Когато мина през пролуката в храстите на края на пътеката, видя главата на Бу над падналото дърво, което им бе служило за прикритие от случайно минаващите хора предния ден. Той предположи, че тя лежи на одеалото, подпряла глава с ръце и бе прав. Също така тя бе чисто гола. Първото, което забеляза бе, че е обръснала срамните си части. Вулвата бе набъбнала, все едно си бе играла с нея, докато чака той да дойде. Той положи ръка отгоре и я погали.

"Хубава ли е?"

"Да, този стил Ви отива, мадам" отговори той, опитвайки се да е остроумен.

"Не съм мадам" каза тя студено. "Ела тук и ме остави да се погрижа за теб." Хвана го за топките и започна да движи ръка нагоре - надолу по члена му, докато той не издържа и свърши по корема ѝ. "Първият път винаги свършваш толкова бързо, затова реших да не губим време. Не мислиш ли?"

Той все още бе твърде задъхан за да може да ѝ отговори, но кимна, усмихна се и легна до нея.

"Обиди ли се, че те нарекох мадам? Извинявай, не беше нарочно."

"Не съм се обидила. Просто се шегувах. Много отдавна, а дори и днес, когато богатите бели жени идваха тук да ни оглеждат с презрение, често заповядваха да ги наричаме "мадам". Не можехме да ги понасяме, но нямахме нищо против да ги наричаме така, защото на тайландски "ма" значи "куче" , а "дам" - "черно". И тъй като кучето е едно от най-низшестоящите животни сред бозайниците, да ги наричаме така им отива, а и е забавно."

"Звучи добре, но от къде знаеш всички тези изрази като "лют сос"?"

Тя премести ръка от гърдите му надолу към чатала. Когато дръпна назад кожата, която покриваше пениса му, той затаи дъх.

" Ооо, толкова е хубаво, не спирай..."

" Братовчедка ми ме научи. Разказах ѝ за теб. Тя работи в Банкок и среща много бели мъже по баровете. Казва, че винаги са мили и щедри. Той чу намека, но движенията на ръката ѝ го оставяха без думи.

Сетих се за още един. Защо много мъже обичат да правят секс в тъмното?"

"Не знам" каза той, точно преди да свърши отново. Тя изцеди всяка капка от него, след което провокативно облиза ръката си точно пред лицето му и се избърса в косматите му гърди,преди отново да поеме нещата в свои ръце. "Лесно е. Тъмното е жаргон за анус на тайландски! Схващаш ли?"

"Да, много забавно" Сложи едната си ръка върху нея, докато тя преметна крак върху него, за да му е по-лесно достъпна.

"Чудех се, кога ще се сетиш за нея. Обръснах я специално за теб тази сутрин. Да, така е много хубаво". Започна да стене и говори на тайландски докато не свърши, увила една ръка около врата му, а с д ругата хванала здраво члена му. И двамата отдавна бяха спрели да следят за случайни минувачи.

Отне му време да свърши вътре в нея, но изглежда така ѝ харесваше най-много. Бавно и продължително. След четиридесет минути се случи чудо и те останаха проснати на поляната задъхани. След десет минути тя скочи и обяви, че трябва да си тръгва. Той я следеше с поглед, докато се обличаше и слагаше бикини. "Не мога да ти дам тези, дори и да искам. Майка ми попита къде са розовите. Отговорих ѝ, че не зная и сигурно са в пералнята с другите неща. Там където всички чорапи се губят. Мисля, че този път ми се размина, но трябва да съм по-внимателна. Ще се видим утре, любовнико."

Тя се наведе, целуна члена му и изчезна. Той продължи да лежи там още известно време, с широка усмивка на лицето, докато не забеляза, че се смрачава. Изправи се, седна на падналото дърво и се изми с една голяма бутилка минерална вода, която Бю бе донесла. Не мислеше, че има нужда да се подсушава и просто се облече, докато все още бе мокър. След това извади сандвичите, които тя бе направила, изяде единия по пътя, а другия хвърли на дивите животни, които сигурно се спотайваха наоколо. През главата му мина мисълта, че Бу е най-дивото животно от всички и това го накара да се усмихне. Огледа се наоколо и това, което видя му хареса. Бу беше късметлийка да има такова убежище, а той бе късметлия, че тя бе споделила убежището и себе си с него. Взе решение да запази бикините и още малко и доволен с решението си тръгна към Ел.

След няколко бутилки бира се прибра. Всичко бе по старому, нищо не се бе променило. Джой седеше на балкона с остатъци от храната, от която бе хапнала само толкова, колкото да може да вземе лекарствата си.

"Намери ли някакви змии, скъпи?"

"Само тази" каза той и ѝ показа една снимка, която сам бе направил на едноокия си "питон".

"Не съм го виждала от цяла вечност" каза тя като взе телефона и погали снимката. "Роне този път не си паднал в напоителния канал."

19 ВЪЗХОД И ПАДЕНИЕ

В понеделник човек почти можеше да си помисли, че предишната Джой се е върнала. Никой не знаеше причината, но Франк се надяваше неговите уверения, че няма да я изостави и шегата със змията от предния ден да са дали резултат. Всички останали се надяваха, че промяната се дължи на ежедневните посещения в храма и новото лекарство, което тя взимаше. Франк не знаеше, че семейството бе запазило час при нов лекар без негово знание.

Каквато и да беше причината за подобрението, всичко отиде по дяволите когато вторник сутрин пристигна писмо от правителството, с което я уведомяваха, че трябва да си запази час в болницата в Пхитцанулок.

"С мен е свършено" прошепна тя. "Ще загубя работата си, визата и съпруга си. Моля те ,Франк, не позволявай това да се случи. По-добре ме убий. Бих предпочела да умра с достойнство като твоя жена, отколкото да съм разведена."

Той бе хванал ръцете й в своите и я убеждаваше, че всичко ще е наред. Извика Бю. За първи път трябваше да признае, че няма контрол върху ситуацията. Тя някак усети и дойде бързо. Докато Джой плачеше на гърдите му, той подаде писмото на Бю. Тя го прочете, поговори с Джой нещо на тайландски и накрая кимна.

"Ще запазая час за днес следобед или утре. Най-добре е да съдействаме с каквото можем." Франк кимна в знак на съгласие, стисна силно ръката й под лакътя с благодарност, след това се засрами и сподели това на глас. Бю кимна, усмихна се и слезе долу да вземе телефона си.

Тази нощ Джой и Бю плакаха, същото правеше и Франк докато тримата лежаха заедно под мрежата за комари. Всички бяха напълно облечени, двамата спяха всеки от своята страна на Джой и никой не го беше грижа точно кого с прегърнал.

∞

И тримата бяха силно притеснени на следващия ден, но никой толкова много, колкото Джой. Тя бе убедена, че животът ѝ е свършил и че старицата в главата ѝ бе права за всичко. Никой не можеше да я убеди в противното. За Франк изглеждаше сякаш Джой сама садеше семената за своето уволнение, макар че това бе последното, което ѝ се искаше. Кой лекар би се подписал под това, че тя е достатъчно здрава да работи, дори ѝ да бе най-разбрания и добър лекар? Самият той не би наел някой, който бе в такова състояние.

Синът на един от старците на пейката закара Мей, Джой, Франк и Бю в Пхицанулок на следващата сутрин. Тръгнаха в десет, а часът на Джой бе в 11:30. Само на Бю ѝ бе позволено да бъде при Джой по време на пробите и интервюто, и то просто защото Джой бе толкова отпаднала, че очевидно имаше нужда от придружител.

Франк дори не бе предложен за подобна роля.

Целият преглед отне четири часа и никой не ги попита да платят, но също така и не получиха никакви резултати. Може би Джой щеше да може да ги види някой ден, но нищо не се предлагаше доброволно.

Настроението в колата по дългия път наобратно, бе мрачно. Всички знаеха, че нещата тотално се бяха объркали. На никого не му се говореше, за да не се изпусне да каже това, което всички си миселха - че Джой ще загуби работата си.

Вечерта тримата отново спаха на едно място. Франк бе просто Доволен, че Бю е там; скоро трябваше да повдигне темата за визата си и искаше някой да се грижи за Джой. Това бе странно, помисли си той. В Банкок би помислил Бю за толкова привлекателна, че нямаше да може да свали очи от нея, но сега я виждаше просто като на красив приятел и помощник. Тя му вдъхваше усещане за страхопочитание, нетипично за крехката й възраст.

Изведнъж се сети за Бу и се изненада, колко рано узряват момичетата в тайланд. Може би бе същото и с момичетата от други краища на света, но той не можеше да е сигурен. Винаги се бе запознавал с момичета поради една единствена причина. Това важеше дори и за съпругата му, но тя бе успяла да отвори ума му за другите измерения на женствеността.

Бе негов проблем, а не техен, това, че в неговите очи жените бяха създадени само за секс. Красиви или не, млади или стари, омъжени или свободни, той гледаше с едни очи на всички жени. Той разбира се разговаряше и по други теми с колежките на работа, но в свободното си време, обръщаше внимание, само на тези жени, които смяташе, че може да съблазни.

За първи път се замисли, че това може би е грешен подход. Никога не бе искал да прави секс с друг мъж, но си говореше с мъже. Звучеше объркващо. Вдигна глава и погледна красивото, младо лице на Бю. Очите й бяха затворени, но той не бе сигурен, че тя спи и не искаше да го хване как я зяпа, особено сега, когато най-накрая бе започнала да се държи що годе приятелски. Поне бе започнала да му говори. Легна обрано и се опита да заспи.

∞

Събуди се от това, че Бю опитва да убеди Джой да се изкъше и закуси. Бе започнало да просветлява в стаята. Навън слънцето изгряваше. Реши да не се намесва и се престори, че все още спи. Джой се възпротиви, но накрая се отказа и последва младата си помощничка. Той бе изненадан, че двете не се върнаха с часове. Когато стана по обичайното си време, около десет, и двете седяха на верандата. И както обикновено Бю се изправи, когато той дойде.

"Всичко е наред, Бю. Това засяга и теб. Остани. Джой, знам че обещах никога да не се отделям от теб, но визата ми изтича скоро и според това, което открих, трябва да отида или до Лаос, или до Нан. Нали така? Трябва ми твоята помощ с това."

Тя го гледа няколко секунди. Лицето ѝ издаваше, че тя не вярва на някого да му трябва нейното мнение.

"Хайде, мила моя. Трябва ми съвет. Работиш с това и сега ми трябва помощ. Какво трябва да направя?"

Тя продължаваше да го гледа вторачено и той се вторачи предизвикателно в отговор.

"Ако ти трябва удължаване на визата" изрече тя бавно, сякаш търсеше в мозъка си точната информация "до 60 дни за специални случаи, трябва да отидеш в Нан, но ако няма уважителна причина, ако е само с цел туризъм, тогава трябва да напуснеш страната и да подадеш за нова виза."

"Благодаря, любов моя. Какво се класифицира като уважителна причина?"

"Работа с благотворителна цел, да станеш монах, да учиш, да посетиш член на семейството, да играеш футбол..."

"Чакай, чакай, да посетиш член на семейството, така ли?"

Тя кимна. "Ти си член на семейството ми, нали така? Значи мога да подам молба за виза посочвайки това за причина, нали?"

"Удължаване на визата, да - тридесет или шейсет дни."

"Тогава ще подам за шейсет дни. Ще те чакам, докато оздравееш, колкото и време да отнеме, скъпа. Ако и тази виза изтече, просто ще подам документи за нова."

"Не, не работи така. В такъв случай е по-добре да подадеш за удължаване на основание брак, което е за срок от 12 месеца."

"Ако се наложи, и това ще направя. Ще те чакам докато оздравееш."

"Благодаря ти, любов моя, но какво с работата ти?"

"Не ми пука за рботата, ако трябва да избирам между теб и тях, ти винаги ще си победител".

Тя отмести поглед от бамбука и го погледна със сълзи в очите. "Наистина ли?"

"Разбира се, повтарям ти го от седмици, ти просто не си спомняш." Тя го погледна с безизразното изражение, което е толкова типично за всички азиатци, но не призна нищо.

"Добре Джой, как подавам документи за такава виза?"

∞

Животът на Франк бе тъжен и самотен в продължение на почти месец. Животът на Джой имаше своите лоши и не чак толкова лоши дни от момента , в който се бе разболяла, до сега, но можеше да се види тенденцията. Бу продължаваше да настоява за вниманието на Франк и той виновно изпълняваше желанията й и същевременно имаше усещането, че тя е единственият приятел, който има, с оглед на психическото състояние на Джой. Той бе благодарен за Бу, но в същото време не му харесваше това, че прекарваше много време с нея. Знаеше, че тово

а звучи егоистично, но отнемаше малко от чувството за вина за предателството му към Джой. Целият му живот бе тотален хаос от противоречия, но сигурно и другите имаха своите проблеми. Единствената разлика бе, че без Бу, колкото и да бе млада, той щеше да е съвсем сам на 11 000 километра от приятелите и семейството, докато други бяха посещавани от роднините си всеки ден.

Той не се гордееше от аферата си с Бу, но тя, въпреки че бе толкова малка, бе единствената на този континент, която го караше да забрави за страха, макар и за кратко, макар и да го плашеше до смърт по други причини, и той я обичаше за това, не като шестнайсетгодишна, а като човек, който успяваше да го накара да е в хармония докато гледа как светът около него се срутва. Бе убеден, че без съмнения, ако не беше Бу, щеше със сигурност да е изпаднал сам в нервна криза, и тогава наистина щеше да е принуден да отпътува за Англия и да трябва да остави Джой сама, точно когато най-много се нуждаеше от него.

С малко късмет, можеше Бу да е лепилото, което не му позволява да се разпадне на малки парченца, така че да може да помогне на Джой. Той знаеше, че това бе извинение сьшито с бели конци, за да оправдае това, което върши с една разгонена и амбициозна тийнейджърка, но колкото и дълго да мислеше за това, то си оставаше истина.

Ако сега си тръгнеше от Бу, щеше в последствие да си тръгне от Джой, и просто да си иде вкъщи.

Поне така изглеждаха нещата е неговите очи.

∞

Една сутрин, когато Джой и семейството ѝ се връщаха от храма, той пак подхвана темата за визата си.

"Джой, ти каза, че ако отида до Нан и поискам удължаване на визата за шейсет дни, ще си принудена да дойдеш с мен. Проверих на картата и Нан е на триста километра от тук. Ще се справиш ли? В противен случай мога да замина за Лаос и това може да отнеме и три дни."

Джой изгеждаше объркана. "Искаш да дойда с теб до Нан?"

" Да, ако мислиш, че си в състояние, но дали трябва да идваш?"

"Не зная. Вече в нищо не съм сигурна..."

Виждаше се, колко бе стресирана от това, че не може да си спомни.

"Ще го измислим, лельо Да. Може и разпоредбите да са се променили."

Вю натисна няколко цифри на телефона и се свърза с бюрото по имиграция в Нан. Тя потвърди, че Джой трябва да присъства, за да може Франк да подаде молба за виза. Франк и Бю се спогледаха. И двамата си даваха сметка, че е съмнително дали Джой ше издържи такова дълго пътуване.

"Мога да ида сам до Лаос" предложи той, но Джой само поклати глава. "Момичета, чуйте ме. Има де възможности. Или ще пътувам до Лаос сам, или ще отида в Нан с Джий. Няма трети вариант. За мен не е от такова голямо значение, но трябва да избера единия вариант до два, три дни. Но не искам да отлагам решението за последната минута. Виж, отивам до Ел за час, вие може да обсъдите ситуацията и да ме уведомите за решението, като се върна, става ли?" Бю просто го гледаше втренчено, но Джой изглеждаше отчаяна. "Съжалявам момичета, но това са двете опции, и тъй като аз съм просто пешка, отивам в Пъба, да чакам вашето височайше решение. Казаното не бе прието добре, но той знаеше, че е най-правилното в ситуацията. Остави ги с убеждението, че логиката е на негова страна.

Не го вълнуваше особено какво ще решат, но едно пътуване до Лаос щеше да го измъкне от тази лудница поне за един ден по-дълго. Обичаше много жена си и обичаше Бу, но не по един и същи начин и наистина уважаваше Бю, но трите, в комплект със старците от съвета го побъркваха. Не бе сигурен още колко може да издържи. Това да остане сам за два, три дни звучеше прекрасно. След час се прибра, за да чуе какво са решили.

Намери ги точно там, където ги бе оставил. "Добре, момичета, какво решихте?" попита ги той докато сядаше.

"Леля да, иска да дойде с теб до Нан."

"Това е добре, но на нея й става зле, когато пътува, а сега не може да взима хапчетата за път, докато пие други лекарства, какво ще решим този проблем?"

"Мислехме да опитаме да я държим будна до малко по-късно вечер и да и даваме само по половин хапче. Когато тръгнем към Нан, тя ще е изморена и ще й трябва само една таблетка приспивателно. С малко късмет, ще спи по целия път и в двете посоки. Може би ще трябва да я пренесем до бюрото по имиграцьонните въпроси, за да се подпише."

"Аз съм съгласен, ако това е, което искате. Но ще е трудно за нея."

"Да" Бю бе съгласна, "но леля Да иска да е сигурна, че нищо лошо няма да ти се случи."

"Оценявам го, благодаря ти Джой. Разбирам каква саможертва е това." Тя само го погледна и поклати глава в отговор.

"Мисля, че ще ни трябват три дни за подготовка и на четвъртия може да тръгваме" добави Бю.

"Добре" каза той.

∞

На следващия ден той отиде до магазина на Део и срещна Бу за да и каже, че заминава за няколко дни, за да подаде документи за нова виза. Той не искаше тя да си помисли, че я избягва и да иде при тъща му да пита за него.

"Кога тръгваш?" попита тя.

"След няколко дни отивам до Нан. Семейството мисли, че ще се върнем още същия ден, но според мен на Джой ще й трябват ден или два в някой хотел преди да е в състояние да пътува обратно.

" Как ще стигнете до там?"

"Бю каза, че някой от семейството ще ни закара с кола".

"Един път ходих там с класа от училище. По целия път е много живописно, но е високо в планината и пътищата са лоши. Може би около триста километра от тук, но отнема четири или пет часа в едната посока. Окей е, ако човек е здрав, но ако бях болна, като леля Да нямаше да искам да пътувам до там с кола. Защо не хванете самолет?"

"Не знаех, че има самолети до там. От къде, до къде летят?"

"Какво?"

"Летищата, къде са летищата?"

"Ааа, разбирам. От тук най-близкото летище е Фитцанулок, а има и летище в Сукотай. Трябва да провериш дали летят до Нан, но съм почти сигурна, че има полети. Билетът е около хиляда бат на човек в едната посока и отнема двайсет, трийсет минути."

"Бу, ти си съкровище. Благодаря ти." Той се огледа дали някой не ги следи и я целуна по челото.

" Няма за какво" каза тя, но "съкровище" е една от тези думи като "мадам" и за тайландците звучи като "маймунско лайно".

"Извинявай, скъпа". Тя се усмихна и кимна на преправеното галено име.

Когато Франк се върна вкъщи в седем, Джой и Бю си бяха легнали. Помаха на Бю, минавайки покрай мрежата за насекоми и посочи към четеца, който носеше. Видя как тя кимна в отговор в тъмното, и излезе на балкона. Отвори една от бирите, които си бе донесъл и седна. Бе почти пълнолуние и не му трябваше друга светлина.

Отвори търсачката и написа "самолет от Фитсанулок до Нан". Не искаше да предлага друг вариант преди да е проучил дали е възможно.

Беше доволен, че не е казал нищо на другите, защото се оказа, че няма директни самолети, но имаше възможност да се пътува с прехвърляне в Банкок или Чанг Май и от там - до Нан. Струваше допълнителни 4000 бат на човек, но това не бе проблем. Пътуването ставаше два часа и половина. Пак щеше да отнеме пет часа във всяка посока, но поне Джой щеше да седи през половината време на летището, а не в кола. Докато проучи всичко, включително маршрути и варианти за различни полети, бе станало десет часа. Взе си душ и отиде да си легне. Заспа доволен, че ще има добри новини за Джой на сутринта.

Събуди се рязко от ритник в крака. Отне му няколко секунди да разбере какво се случва. Винаги му отнемаше малкпо време да се събуди, а в добавка имаше и лек махмурлук от предната вечер.

Бю се опитваше да успокои Джой, която се мяташе и ръкомахаше мърморейки нещо неразбираемо на тайландски. Изглеждаше все едно има пристъп на епилепсия. Бю опитваше всичко по силите си да я задържи легнала, без да я нарани. Джой бърбореше нещо, което според него бе свързано с лекарствата ѝ. След това се хвана за главата и извика " Млъкни". Това бе единственото, което Франк разбра, но предположи, че се онасяше за старицата в главата ѝ, а не за него или Бю. Въпреки това, бе ужасен от това, как се държеше Джой. Не знаеше как да се справи със ситуацията. Искаше само да се измъкне от там и да остави Бю да се грижи за нея, но Джой бе негова съпруга и бе негова отговорност, както той сам бе казал още в Банкок. Прииска му се да бе помислил по-добре преди да си отваря устата. Сети се за израза "внимавай какво си пожелаваш". Не бе много сигурен, че този житейски урок му допада.

Бю помогна на Джой да излезе изпод мрежата за комари и я отведе до масата, но Франк все още можеше да чуе всичко, макар да трябваше да отгатва по-голямата част от разговора. Искаше му се да е глух, защото болката в гласовете и на двете жени бе прорязваща. Джой искаше да вземе лекарството, което караше гласовете в главата й да спрат, но Бю настояваше да ги изпие, след храна, както лекарят бе препоръчал. Джой крещеше, че не е гладна и не иска да хапне и троха преди гласовете да спрат.

Бю капитулира, но нареди на Джой да изяде поне малко от вече приготвената храна. По-късно Франк разбра, че това е една сцена, която често се бе повтаряла през последните седмици. За него бе неразбираемо; високопоставен банков служител като него трябваше да признае, че няма никаква представа как да се справи с подобна ситуация. Нямаше и идея как да се грижи за собстената си съпруга.

След като Джой взе лекарствата и изпълни своята част от уговорката, ядейки малки хапки от храната, Франк отиде и седна до нея. Осъзна, че обикновено по това време на деня виждаше Джой за първи път, след избликите на истерия и след като лекарствата бяха започнали да действат на изтормозената и психика.

"Имам добри новини за вас, момичета" каза той и се облегна на перилата пред Джой. "Може да спестим половината време за път, ако хванем самолет до Нан."

"Няма полети от тук до Нан" каза Бю, "вече проверих".

"Така е, но отнема по-малко време да летим до Чанг Май и от там до Нан, отколкото да тръгнем с кола от тук. Дори ако искате може да останем за ден два във всеки град по пътя обратно. Какво ще кажеш, Джой?"

"Каквото ти прецениш?"

"Това ли е всичко, което имаш да кажеш? Мислех, че ще ти допадне, моето решение. Не, мислех, че ще си много доволна, ще се развълнуваш."

"Да, разбира се, скъпи. Много добра идея" каза тя с ентусиазма на осъден на смърт човек, който трябва сам да избере дали да бъде обесен или застрелян.

"Била ли си преди в Чанг Май, Джой?"

"Да, там е много красиво, но никога не съм ходила в Нан."

"Ами ти, Бю?"

Тя поклати глава. "Не съм била на нито едно от двете места."

"Нито пък аз. Ще една малка ваканция и за тримата, не мислиш ли?"

"Нека леля Да да реши".

" Хубаво, какво ще каже, Да - ъъъ Джой?"

" Да, добре."

" Чудесно! Бю, можеш ли да ни поръчаш три билета за Нан през Чанг Май? Колкото по-скоро, толкова по-добре за мен, но не по-късно от понеделник 11 май, и не през уикенда, защото администрацията не работи през почивните дни. Ето кредитната ми карта. Джой знае цялата информация, която може да ти потрябва. Поговорете си и вижте, кой ден ще е най-удобно."

Докато Франк отиде да се изкъпе, а Бю да му приготви закуска, Джой остана сама. Въпреки постоянното състояние на летаргия, в което бе изпаднала, тя знаеше, че и за тримата ще е добре да се махнат малко от задушаващата, а за Франк и депресираща, атмосфера в къщата на майка ѝ, но ѝ костваше много усилия дори да задържи тази мисъл в ума си. Всичко, за което можеше да мисли бе, колко трудно и изтощително ще е дори да стане от стола, за да стигне до таксито, след което да чака на летището. Измори се само при мисълта за това.

Ве ужасена още преди да са тръгнали. Всичко, което искаше е да спи или да умре. Бе молила Франк да я убие, вече няколко пъти, добре си спомняше това. Но не мислеше, че е питала Бю, щеше да е твърде много, но не невъзможно. Надяваше се да не е питала момичето, да стори това, макар, че не би имала нищо против да умре. Объркването в ума ѝ всеки път, когато лекарствата започваха да действат, бе непосилно за нея.

Чувстваше се сякаш цял живот се бе възхищавала на гледката от ръба на една скала, а сега внезапно гъста мъгла бе скрила всичко. Искаше да се върне отново към познатото и сигурното, но се страхуваше, че дори и една крачка може да я отведе в бездната.

Мъглата бе студена и влажна и тя искаше отново да се стопли, но къде би могла да отиде? Бе твърде уплашена дори да помръдне, въпреки, че се чувстваше ужасно. Лекарствата прогонваха всички страшни мисли. Не повдигаха мъглата, но й помагаха да не мисли за студа и влагата, и мъглата, и болката в краката от постоянното седене. Видя, че Франк се върна, седна и й подаде ръка. Тя се хвана здраво за този спасителен пояс и се разплака. Чувстваше се отново в безопасност, поне засега.

"Франк?"

"Да, скъпа?"

"Обичам те, нали няма да ме изоставиш?"

"Разбира се, че няма. От къде ти хрумна такова нещо?"

"Чанг Май…".

Злите духове на улица Гоя

20 ВИЗА

Бю му върна кредитната карта и каза, че Джой иска да тръгне в понеделник. "Поръчах само еднопосочни билети" каза тя. Той кимна и се зачуди, защо Джой сама не му бе казала това, но не разпитва повече. Щеше с нетърпение да отброява дните до заминаването, макар че отиваха само за няколко дни.

Това, което той не знаеше, бе, че Джой бе говорила същата сутрин с един монах и бе попитала, кой ден е най-добър за пътуване със самолет. Самолетът излиташе от Фитсанулок в девет и десет сутринта и те трябваше да са на летището в осем. До Чанг Май се стигаше за половин час, след което трябваше да изчакат трийсет и пет минути до следващия самолет до Нан - в десет и петнайсет. Имиграционната служба бе на седем километра от летището, а центъра на града на още пет от там. Франк и Бю се вълнуваха за пътуването. И двете места бяха нови за тях, а Бю дори не се бе качвала на самолет до сега. Джой бе единствената, която се притесняваше, но все пак все още се чувстваше зле, а и бе летяла много по работа.

Джой и Бю бяха събрали багажа от предната вечер и отидоха до храма в шест сутринта, за да се помолят пътуването да мине добре. Един братовчед на Джой взе Франк от къщата малко преди шест и половина и те взеха двете жени от храма, след което се отправиха към летището. На Джой й стана зле след по-малко от половин час, след като бяха тръгнали; пътят до летището бе деветдесет минути, но

Франк я бе виждал и в много по-лошо състояние. Тя не искаше да взима приспивателно, преди да са се качили на първия полет.

Когато най-сетне се качиха на борда на полета, Бю се изплаши от шума на моторите на малкия самолет, но опита да изглежда смела и хвана Джой за ръка. Половината хапче за сън, което бе изпила, започна да действа, но тя успя да поуспокои Бю преди да заспи. Планът с приспивателното работеше добре, но след като казнаха, Джой и Бю веднага се отправиха към тоалетната. Франк седна на бара с чаша кафе и зачака, но те не излязоха преди да се чуе обявлението за самолета за Нан, което бе двайсет минути по-късно.

"Доста се забавихте, и на двете ли ви се гади?"

И двете само го изгледаха, без да дадат никакво обяснение, така че той просто ги последва към следващият самолет и зачака да види какво ще се случи. Бю и Джой отново се държаха за ръце докато самолетът излиташе и малко по-късно - и двете заспаха. Храната, която сервираха на борда бе необичайна за Франк. И при двата полета му предложиха една картонена кутия с къри или едно пакетче шоколад. От опит знаеше, че стомахът му не може да понася къри преди седем вечерта и затова избра шоколада, който се оказа домашен и превъзходен на вкус. Когато кацнаха в Нан, хванаха такси до службата по имиграция, понеже Франк нямаше в себе си шофьорска книжка, Бю не можеше да шофира, а Джой не бе в състояние.

Попълниха формуляра на молбата за удължаване на визата, сложиха снимката на Франк на първата страница и зачакаха ред. Не отне много време.

"Две копия от атеста ви за постоянен адрес в Тайланд, моля" каза жената, която ги обслужваше на второ гише.

"Нямам постоянен адрес в Тайланд" каза Джой "отседнали сме при майка ми. Аз работя в посолството в Лондон. На сватбено пътешествие сме, но се разболях."

"Разбирам, но не мога да направя нищо за вас, без правилните документи, би трябало да знаете това."

"Да, съжалявам много, но наистина не се чувствам добре."

"Какво се случва?" попита Франкм тъй като разговорът вървеше на тайландски. Никой не му отговори. "Извинете, но това е моята виза и настоявам да знам какво се случва."

"Един момент, господине" каза служителката и Джой хвана с ръце главата си. Белите конци около лявата й китка и гърлото се откриха. Франк я видя да ги гледа. Всеки, който ходеше в храма получаваше такава бяла гривна, обикновено веднъж в седмицата, но тези, които бяха болни, ходеха по-често - понякога един или два пъти дневно. Джой имаше цяла дузина или повече около китката си и три амулета на един канап около врата си.

"Майка Ви уведомила ли е полицията, че чужденец пребивава в дома й?"

"Не мисля. Тя е възрастна. Най-вероятно не знае, че трябва да ги уведоми."

"Това е в нарушение на закона, трябвало е да уведоми полицията в рамките на седемдесет и два часа."

"Чуйте ме сега, това започва да ми омръзва. Съпругата ми въобще не трябва да е тук. Лекарят каза, че тя е твърде болна да пътува. Това е моята виза, оставете нея на мира."

"Франк, моля те, жената има право, тя просто си върши работата."

"Напълно възможно, но ако знаех, че ще ме занимават с такива глупости, вместо това щях да отида до Лаос..."

"Франк, остави на нас да се оправим. Може би мислиш, че това е твоята виза, защото е в твоя паспорт, но ти си тук заради мен и аз съм отговорна за тебе."

"Хубаво, но искам да знам какъв е проблемът." Джой му обясни и той измърмори нещо под носа си, но ги остави да продължат.

След дълги дискусии звъннаха на шефа на службата. През това време служителката се обърна към Франк.

"Две цветни копия на паспорта Ви, две копия от адресната регистрация, на която пребивавате и две копия на личната карта на жена ви."

Акцентът ѝ бе неразбираем и Франк необмислено отговори "не разбирам много от това, за което говорите, може ли да повторите на тайландски, за дамите". Джой крачеше напред - назад из стаята и говореше с някой или нещо невидимо. Бю вървеше до нея с ръка на рамото ѝ. Служителката говореше нещо на Джой, но Франк я прекръсна.

"Мисля, че е по-добре да говорите с племеницата ми." Тя го послуша. "Знаеш ли какви документи ни трябват, Бю?"

"Две копия" каза Бю.

Франк се огледа. "Там има копирна машина. Може ли да я използваме?"

"Моля излезте навън и се върнете с правилните документи" каза служителката директно на Франк, "Ако не намерите друга копирна машина отвън, може би ще мога да ви помогна."

"Отвън? Къде по-точно отвън? В шибаната градина?"

"Франк, нека да излезем". Те го изведоха до такситата, но той все още бе бесен. "Не разбираш, Франк. Не видя ли табелата на вратата? Имиграционна полиция. Това не са просто обикновени служители като във Великобритания. Това са въоръжени полицаи и макар всички да трябва да са любезни с посетителите, грозен език и лошо поведение не се толерират. Моля те да си го припомниш, когато се върнем. Дължиш извинение на служителката."

"Да, имаш право, скъпа. Прекалих. Но кажи, какво ще правим сега?" Бю звънна на майка ми и я помоли да иде възможно най-бързо до Фицахи, за да направи копие на адресната регистрация в Съда. След това ще я сканира и ще я прати по е-мейл на телефона на Бю. Баба й не разбра нищо, но мъжът, който ги бе откарал до летището сутринта, предложи да уреди нещата след около час. Бю отбеляза, че след час ще е обедната почивка и това значеше да загубят още час в чакане. През това време таксиметровият шофьор ги закара до една книжарница, където направиха копия.

Върнаха се в полицията само петнайсет минути преди обяд, но и двете служителки бяха свободни, така че Джой подписа копията и те подпечатаха паспорта на Франк още преди обедната почивка.

"Много Ви благодаря за помощта, госпожо" каза той с усмивка, като си спомни думите на Джой. "Извинявам се за грубото ми поведение по-рано днес, но бях много притеснен за здравето на съпругата си. Надявам се, че разбирате какво ми е."

Тя кимна "за мен е привилегия и задължение" и се отдалечи, най-вероятно за да излезе в обедна почивка.

"Благодаря, скъпи" каза Джой. "Гордея се с теб".

"Сега, когато сме готови тук, да се разходим и да разгледаме Нан, какво ще кажет?" Джой нямаше желание и Бю бе съгласна с нея.

"Не се чувствам добре, нали нямаш против?"

"Пропътувахме дълъг път и сме платили за таксито до шест. Може да намерим две хотелски стаи?"

"Не, нека попитаме шофьора да ни разходи с таксито и след това да ни закара до някой хубав ресторант. След това може просто да си тръгваме."

"Не искаш ли поне да пренощуваме в Чанг Май?"

"Не, не и този път. Може да дойдем пак догодина и да разгледаме, когато се чувствам по-добре".

"Както кажеш, скъпа."

Нан се оказа един изключително красив град, храната в ресторанта "Градината на Исаан" бе превъзходна. Бе чувал, че храната от този регион е една от най-пикантните, но вариантите от менюто в Нан му допаднаха.

Поръчаха билетите за обратното пътуване от едно крайпътно ресторантче и се качиха на полета в два и половина за Чанг Май. И този път дамите го изненадаха, като се отправиха директно към тоалетните и не се върнаха преди да трябва да се качват на самолета. До пет и половина се бяха върнали обратно в селото. Франк се запъти към Ел доста разочарован, макар че бяха успяли да свършат това, за което бяха отишли. Сега можеше да остане с Джой тук, докато тя оздравее и може да пътува обратно за Лондон.

Бу видя таксито да минава през селото и го последва на колело. Седна срещу него на масата при Ел.

"Бързо се върна. Мислех, че ще отсъстваш поне два дни. Дадоха ли ти виза?"

"Да, всичко мина както трябва, но Джой не искаше да останем в Нан, а на летището в Чанг Май не излезе от тоалетните."

Бу се разсмя.

"Не е толкова смешно."

"Всъшност е доста забавно. Просто ти не разбираш. Една от най-големите и известни психиатрични клиники в Тайланд се намира в Чанг Май. Тя сигурно си е помислила, че ще я заведеш там. Не исках да се смея. Сигурно горката жена се е чувствала ужасно. Извинявай, но пък е хубаво, че вече си тук. Трябва да се прибирам за вечеря. До скоро."

"Да, до скоро, Бу". Не бе толкова странно, че Джой нямаше търпение да се върне в безопасност в къщата на майка си. През какви ли душевни терзания бе преминала последните дни, докато се е чудела дали може да вярва на съпруга си, че няма да я вкара насила в лудница.

След три бири се запъти към вкъщи. Питаше се какво ли ще обърка този път и също така дали да повдигне темата за тоалетните, но тогава трябваше да обясни, че е говорил с Бу по темата.

Не знаеше какво да направи. Искаше да успокои Джой и да каже, че разбира притеснението ѝ, но не ѝ да и споделя, че е обсъждал състоянието ѝ с едно младо момиче. Реши за момента да не казва нищо.

Джой бе в добро настроение, когато той се прибра. Тя пак седеше на терасата, но взе чиниите от Бю и сама ги сервира на Франк, за първи път от седмици.

Тя видя, че той забеляза това, и се усмихна широко. "Това е много по-добре от Чанг май, нали? Сега доволен ли си, че не останахме да пренощуваме?"

"Да, любов моя, много по-добре, но искам да знаеш, че никога не бих те оставила сама в Чанг Май, планът бе просто да разгледаме".

"Да" каза тя и не отбеляза, че той е отгатнал притесненията ѝ, "но винаги може да се върнем някой път, когато съм напълно здрава."

Злите духове на улица Гоя

21 МЪГЛАТА СЕ ВДИГА

Изглежда това, че бе разбрала, че Франк не се опитва да я вкара в лудница, се отрази положително на Джой. Започна да се грижи повече за външния си вид и стана по-грижовна към другите. Все още питаше за лекарствата, които ѝ помагаха да заглуши мислите, но спря да изпада в нервни кризи като разглезено дете, което се тръшка за бонбони на опашка в супермаркета. Също така започна да спазва обещанието си да яде след като получи лекарствата си; с други думи се държеше много по-добре.

По-доброто ѝ поведение обаче не успяваше да скрие това, че тя все още е зависима от лекарствата за да спре гласовете, които тя упорито твърдеше идваха отвън. Когато действието на хапчетата отслабнеше, тя можеше да им разкаже точно от коя посока идваха гласовете. Тя ги викаше да ѝ помогнат да изплаши един непознат, който я дразнеше и бе убедена, че се е скрил зад една врата или под стълбите. Това, че там нямаше никой, не я спираше да опита отново и отново. Бе като малко кученце, което се опитва да хване собствената си опашка, само че не беше забавно, а сърцераздирателно.

Франк многократно опитваше да говори с нея за гласовете и предполагаше, че Бю бе опитала същото. Бе ужасен когато един ден чу майка ѝ да ѝ крещи и го записа на телефона си, за да може Бю да му преведе. Това, което майка ѝ повтаряше отново и отново, Бю преведе като "махай се от тук, ти си луда".

Не беше добре, че майка ѝ говори така и Франк потърси второ мнение за превод. Той не знаеше езика, а и не знаеше колко добра е Бю да говори английски. Колкото и да опитваше да смекчи превода на първата част от фразата, нищо не можеше да оправдае втората половина. "Ти си луда/откачена/ненормална, всичко звучеше еднакво ужасно и определено не бе нещо, косто човек казва на някой с психически проблеми, дори и да са само временни. Майката не изпитваше никакво състрадание. Случката говореше повече за нея, отколкото за Джой. Може би това, че бе толкова възрастна, правеше проблемите на Джой трудни за разбиране. Той бе ходил на курс свързан с азиатската култура и това да бъдеш унижен публично, тъй като много от клиентите на банката идваха от Азия и бяха изключително заможни. Но въпреки това не бе сигурен какво отделните хора приемат за публично унижение.

Въпреки това не можеше да оправдае крясъците на тъща си. Осъзна, че никога не я бе виждал да прегърне Джой, да сложи ръка на рамото ѝ, да я целуне или да ѝ говори мило. Дори не се бяха прегърнали, когато Джой бе пристигнала, а той знаеше, че не се бяха виждали от повече от година.

Човек не можеше да пренебрегне факта че връзката между майка и дъщеря бе много студена дори по западните стандарти. Джой изглежда бе по-близка с Бю, отколкото с майка си.

Той не знаеше нищо за другите хора, които прекарваха по-голямата част от деня околко градинската маса и понякога нощуваха под мрежите за насекоми в същата стая в която и той, макар че Джой бе споменала веднъж, че са роднини, които живеят наблизо. Те изглеждаха като група студени, безсърдечни хора след като бяха притиснали Джой да отиде при друг лекар, докато тя не бе избухнала в плач. Той самият не бе в много топли отношения със семейството си, но те никога не биха се държали по този начин.

Бю не казваше нищо и никога не питаше за мнението му. Той можеше да види, че тя наистина обича леля си. Говореше само когато трябва и никога за слона в стаята - психичното здраве на Джой. Въпреки това, Джой и той имаха нужда от помощта ѝ повече от всякога. По много начини тя бе по-полезна от някакъв лекар, при който човек ходи веднъж на две седмици. Тя бе като медицинска сестра, която пазеше пациентката си ден и нощ, 24 часа в денонощието. За Бю нямаше почивка; тя наистина се справяше с всичко сама, без значение колко той се опитваше да помогне. Може би и затова държеше чувствата си в тайна. Може би това бе нейния начин да се справи със стреса.

Джой често говореше с Бю, той можеше да ги чуе, но не знаеше за какво говорят. Те никога не споделяха доброволно, а той не питаше - не искаше да се намесва.

Неговите разговори с Джой имаха променлив успех. Понякога тя му разкриваше малки части от това, което я мъчи, понякога - не. Безкрайно се дразнеше и ѝ се ядосваше като си помислеше, че тя не иска да помогне на хората, които искат да ѝ помогнат. Усещаше, че ще изгуби търпение и това не му харесваше. Той бе вярвал, че ще има безкрайно търпение що се отнася до жена му, но по всичко изглеждаше, че не е така. Това го ужасяваше също колкото болестта ѝ. Показваше слабост в характера му, за която не бе подозирал.

Срамуваше се повече от това, отколкото от аферата си с Бу. Тя бе неговата опора. Той си призна, че се наслаждаваше на секса и бе поласкан от вниманието, но често нямаше с кой друг да поговори, макар крехката ѝ възраст. Той бе запомнил, че веднъж Джой му разказа за много млади момичета бяха отчаяни да се измъкнат от селото. В моменти на по-малко егоизъм той си напомняше, че именно това е причината за интереса ѝ. След това отново бързо забравяше за това, но винаги имаше едно на ум. Той знаеше че е голям глупак, да започне афера с нея, въпреки че тя бе голяма утеха. Трябваше да проба да я запази само като приятел, а не като любовница, въпреки това, което се бе случило първия път. Тя бе неизвестната константа и рисков играч, който можеше да създаде повече неприятности, отколкото предполага. Знаеше, че трябва да се отърве от нея, но трябваше да го направи внимателно.

Следд няколко дни на подобрения, една вечер той седеше с Джой на балкона и говореше за звездите, когато тя внезапно смени темата на разговора.

"Какво ще кажеш да се върнем в Банкок? При сестра ми?"

"Разбира се, ако това е твоето желание, но мислех, че тук имаш повече приятели и подкрепа?"

Той се замисли за своите егоистични причини да иска да остане заради Бу, но откри, че няма такова желание.

"Така е, но не ми харесва, че всички тук ме мислят за луда, освен това Бю трябва да се върне вкъщи." Франк бе забравил, че това не е нейния дом. Разбира се, че тя си представяше живота си някъде другаде, живот към който искаше да се върне. Сигурно и липсваха приятелите, може би имаше и момче в живота си.

"Кой мисли, че си луда?" попита той невинно.

"Всички".

"Например кой? Аз не мисля, че си луда".

"Чувам хората в харама да говорят и хората, които идват вкъщи. Дори майка ми ме мисли за побъркана, а това значи, че поне половината от тези, които седят около масата мислят същото. Оценявам това, че ти не ме мислиш за луда."

"Не, не мисля че си луда, мисля че по една или друга причина изпадаш понякога в нервни кризи, които се влошиха заради това, което се случи във Фуенхирола, каквато и да бе причината за това. Това е просто фаза, убеден съм в това. Ти не си се побъркала."

"Благодаря ти, може ли да намериш Бю?" Той излезе на стълбите и я извика, макар, че просто можеше да се наведе през терасата. Тя се качи и последва Франк на терасата. "Търсиш ли ме, лельо?"

"С Франк обсъдихме какво ще правим. Ти трябва да се върнеш в Банкок, нали така?" попита тя на английски.

"Да, скоро" отвърна Бю на тайландски.

"Нека да говорим на английски, така и Франк ще може да се включва в разговора. Колко скоро трябва да тръгнеш?"

"Когато ти кажеш".

"Не, не си права. Ще отидем там където трябва да си ти."

"Разбирам, благодаря ти. Би било добре да е преди следващия уикенд."

"Добре, ще пробваме да тръгнем в петък. Със самолет? Хареса ти да летиш, нали?"

"Да, малко е плашещо при излитане и кацане, но също така е и забавно."

"Чудесно, вземи кредитната карта на Франк утре и поръчай три еднопосочни билета. Може би първо трябва да уведомим майка ти."

"Няма нужда. Тя ще се зарадва да се върнем при нея, въпреки хъркането на Франк."

"Не хъркам толкова много" обади се той възмутен.

"О да, доста" отвърна Джой, "особено ако си подпийнал и спиш по гръб". И двете жени се разсмяха закрили усмивките си с ръце и Франк бе щастлив да види Джой радостна отново. Това бе и единственият път, за който се сещаше да е виждал Бю да се смее. Това бе толкова тъжно за такова младо и красиво момиче. Целият живот бе пред нея, а тя вече бе натоварена с теглото на техните проблеми. Бе толкова тежко, но някак си бе успяла да се справи и това изпитание щеше да я направи по-силна. Кошмарът беше към своя край.

Вечерта, когато и четиримата бяха легнали под мрежите за насекоми, Джой изведнъж рязко се изправи, допря ръце пред лицето си и започна да припява нещо на тайландски, което според Франк най-вероятно бе молитва. Лампата светна и майка й започна да крещи. Бю се шмугна под мрежата като риба във вода. Майката на Джой стоеше от страни и й се караше. Франк чу отново познати думи.

"Иди на лекар! Казах ти да отидеш на лекар, нали, но ти никога не слушаш" занарежда тя на тайландски.

"Бях на лекар! Не помниш ли? Може би ти си за лекар. Бях в Банкок, а също и тук преди няколко дни. Проклетите нови лекарства, не действат."

"Иди при лекаря отново, да ти изпишат други!"

"Не мога просто да тичам от един лекар на друг и да се надявам на подобрение. Това е глупаво" след това каза на английски "Франк, чуваш ли жената, една старица, която стои отвън? Казва, че скоро ще умра". Бю преведе на баба си.

"Съжалвам скъпа, не чувам нищо". Джой започна да припява молитва отново.

"Откачено момиче, спри да се молиш на кучета." Джой скочи, измъкна се изпод мрежата, дръпна предпазливо пердето на прозореца и надникна навън. Майка й изтича до гардероба. "Може би старицата е тук вътре? Покажи се бабичко и ни кажи какво искаш! И тук я няма, може би е на терасата? Не - може би на стълбите? И тук я няма. Защо? Защото съществува само в главата ти, глупаво момиче! Направи това, което ти казвам - иди на лекар!"

"Посред нощ в средата на нищото - как да ида на лекар точно сега?" извика Джой. Всичко това оставаше неразбираемо за Франк, но той можеше да усети емоциите, особено страха и тревожността и можеше да види сълзите на Бю и Джой. Лицето на тъща му бе като каменна статуя и го караше да се чувства все едно и той ще заплаче.

Усещаше се безполезен. Сложи ръка на коляното на Джой и го стисна.

"Ще умра тук, Франк. Ще ме оставят в лудница и тук ще умра. Ти ще трябва да отпътуваш обратно за Лондон сам и да си намериш добра нова съпруга. Толкова съжалявам, че те разочаровам, любов моя."

Това бе капката, която преля чашата и той също се разплака. "Няма да умреш, поне не в близко бъдеще и аз няма да пътувам сам наобратно. Обичам съпругата, която имам, обичам те и не искам да имам друга жена. Просто си искам моята жена обратно."

Мей отиде да си легне отново мърморейки нещо и ги остави да стоят там плачейки, взиращи се в мрака навън.

"Легни си, скъпа. Опитай да поспиш."

"Не мога да спя" каза тя и почука по слепоочието си.

"Опитай, моля те. Заради мен. Изглеждаш изтощена." Тя кимна, избърса очи с нощницата си и положи глава на възглавницата. Той я хвана за ръка и тя се завъртя с гръб към него. След минути чу как дишането ѝ се успокои. Тя спа спокойно, но той въобще не мигна, докато не я чу да става в шест часа. Тя повика Бю, за да ѝ даде сутрешните лекарства.

Той сънува, че е на бойното поле и води истинска битка. Куршуми свистяха наоколо и снаряди експлоадираха наоколо. Войници падаха, но когато погледна по-отблизо видя, че всички са направени от пластмаса и са съвсем неподвижни. Той бе единственият жив човек там.

Събуди се около седем и седна заедно с Джой и Бю на терасата. Джой изглеждаше както всяка друга сутрин, но може би малко по-не услужлива от последните дни. Той си помисли, че може би бе засрамена.

Когато Бю ги остави, за да иде да приготви закуска, той попита "какво ще правим?"

"Какво ще правим с кое?"

Той я погледна невярващо. "С теб, за това което говорихме снощи. Беше ужасно и не може да продължаваме така."

Тя поклати глава. "Не, трябва да си отидеш вкъщи сам. Остави ме тук. Просто ще обикалям по улиците на селото с другата луда жена, докато някой пиян шофьор не сложи край на живота ни някой ден."

"О, Джой, моля те. Не е чудно, че хората те мислят за луда, когато говориш такива неща. Престани. Фокусирай се на това да оздравееш, а не на това как един ден ще умреш."

"Ще опитам, скъпи, но просто това е начинът, по който мисля. Имам усещането, че съм живяла един прекрасен живот. Завърших университет, срещнах страхотни хора, получих фантастична работа и се преместих в един от най-вълнуващите градове на света. Там срещнах любовта на живота ми и се омъжих. На сватбеното ни пътешествие, той ме заведе на място, което винаги съм искала да посетя. Аз тръгнах от тук" отбеляза тя и разпери ръце, "но живях като принцеса и сега е дошло време да си платя. Това е моята карма и никой не може да избяга от законите на природата. Дори една принцеса." Очите й се напълниха със сълзи.

"Страхувам се, не, не се страхувам от нищо, когато Буда е с мен, но мисля, че моят час е настъпил. Само не искам да се върнеш обратно към старите си навици на самотник. Искам да си щастлив и ми се иска да вярвам, че съм те правила щастлив поне от време на време".

"Винаги си ме карала да се чувствам като крал. Никога не съм бил по-щастлив. Ти си най-хубавото нещо, което ми се е случвало, Джой. Недей дори да си помисляш да ме оставиш. Имам нужда от теб повече, отколкото можеш да си представиш."

Когато отчаянието отмина, Джой стисна здраво ръката му. Той не помнеше да е протягал ръка към нея, нито пък кога Бю е дошла със закуската му, но ето че пред него на масата бяха наредени кафе, сандвич с бекон, направен от хляба на

Бу и бананови сладки. Храна, достойна за крал и той предложи половината на своята принцеса, но тя взе само една от бананови сладки с размерите на монета. Бю най-вероятно бе видяла изблика на емоции и се бе промъкнала незабелязано за да не ги обезпокоява.

Едно от нещата, които той бе забелязал в Тайланд бе, че хората не харесват изблици на емоции, особено на гняв и любов.

Джой спеше неспокойно а Франк четеше книгата си през следващите часове до обяд, когато бе и време за следващата доза лекарства на Джой. Имаше голяма разлика между поведението ѝ час преди и час след като бе изпила хапчетата. Бе сякаш е взела цяла чаша силни виатмини. Бе пълна с живот и готова да води разговори. Франк можеше само да се надява, че всички лекарства през последните седмици най-накрая действат и е трябвало време да постигнат някакъв положителен ефект върху тялото ѝ. След обяда и един душ, около три часа, той попита Джой да го придружи до Ел. За негова изненада тя каза "да" и дори повика Бю да ѝ помогне да се оправи. Това наистина щеше да се окаже един хубав ден.

Джой настоя Бю да иде с тях и Франк нямаше нищо против. Тя така или иначе придружаваше Джой почти навсякъде.

Тръгнаха на разходка, той и Джой хванати за ръка и Бю на крачка след тях от другата страна с голям чадър, който пазеше сянка и на двете жени. Изглеждаха като двойка новобогаташи излези на разходка с прислужницата. В Европа това щеше да изглежда срамно, но тук в Тайланд бе като сцена от стари времена. Ел пристигна тичешком щом ги видя и забърса една маса и пейките. Джой и Франк седнаха от вътрешната страна на масата с изглед към улицата, а Бю седна пред тях.

Франк поръча обичайната си бира, Бю искаше сладолед, а Джой само минерална вода. Седяха там като двойка след развод, която е излязла с детето си за един ден. Никой не обелваше дума, с изключение на Ел, която постоянно си намираше извинение да иде при тях и да задава въпроси. Той не разбираше и дума, но постоянното натрапване започна да му омръзва, а и виждаше, че всички тези въпрости изморяваха Джой. След двайсет минути тя стисна бедрото му и го погледна в очите. Поклати леко глава със затворени очи. Това й бе достатъчно и искаше да се прибере, но въпреки това той бе горд с нея.

Отведе я вкъщи и се върна да допие бирата си. Поръча още една и взе три за вкъщи. Ел се опита да го поразпита на своята странна версия на английски, но той се престори, че не разбира. За първи път от седмици просто бе доволен да се прибере.

Същата вечер Джой лежа будна почти час стиснала ръката на Франк. Изглеждаще много уплашена докато се бе вторачила в тавана под мрежата за насекоми и той можеше само да си представя какво вижда тя. Видя гримасите и ужаса в очите й. Но не се разплака и накрая и двамата се унесоха в сън.

∞

На другата сутрин за първи път Джой го събуди, след като се бе върнала от молитва в осем и половина.

"Имам добри новини за теб, за нас" обяви тя. "Ела вън на терасата, Бю ще дойде скоро със закуската". Гласът й бе изпълнен с вълнение и ентусиазъм. Той се измъкна из под мрежата, която Джой придържаше и й подаде ръка.

"Какво има, любов моя?"

"Ела навън" каза тя и го поведе. Бе като малко дете, което иска да покаже новото си колело. "Седни. Утре ще се оженим!" Възкликна тя и изръкопляска подскачайки и го загледа с големите си очи. Той не знаеше какво да каже. "Не е ли чудесно?" попита тя, когато забеляза липсата му на ентусиазъм.

"Разбира се, но мислех, че вече сме женени."

" Да, имахме сватба във Великобритания, не съм глупава, но си казахме, че ще направим и Будистка сватбена церемония. Не помниш ли?"

"Да, разбира се. Колко глупаво от моя страна, но нямаме време да се подготвим..."

"Не мисли за това. Семейството ще уреди всичко."

"Но нямам ли и аз някаква роля във всичко това?"

"Разбира се, ти си младоженецът! Ти си главният герой. Какво има. Шокиран ли си или има нещо друго? Нервен? Остави всичко на нас. Може да прекараш деня си както обикновено, почети книга, разходи се, иди до Ел, обичайните неща. Бю и аз ще имаме много за правене целия ден."

"Бю, ето те" Бю остaво подноса пред Франк и остави Джой да я отведе на някъде, докато говореше развълнувано нещо на тайландски.

"Значи утре ще се оженя по традиционен тайландкси будистки обичай, но не трябва да се притеснявам. Как точно ще се случи това?" каза той на глас на себе си.

Взе си душ след закуска и излезе отново на терасата да почете, но не успя да се концентрира. Чуваше шумотевицата от долния етаж и реши да се обърне, така че да гледа към градината. Хора идваха и си отиваха, с коли или пеша, но никой не му обръщаше внимание. Околко дванайсет Мей, Бю и Джой потеглиха на някъде с една кола, без дори да кажат довиждане и той реши, че е време да направи една "обиколка на пъбовете" до четирите магазина в селото.

Сам щеше да си направи ергенско парти. Когато се върна бе вече късно и той бе доста пиян. В двора бе пълно с десетки жени на различна възраст. Някои бяха седнали до масата, а други обикаляха наоколо, но атмосферата бе приповдигната. Всички се смееха и говореха, приготвяха храна и пиеха и никъде не се виждаше дори един мъж. Той забеляза Джой до масата с чаша вино пред нея. Майка ѝ също имаше чаша, а третата чаша той предположи, бе на Бю.

Джой не го отрази, но повечето жени го поздравяваха и се усмихваха. Внезапно Бю изникна до него.

"Това е моминското парти. Леля Джой каза, че трябва да идеш да се изкъпеш. После можеш да гледаш от терасата. Ще дойда с храна и една бира след десетина минути."

Той направи това, което му наредиха, после погледа жените известно време, но в два се събуди и се премести в леглото. Всички други вече спяха.

22 ДА СЕ ОЖЕНИШ ОТНОВО - И ОТНОВО

Той се събуди в пет от най-силната музика, която някога бе чувал и тя идваше от вътре в къщата, същата къща, в която беше и той. Джой вече бе станала, така че той взе възглавницата ѝ, после и своята и ги сложи на главата си, но музиката просто минаваше през дървения под и през тялото му. Нямаше спасение.

Бю го чакаше пред банята. "Чудесно, вече си буден. Леля Джой ме помоли да те събудя."

"Ти шегуваш ли се? Всяко живо същество в радиус от една миля е будно. Кой би могъл да спи при този шум?"

"Това е сигнал за всички жени в селото, които искат да дойдат и помогнат на Джой да се приготви за сватбата. Излез на терасата, аз ще дойда скоро."

Той седна на обичайното си място и зачака. Той или може би някой друг бе сложил капачката на бирената бутилка. Тя още бе на една трета пълна и той отпи една глътка. Имаше отвратителен вкус, топла като чай. Поне трийсет градуса по-топла, отколкото трябваше да е.

Бю се върна с един поднос и го постави пред него, след което седна на обичайното място на Джой. "Леля Джой ме помоли да ти дам храната. Свинско, пилешко, хляб с масло, сладки, десерт и една бира. Каза да изядеш толкова, колкото можеш, след това да се изкъшеп и да облечеш дълги панталони и една бяла риза. Ризата е изпрана и изгладена, а обувките ти са лъснати, но можеш да сложиш и сандали, ако искаш. И те са измити. Трябва да останеш тук, докато някой не дойде да те вземе, и може да изпиеш най-много още една бира преди церемонията."

"И кога ще е това?"

"Десет и пентайсет. Не слизай долу, преди някой да е дошъл да те вземе." Тя се изправи и тръгна да си отива.

"Почакай малко. Това ли е всичко, което ще ми разкажеш преди да идем в църквата или храма?"

"Няма да ходим до храма. Монасите ще дойдат тук. В Тайланд хората се женят вкъщи. Ще се видим малко по-късно."

Той малко се поуспокои като разбра, че церемонията ще е "вкъщи", но не за дълго. Обърна стола, така че да вижда по-добре какво се случва на двора и започна да яде от топлото свинско в чинията. Около пет и половина музиката бе намалена до просто силна. Час по-късно Бю се появи с още една бира и две хапчета за глава. "Забравих да ти дам тези, извинявай" каза тя и отново изчезна.

В двора две дузини жени бяха много заети да приготвят храна и да чистят, докато две дузини мъже нареждаха масите и един балдахин, който да предпазва от слънце или дъжд. Вътре двама мъже приготвяха всекидневната за жеремонията. Джой и майка ѝ не обръщаха никакво внимание на целия този хаос, а Бю вършеше това, за което я помолеха. Освен Бю и Джой, всички останали отпиваха от време на време малки глъткии тайландско уиски "ЛАО"

Скоро навън стана светло. За Франк, времето минаваше много бързо, защото бе нервен, а за другите, защото имаше много за вършене. Не всеки ден монасите на селото биваха канени в дома на някой, който щеше да омъжи единствената си дъщеря, да се надяваме за първи и последен път. Всичко трябваше да е перфектно.

Франк не бе получил някакъв краен срок, но в седем и половина отиде да се изкъпе, след което седна само по шорти и зачака още инструкции. В осем трите най-важни жени за деня, Джой, Мей и Бю отидоха да се изкъпят. След това дойдоха стилистите, които щяха да им помогнат с дрехите, косата и грима. В девет нова смяна жени дойде, за да могат другите да идат да се преоблекат.

В девет и половина дойдоха двама старци, облечени като него и седнаха при Франк. Донесоха му трета бира, но не говореха английски. Той веднага отгатна, че е време да се преоблече, когато започнаха да свалят шортите от него. Те се усмихнаха топло, когато се върна облечен подобаващо. Хванаха го за ръце и го поведоха към първия етаж, все още с бутилка бира в ръка.

Около четиридесет човка чакаха на двора. Всички пиеха и се усмихваха, когато той слезе по стълбите. Много от тях искаха да го поздравят и да му стиснат ръката. Той просто искаше да намери Джой, но тя не се виждаше никъде, нито пък Мей или Бю. Десет минути преди десет часа някой взе от ръката му бирената бутилка и му даде една нова, след което го изведе през дворната врата. Половината от гостите го последваха и Бю отиде при него. Тя го хвана за ръка и го поведе нагоре по улицата, последвана от "техните хора". Музиката отново бе усилена и Франк видя от къде идваше целият шум; от един камион паркиран на улицата, с достатъчно тонколони да озвучи концерт на Ролинг Стоунс.

Бю поведе него и останалите в някакъв странен танц, в който правеше три крачки напред и една - назад, завърташе се в кръг и повтаряше всичко от начало. Отне им трийсет минути да минат през квартала по този начин, улиците бяха пълни с хора пиещи нещо, които искаха да почерпят младоженеца и неговата компания. Той никога до сега не бе виждал Бю да пие, но сега тя пиеше. Когато стигнаха обратно до къщата, вратата бе затворена и на страж стояха дузина жени, които крещяха нещо по него. Бю излезе срещу тях и закрещя нещо в отговор. След пет минути размяна на крясъци, Франк, Бю и цялата свита бяха пуснати вътре. 16217

Дворът бе претъпкан, но всички се отдръпнаха настрани за Франк и Бю, която все още го държеше за ръка. Някой взе празните бутилки от ръцете им и ги въведе вътре. Всички стени бяха украсени с оранжеви драперии, светлината бе топла и приятна. Джой стоеше на колене до едно малко столче пред деветима монаха, всичките облечени в оранжеви кимона. Имаше хора навсякъде. Бю го заведе до Джой и го окуражи да коленичи до нея, след което се оттегли. Никога не бе виждал Джой толкова красива, така спокойна и сияйна. Бе облечена в саронг, традиционна тайландска блуза, косата й бе събрана на кок, а лицето й бе покрито с бяла пудра.

Монасите пееха молитви и ръсеха вода по тях. След това вързаха лявата китка на Франк с дясната китка на Джой с бял канап. Това се повтори трийсет пъти. След това монасите излязоха и бяха откарани обратно в храма.Не им бе позволено да ядат след дванайсет и трябваше да се приберат обратно в храма за обяд.

Младоженците бяха помолени да се целунат и камерите запечатаха момента. Някой каза, че не е успял да ги снима и трябваше да се целунат отново. След пет или шест целувки най-накрая Франк схвана, че се шегуват с тях. Един старец ги отведе на втория етаж и Джой бутна мъжа си на леглото. Старецът помаха на Франк преди да излезе и затвори вратата след себе си. Те лежаха в тишината, но устните на Джой помръдваха. Франк си помисли, че това е молитва и опита също да помисли за нещо подходящо за момента. Той разбра, че тя просто лежи и отброява до времето, в което старият мъж се върна при тях с широка усмивка на лицето.

Мей седеше до една купа, пълна с хиляди Бат в банкноти и златни бижута. Тя се огледа наоколо, грабна купата и избяга от къщата. Всички подканяха Франк да я последва, но той не бе в състояние, тъй като бе вързан за жена си, която не помръдваше. Всички се смяха, дори той.

Когато всички гости излязоха на двора, Джой преряза връзките и изведе Франк навън. "Това беше, скъпи. Сега сме женени и по тайландските обичаи. Не бе чак толкова страшно, нали?"

"Бе ужасяващо преди да започне, но всички бяха услужливи и приятелски настроени и наистина се потопих в церемонията, Бю помогна много. Каква бе тази история с парите?"

"Това трябваше да е зестрата ми."

"Какво, майка ти трябваше да ми даде всички тези пари и накитите?"

"Не ставай смешен. Предполага се, че ти трябва да откупиш мен. Една булка като мен може да струва половин милион Бат и още десет бата в злато."

"Десет бата в злато? Та това е двайсет пенса? Дори не си струва да се пазари човек?"

"Не, не десет Бат. Десет бата с малко "б". Един бат е 15,2 грама, това е повече от пет унции."

"Във Великобритания е традиция родителите на булката да дадат..."

"Не и тук, приятелю. Ела, да идем да празнуваме с другите."

Между пет и шест часа следобед повечето гости се разотидоха да спят, да се изкъпят или преоблекат. Джой също смени дрехите с такива, които не бяха толкова официални и около седемдесет човека се върнаха вечерта, за да танцуват и да довършат храната и напитките.

До полунощ всички бяха изтощени, но Франк бе останал с впечатленеито, че това е обичайният час да приключат с празнуването. Той бе много горд с Джой и се надяваше, че планирането и празнуването на сватбата ѝ бяха помогнали да се почувства по-добре.

∞

Въпреки подобрението в състоянието на Джой около сватбата, тенденцията да отговаря ирационално и халюцинира продължи, но постепенно балансът започна да клони към нормалното.

Заминаха за Банкок два дни по-късно, тъй като Гейл трябваше да се връща на работа. Сбогуването със семейството на Джой и Бу бяха приятелски, но и двамата се радваха, че заминават. Бу не създаде никакви проблеми, нещо което го изненада, а майката на Джой дори не му каза "Довиждане" - което пък въобще не го изненада.

Това да се върнат в Банкок помогна на Джой, но не и на Франк. Липсваше му Бу и той си мислеше, че тя се чувства по същия начин, ако съдеше по телефонните им разговори, но когато те се разредиха само до няколко пъти в седмицата, той трябваше да приеме, че тя си е намерила някой друг. Така и трябваше, мислеше си той и въпреки това усещаше едно бодване от ревност в гърдите. Трябваше да си признае, че най-вероятно тя му липсваше повече, отколкото той на нея. Тя никога не му създаде проблеми, така както той се опасяваше, че ще се случи, което си бе достатъчна причина да се отърве от бикините й. Целуна ги за последно, сложи ги в една хартиена торба и ги изхвърли в една кофа за боклук, докато се разхождаше един следобед.

И това бе всичко.

∞

Не успяха да хванат самолета на четиринайсти и отложиха билетите за двайсет и осми, един четвъртък, което щеше да им даде възможност да се съвземат през уикенда преди да се върнат обратно на работа. Това бе планът, но никой не вярваше, че всичко ще се развие точно по план. Мислеха, че ще им трябва поне една седмица в лондо, преди да могат да започнат работа отново и това идваше да рече първата седмица на юни. И двамата мислеха, че първи юни звучи като приемлива дата. Искаха малко време да оставят зад себе си този ужасен епизод и да започнат на чисто като щастливи младоженци.

Франк бе останал очарован от Тайланд и хората там, макар да нямаше високо мнение за семейството на Джой, с изключение на Бю. Той си мислеше, че Бю струва много повече, отколкото цялото семейство взети заедно, въпреки че знаеше, че Гейл бе направила всичко, което може за сестра си.

Гейл, Бю и Франк започнаха координирана кампания да върнат Джой обратно в обществото. Бю я взимаше със себе си да срещне приятели на по чаша кафе, Гейл я водеше на обяд с колегите, а Франк извеждаше и трите на вечеря. По този начин Джой постепенно затвърди отново самочувствието си, с което се надяваше да може да се върне на работа и да заеме мястото си в обществото в Лондон без особени трудности.

Франк се съгласяваше с всичко това, само и само да може да вземе съпругата си обратно във Великобритания, но бе убеден, че ще отнеме доста по-дълго време. Като шеф в банка, знаеше, че не би я наел ако бе застанала в това състояние пред него за интервю. Тя въобще не бе готова да се връща на работа, макар че той мислеше, че е готова да пътува с достатъчно приспивателни, което нямаше да е проблем. Джой бе в добро настроение и Франк и каза, че вече имат дата за обратното пътуване до Лондон. Това значеше, че тя няма нужда да се притеснява повече, че съпругът й ще я изостави в Тайланд и не я обича вече.

Като за последно, те организираха една гражданска церемония в кметството. Поканиха всички, с които се бяха запознали в Банкок и Джой покани старите си приятели от университета и Министерството на външните работи. Около трийсет човека им бяха свидетели на подписването. Франк плати за всички, които имаха време за обяд след кратката церемония в един чудесен тайландски ресторант, който Бю бе запазила за два часа специално за тяхното тържество. Бе прекрасен обяд с много смях и вкусна храна.

Вечерта преди да заминат, те изведоха Бю и Гейл на вечеря в един от най-скъпите ресторанти, които знаеха и купиха нови дрехи за всички. Джой даде на Бю двайсет хиляди бат като благодарност за помощта ѝ. Франк ѝ даде още двайсет хиляди без да знае, че 40 000 бат са повече пари, отколкото един обикновен тийнейджър може да изкара за една година, но това не би го спряло така или иначе. Тя заслужаваше парите.

∞

Имаше много сълзи, когато се сбогуваха на летището на следващия ден, но те се прегърнаха и целунаха един друг и не остана нищо недоизказано. И все пак Франк не бе толкова ентусиазиран спрямо останалата част от семейството в Баан Лек.

23 ЛОНДОН

Джой бе силно упоена от лекарствата в полета обратно до Лондон. Трябваше да сменят самолет в Истанбул, но след това отлетяха директно за Лондон, вместо за Малага. В последствие му се искаше да бе заменил двата полета за един директен от Банкок до Лондон. Джой бе нервна и той се страхуваше, че нейната тънка маска на нормалност ще се напука и тя отново ще се превърне в лудата жена от Баан Лек. Успяха да минат през това като Франк говореше от името на двамата, а тя проспа по-голямата част от времето. Той намери на един от каналите една стара песен на Джими Клиф и я пусна на Джой. Бе една от любимите му песни. "Сега, когато дъжда го няма, виждам всичко ясно. Виждам всички препятствия по пътя си. Няма ги черните облаци, те отминаха, ще е светъл и слънчев ден." Приповдигнатия текст и музиката изместиха "Призрачни ездачи" от първото място като любима песен на Джой, макар все още да я харесваше.

Петък следобед те бяха обратно в апартамента на Франк. Джой все още бе замаяна от хапчетата за път и всичко, което искаше, бе да подремне пред телевизора, докато Франк усещаше, че трябва да поговори отново с Майк.

"Здравей Майк, ние се върнахме в Лондон... благодаря. Тъкмо влязохме в апартамента, преди около двайсет минути. Просто исках да те информирам, знам че не работиш уикендите."

"Ха, няко късметлии не са работили с месеци!"

"Бе много трудна работа, Майк, наистина тежка. Най-вероятно най-тежката работа, която съм имал." Очите му се насълзиха.

"Вярвам ти, не се притеснявай. Бил съм на твоето място, не забравяй. Джокаста не е, нека да кажем, не е най-лесният човек, с който може да се живее. Как е Джой?"

"Спи на дивана. Тя е много по-добре, отколкото беше. Докторът прецени, че е достатъчно стабилна да пътува със самолет, но и трябваха силни приспивателни, тъй като и става зле, когато пътува. Поне вече е тук."

"Готови ли сте за работа в понеделник?"

"Аз съм готов. Проблемът е, че Джой все още се тревожи за всеки дребен детайл. Първо се притесняваше, че няма да ми дадат виза в Тайланд, после, че визата ми не е валидна въобще, след това, че няма да я удължат, когато ми се налагаше. Когато всичко това отмина, си помислих, че ще се успокои, но не - тя се тревожеше, че ще загубим работата си, ще загуби разрешителното си за престой в Англия, че ще трябва да се разделим, разведем... и какво ли още не."

"Мисля, че разбирам. Тя винаги ли е била така... нали знаеш? Изглеждаше ми напълно нормална."

"Трудно е да се каже. Тя имаше, все още има чудесна работа и всеки би се тревожил да не загуби такава работа, нали? Но не мисля, че обичайно е толкова нервна и притеснена. Хората от тайланд обикновено са много спокойни, или поне така мисля. Вярват в Карма, съдбата и всички такива неща. Дори това само по себе си премахва доста от стреса и тревогите в живота. Да кажем, че в състоянието, в което е в момента, не е типична тайландка."

"Какво планираш от тук нататък?"

"Мисля просто да си починем остатъка от деня, може би ще намерим лекар утре и ще звъннем в посолството. Ако искаш мога да дойда на работа в понеделник, а пък ще заведа Джой на лекар вечерта."

"Звучи добре. Ще е хубаво да се появиш тук колкото се може по-скоро, не че има за какво да се тревожиш що се отнася до работа. Мога да ти дам номера на лекаря, при който ходи Джокаста, ако искаш. Тя е наистина добра в работата си."

"Благодаря, Майк. Ще помогне много. Връщам се на работа в понеделник тогава, "иншала" - с Божията помощ."

"Ще се видим в понеделник, приятелю. Не се предавай и поздрави Джой от нас. Дръж ме в течение, ако има някакво развитие, става ли? Казвам го най-вече като твой приятел, но също и като твой шеф, ок? Довиждане за сега."

Майк е наистина добър човек, помисли си той. Най-добрият приятел, който имаше, по-скоро като по-голям брат, отколкото приятел. Той премести внимателно възглавницата, на която Джой спеше, на коленете си. След това се облегна назад и се загледа в телевизора. Тенис! Той не бе спортист и играеше само бадминтон или скуош, защото много хора в банката правеха същото. Същото бе и с кръговите тренировки във фитнеса. Той прецъка между каналите, докато намери един филм, който да гледа вместо тенис.

∞

След като проблемът с намирането на лекар бе решен, нямаше много за праернр през уикенда. Изкараха стария Ягуар И Тайп за разходка събота следобед, просто за да имат извинение да обядват в един пъб в провинцията и да напазаруват малко. На Джой й трябваха още таблетки за пътуване, за да може да се справи с пътешествието и това развали част от забавлението и разговорите, които можеха да проведат, и те бяха обратно в къщи около четири часа. Джой сготви Пенанг с жасминов ориз, любимата храна на Франк. Комбинираха го с чаша студена вода с резенчета лимон, тъй като Джой все още взимаше лекарства, макар че алкохолът, който бе пила по време на сватбената церемония, не ѝ се бе отразил. Гледаха един филм, след това си легнаха.

Останаха вкъщи в неделя, но се обадиха на семейството и приятелите, за да ги уведомят, че са се прибрали успешно. И Франк, и Джой говориха със Сомчай. Той я посъветва да не ходи в посолството в понеделник, ако Франк не може да я придружи. Препоръча ѝ вместо това да напише да напише детайлен рапорт и да го изпрати по факс на шефа по персонала. Това и се стори добра идея, а и така щеше да има нещо за вършене.

Франк демонстрира готварските си умения като сготви печено пиле и картофи, моркови и френски зелен боб със сос на фурна за неделната им вечеря. Джой с удоволствие му помогна, с желание да научи повече за британските традиции. За финал сервира готово десерт от консерва - руло с пудинг и сос, но никой не се оплака. По стара британска традиция и двамата подремнаха на дивана пред телевизора след вечеря.

Джой не бе сънувала кошмари десет поредни дни и това продължаваше да е така, но Франк все още се тревожеше за нея от момента, в който си лягаха, докато заспи. Това бе най-тежкото време за нея. Понеделник сутрин те закусиха заедно и той с нежелание се запъти към банката. За първи път, откакто се бе разболяла, тя оставаше сама и това не му харесваше.

"Не се тревожи за мен" каза тя. "Ще разопаковам някои неща, ще взема душ и ще напиша рапорта. Всичко ще е наред. Знам къде си, ще ти звънна по обяд. Сега тръгвай, иначе ще изпуснеш влака".

Той я целуна за довиждане и тръгна, все още леко притеснен. Джой също бе малко нервна, макар че искаше да го прикрие, за да не го тревожи. Тя измъкна един чаршаф от сушилната, уви се в него и се сви на дивана пред телевизора.

Франк отиде директно при Майк, когато пристигна, поздравявайки колегите си по пътя. Можеше да усети погледите им зад гърба си и шептенето, след като ги бе подминал. Знаеше, че всичко говорят за него и лудата му тайландска съпруга. С облекчение влезе в офиса на Майк и затвори вратата зад себе си.

Облегна се назад и затвори очи. Помисли си, че най-вероятно Джой се чувства така през цялото време. И тя чуваше шепнещи гласове и поне в ума й някой през цялото време я "гледаше". Лекарствата бяха нейният начин да затвори вратата към всичко това. Той отвори очи, макар да не бе осъзнал, че ги е затворил. Майк го гледаше вторачено от другия край на стаята с притеснение в погледа.

"Всичко наред ли е, приятелю? Изглеждаш ужасно, все едно си видял призрак или нещо такова. Ела, седни преди да си припаднал."

Франк направи, каквото му казаха. "Така и се чувствам. Не ми стигаше притеснението от тов да оставя Джой сама, а сега и всички тук говорят за случилото се. Мисля, че се чувствам така, както Джой се чувства в последните месеци. Беше ужасно, но при мен бе само за минута или две, за нея това усещане е постоянно. Горкото момиче сигурно минава през Ад".

"Да, мисля че разбирам... изпий това. Знам, че е рано и по принцип не е прието, но като твой началник и аз ще си сипя едно малко." Той наля на Франк голяма водка. Изпи своята на две глътки и доля чашите, плюс една малка бутилка тоник за всеки. "Уф, физиономията ти ми изкара ангелите. Слушай, ти прояви инициативата да се появиш възможно най-скоро на работа, какво ще кажеш аз да те освободя от задълженията ти до края на деня, така ще може да се прибереш и да се грижиш за Джой? Виждам, че не си в състояние да свършиш много днес. Може би ще си по полезен вкъщи. Звънни и запази час при нашия лекар, Мери. Тук е номерът ѝ, както ти обещах. Имаш моята подкрепа. Сега тръгвай, прибери се у дома. Ако бях на теб до сега щях да съм изчезнал като дим до сега."

Франк се изправи, подаде ръка и се запъти към вратата. Преди затвори след себе си, чу как Майк си наля още едно питие. Затвори тихо, за да не го засрами. Побърза да мине покрай офисите без да поглежда никой и се изстреля към най-близкия пъб. Поръча литър битър бира и двойно бренди, след което звънна на обичайното си такси, това, с което банката имаше уговорка. Когато завъртя ключа в ключалката намери Джой разтреперена под завивката. "Какво има, Джой? Така ли си откакто тръгнах за работа?"

"Не, всъщност не помня. Седях и гледах телевизия, после чух нещо в коридора и се скрих."

"Прости ми, беше глупаво от моя страна да не ти звънна първо. Майк ми даде болнични. Мисля, че след днес поне малко разбирам през какво ти преминаваш, и е ужасно. Мога ли да дойда да ти разкажа? Двамата се увиха в одеалото и той ѝ разказа историята си.

"О, любов моя" каза тя леко подигравателно. "Татенцето иска ли някои от моите хапчета за луди?"

"Шегуваш се с мен, нали?"

"Разбира се, че не. Убедена съм, че е било ужасно преживяване за теб."

Тя вече го държеше за ръка, но го целуна и се изсмя. "Извинявай, но сега разбираш, не е толкова забавно да се чувстваш съвсем сам и да имаш усещането, че всички говорят за теб, нали?"

"Не е, права си, казах ти, че аз получих само бегъл поглед в това, през което ти минаваш."

"Да, така е. Извинявай, че ти се присмях."

"Може да ми се присмиваш колкото искаш, ако това те кара да се усмихваш." Той преметна ръка през рамото й. "Тук е много уютно, не мислиш ли? Какво ще кажеш да си останем тук и просто да оставим света да се върти?"

"Би било хубаво" отвърна тя замечтано "но не можем да го направим." Може да направиш обяд, а аз ще разопаковам остатъка от нещата ни."

По-късно следобеда имаха уговорка с Доктор Мери, както я наричаха. Тя бе един симпатичен психиатър на около шейсет години. Най-вероятно тя харесваше много работата си или не искаше да разочарова пациентите си, защото със сигурност можеше да се е пенсионирала отдавна.

Тя бе малко пълничка, с къса коса и очила с рогови рамки. Офисът й бе част от уютната й вила в провинцията. Мъжът й се бе пенсионирал преди десет години и трите им деца работеха по целия свят. Докато говореха с Доктор Мери, те имаха чувството, че обсъждат дребни семейни проблеми с някоя леля. В един момент Франк заподозря, че тя има някакво тайно копче, защото като по поръчка на вратата се потропа и съпругът й - Роналд, влезе с поднос чай и сладки, след което отново излезе само с една усмивка към жена си и "приятелите", които й бяха на гости за следобеден чай.

Д-р Мери смени рецептата на Джой преди да си тръгнат и каза, че според нея Джой има толкова голямо подобрение, че лекарствата, които й бяха предписали в Тайланд, вече бяха твърде силни за нея. Дали бе така или не, те никога нямаше да разберат. Минаха да вземат новите лекарства на път към вкъщи и Джой започна да ги взима още същата вечер. Когато отново имаха час при Д-р Мери четири дни по-късно, Джой не можеше да каже, че се чувства по-добре, но състоянието й поне не се бе влошило и тя бе доволна, че лекарствата не са толкова силни. Също така тя харесваше новата лекарка и я приемаше като приятелка.

Франк мислеше същото, макар и да не бе пациент. Доктор Мери чу разказа им за Испания и Тайланд и притесненията на Джой за работата ѝ. Тя изрази съчувствие за проблемите, с които се бяха сблъскали, но изказа предположение, че демоните, призраците и дяволите, които Джой бе видяла, са или само в нейното въображение, или реални хора, които са си направили лоша шега с тях. Същото смяташе и Франк, но Джой не бе съвсем убедена. Д-р Мери бе внимателна в изказването на мнение, защото бе изучавала много различни култури в кариерата си. Тя описа проблемите на Джой като "произволни и необясними пристъпи на тревожност с променлива степен на сериозност."

Показаха ѝ и диска от Ядреномагнитния резонанс в Банкок и тя бе съгласна, че няма физическа причина за пристъпите. Джой бе здрава физически, макар и пристъпите понякога да бяха причина за промени в пулса и високо кръвно налягане, които сами по себе си бяха обезпокоителни.

Тя получи два различни вида лекарства. Едни, които трябваше да взима всяка сутрин и вечер преди лягане, и други, които бяха само в случай на внезапен пристъп. Доктор Мери препоръча също и една книга за пранаяма или дихателни йога упражнения, които можеха да се ползват, за да контролира човек пристъпите в бъдеще.

И двамата бяха впечатлени.

∞

Извикаха Джой в посолството в началото на следващата седмица за интервю свързано с рапорта ѝ. С оглед на обстоятелствата Франк получи разрешение да присъства, но нямаше да има преводач и не му бе позволено сам да доведе такъв. Щеше да е там само за морална подкрепа.

Франк бе срещал и тримата участници в панела преди. Това бяха нейният пряк началник, Сомчай, Шефът по персонала и Консулът. По-късно Франк научи, че Сомчай бе на нейна страна и то само заради високото си мнение за нея и работата им заедно, и това бе единствената причина да не я изпратят обратно в Банкок на "по-лека работа". Заради сериозните психически проблеми, които бяха описани в документите от болница Фитсануед във Фитсанулок, на нея не й бе позволено да запази сегашната си позиция, тъй като тя включваше близък контакт с посетители. Рискът тя да урони престижа на посолството, а с това и на Тайланд бе голям. Поради това тя щеше да бъде преместена на друга по-ниска позиция в посолството.

Лицето на Джой остана каменно през цялото интервю, което трая трийсет минути. Когато я попитаха, дали има да каже нещо, тя кратко отговори "Не, благодаря" на английски. "Ще дойдем да вземем остатъка от нещата ми утре." Тя погледна към Франк и той кимна. Срещата бе приключена и те си тръгнаха. Отидоха в пъба, където се срещнаха за първи път и обядваха заедно. Джой почти веднага помоли да бъде извинена и отиде до тоалетната. Франк подозираше, че тя сигурно е избухнала в плач и е трябвало да вземе една таблетка.

Когато се върна, тя разказа по-голямата част от това, което бе казано по време на интервюто. Той въздъхна тежко, но трябваше да признае, че би стигнал до същото решение, ако просто бе прочел диагнозата от болницата Фитсануед.

"Може да изпратим лекарското мнение на Доктор Мери" предложи той.

"Възможно е, но сърцето ми вече не е в тази работа. Трудих се толкова здраво за тях, а те се отнасят с мен по този начин. Ако изгубя работата си или напусна, ще изгубя ли и визата си?"

"Не, не мисля. Женени сме и аз печеля повече от двойно на това, което един съпруг трябва да изкарва на месец, за да може да доведе тук гражданин на страна извън ЕС. Убеден съм, че няма да е проблем."

"Ще запазя работата за известно време, но ще взема болнични, за колкото се може по-дълго време. След това, ще им кажа къде могат да си заврат работата в архива, която ми дадоха."

"Каквото и да решиш да правиш, аз съм на твоя страна."

"Поръчай ни една бутилка Кава, да вдигнем тост."

"Сигурна ли си, че е безопасно? Да звъннем на Доктор Мери първо и да попитаме, дали можеш да пиеш."

Д-р Мери каза, че една чаша от време на време не е проблем, така че бе решено. Изпиха две бутилки преди да звъннат на такси и Джой изпи четири чаши. Бе страшно пияна, но все пак не бе пила от третата им сватбена церемония, от която бяха минали почти две седмици.

∞

Същата вечер Франк звънна на Сомчай и попита за името на фирма за преместване, която можеше да изпълнява услугите си на територията на посолството. Той спомена също, че Джой бе разказала, колко хубави неща е казал Сомчай по неин адрес и благодари от името на двамата. След това поръча един миниван за следващия следобед. Шофьорът ги взе в дванайсет и тя бяха готови до пет, благодарение на двамата помощници, които бяха с тях. Франк им остави бакшиш и им каза довиждане. Същата вечер ергенската квартира, която бе обитавал 22 години, бе преобразена в красив дом със смесица от модерни и по-ориенталски мебели. Джой бе събрала някой прекрасни неща през последните години.

"До сега не осъзнавах, колко зле изглежда апартаментът ми" призна той, когато вече си бяха легнали.

"Страхувах се да не доминирам прекалено много. Не мислиш ли, че е твърде много?"

"Никога" каза той и я прегърна. "Доминирай колкото искаш."

∞

В петък той звънна на Майк със седмичния си отчет. Когато Майк приключи с новините от банката, Франк разказа за интервюто на Джой в Посолството.

"Много съжалявам - тези глупаци. Тук човек не може да постъпва така, но предполагам, че британските закони не важат на територията на Посолството. Това е ужасно, тя наистина обичаше работата си, нали?"

"Да, но нали знаеш, какво казват за хората от Ориента. Британците сме известни с това, че не показваме емоции, но техните лица са като издялани от камък. Но аз мисля, че тя го преживява много тежко. Цялата й кариера отиде по дяволите."

"Това не бе голяма изненада, нали?"

"Не и за мен, Майк. За да съм честен, тя бе изпаднала почти в кататония, когато лекарят написа този рапорт до посолството. Не е честно, защото сега тя е много по-добре и е почти своето предишно аз."

"Не знам какво да ти кажа."

"Благодаря ти Майк, ти беше страхотен, също и Доктор Мери. И двамата сме много впечатлени от нея. Напомня ми на "Мис Марпълс", сещаш ли се, оригиналната пиеса на..."

"Мадам Маргарет Ръдърфорд".

"Да, точно така. И двете са толкова мили, стари дами".

"Мисля, че ще останеш разочарован, но Маргарет Ръдърфорд вече не е сред живите."

"Окей, но разбираш какво имам предвид."

"Да, и съм съгласен с теб. Чуй Франк, има нещо, което трябва да свърша до края на деня. Може ли да се чуем друг ден?"

"Да, разбира се. Толкова отдавна не съм бил на работа, че съм забравил какво е да си "на върха".

"Всички ставаме малко отвеяни рано или късно - шегувам се. До скоро."

Затвориха и Франк се върна към това, с което се бе захванал - да монтира допълнителна етажерка в кухнята, за да може Джой да има достатъчно място за всички подправки и билки, които тя настояваше, че трябват за истинска тайландска храна.

Майк звънна на секретарката си и я помоли да отмени всички разговори за следващите петнайсет минути. Не мислеше, че ще му трябва повече време от това. Той взе телефона си, отключи тайна папка и звънна на номера записан в нея. Получи отговор на второто позвъняване от мъж, който говореше език, познат за него, но все още неразбираем. Той изчака търпеливо мъжът да довърши каквото има да казва след това прошепна "Там ли е Франциско?" Чу как телефонът бе свързан с друга линия.

"Ало, Франциско е" чу се хладен, спокоен глас от другата страна, "с какво мога да ти помогна, Братко Художник?"

"Ваше превъзходителство, грандмайстер артист, желая Ви благополучие, казвам се Брат майстор Артист Майкъл Стоктън от Ателие Съри 1503. Нося ви поздрави, но също и лоши новини."

"И аз също ти предавам поздрави от Вътрешния Кръг, Братко Артист. Познаваме се от много години, какво се е случило Майкъл?"

"Страхувам се, че на практика разрушихме живота на двама прекрасни човека. Причинили сме екстремна паника, което е довело жената до нервен срив, в следствие на което тя е загубила работата си. Смятам, че не преувеличавам като твърдя, че сме съсипали обещаващата дипломатическа кариера на една млада жена."

"Разбирам, можеш ли да дойдеш утре тук и да свидетелстваш?"

"Да, Братко Артист".

"Това е добре, Братко. Можеш ли да си тук в три часа. Добре дошъл си да пренощуваш, ако решиш."

"Благодаря, Брат Франциско, щедър си както винаги. Ще се видим утре."

Майк изчака другият мъж да затвори, след което направи същото. После затвори тайната папка и извика на секретарката.

"Всичко е наред, Морийн, можем да се върнем обратно към работа."11317

Злите духове на улица Гоя

Оуен Джоунс

24 ДРУЖЕСТВО ГОЯ - ЗА ИСТИНА И КРАСОТА

Баронът организира срещата в три часа в замъка около кръглата маса на Вътрешния кръг. Облеклото бе семпли церемониални наметала. Това означаваше, че всички братя и сестри, които бяха поканени,изглеждаха еднакво освен петната от боя по работните им дрехи, по които личаха техният ранг и от кое ателие идваха. Точно в три часа централно европейско време, Барносеата, ГрандМайстор артист на Вътрешниея кръг Ателие Номер 1, потропа с дървеното чукче по масата и всички останали погледнаха към часовника и се изправиха. "Братя и сестри, моля ви сега да ми помогнете да открия това Ателие, Вътрешен кръг номер 1. На какво се кълнем във вярност?"

"На това винаги да търсим и пазим Божествените принципи на Истина и Красота" казаха всички в един глас.

"Влагодаря Ви, Братя и Сестри. Може ли сега да изпеем заедно "Всички светли и красиви неща"? Когато химна свърши, тя отново потропа по масата. "Моля, седнете. Както някои от вас вече знаят, има вероятност да са нарушени някои от нашите принципи, и към този момент мога само да кажа "вероятност". Това е дело, което ще разгледа поведението на четирима от бъдещите водачи на нашата организация. Тези четирима Артисти, са обвинени индиректно за грубо нарушаване на законите и затова е наш дълг днес да изслушаме доказателствата, да отсъдим дали обвиняемите са виновни или невинни и да вземем решението за евентуална присъда."

"Не мисля, че трябва да ви напомням, но това което правим днес, практически никога преди не се е случвало. Никой от тук присъстващите не е бил призоваван някога да бъде съдник в такова дело, толкова рядко се случва такова нещо в нашата Организация."

"В този ред на мисли, Братя и Сестри, давам думата на нашия Гранд Мейстер Артист Брат Франциско, който прекара последната седмица в изучаване на процедурите при такива ситуации." Тя остави дървеното чукче в ляво от себе си на масата и седна.

"Благодаря, Майстор Артисте" каза той. Това е наистина сериозно обвинение срещу четирима от нашите Артисти. Това може да се проточи, така че предлагам да започнем веднага. Ще поканя първия свидетел, един англичанин, който всички вие познавате добре. Аз лично го познавам от трийсет години и ако мислите, че мога да съм пристрастен по случая може да го споменете, когато разглеждаме случая. Призовавам Брат Майстор Артист Майкъл Стоктън от Ателие Сърри 1503. Баронесата натисна едно копче под масата и Максимилиан влезе с Майк.

Третият член на кръга от лявата страна на Президента се изправи и показа на Майк свидетелската скамейка. "Моля кажете името си, Вашия ранг и оплакването Ви." Майк направи това, което му казаха.

"Братя и Сестри, чухте обвинението. Сега ще помоля Брат Майкъл да разясни детайлите и след това може да зададете въпросите си."

Той разказа за фалшивите призраци, видеото и плаката в деня на заминаването. Разказа как сватбеното пътешествие на двойката е било развалено, как жената е била понижена в работата си и кариерата и съсипана, заради нервния срив, който тя е получила в резултат на тормоза от четирима членове на тяхното Дружество. Те издаваха възклицания на потрес и пиеха големи количества вода. Това бе нечувано, както Великият Гранд Майстер Артист вече бе казал.

"Братя и Сестри, чухте детайлите по обвинението. Има ли въпроси към свидетеля?"

Попитаха го дали познава обвиняемите и той отговори, че ги е срещал на церемонията по посвещаването на 30-ти март, но не и след това.

Питаха също, от къде познава двойката и той отговори без да крие нищо.

На въпроса, от къде знае че обвиненията са истина, той показа снимка на плаката, всички документи и касови бележки, които Франк бе предсавил в банката, показа им снимката, която Консуела бе направила на апартамента - пълен с лук и чесън и накрая вдигна телефона си и предложи да им покаже и видеото.

Баронът тропна с чукчето. "Няма да гледаме видеото, но, Братя и Сестри, искам да напомня, че нашата организация притежава апартаментите над и вдясно от този на брат Майкъл. Така се срещнахме с него за първи път преди трийсет години и така той стана част от нашето Общество. Посветих го в нашата философия много преди да стана Президент. Вярвах в това, което изповядваме и преди, вярвам и сега. Открих сродна душа в лицето на Брат Майкъл и от тогава винаги сме били приятели."

"Има ли други въпроси към нашия достоен Брат? Не? В такъв случай ще го помоля да изчака отвън докато изслушаме обвиняемите. Тъй като имаме повече от един обвиняем, нещо, което не се е случвало в цялата четиристотингодишна история на организацията, ще Ви запитам - да ги изслушаме ли един по един, или ще се явят да отговарят заедно?"

Бе решено единодушно да ги разпитат заедно, така че да не могат да обвиняват един друг за това, кой е виновен.

Две момчета и две момичета бяха въведени за изслушване. Те се представиха като Художници Робърт, Свен, Милисънт и Сузан от различни Ателиета и техните наставници получиха разрешение да присъстват. Показанията на Майкъл бяха заснети на видео и ако бе нужно, можеха да бъдат пуснати, докато оплакванията бяха пуснати без видео, за да не разкриват ненужно неговата идентичност.

"Какво имате да кажете, Братя и Сестри?" Те излгеждаха потресени, че шегата им е имала такива последствия.

"Беше просто шега" каза Милисънт. "Не съм вярвала, че нещо такова ще се случи! Не мисля, че някой от другите е имал такива намерения." Всички бяха забили погледи в земята и клатеха глави.

"Има ли въпроси към нашите Братя и Сестри?" попита Баронът.

"Защо избрахте тези невинни хорица за вашите ужасни шеги" попита една от Сестрите.

"Заради имената им, Франк и Джой. Все едно се подиграваха с нашите водачи" опита да се защити Сузан.

Свен също се намеси. "Когато пристигнахме намерихме писмо адресирано до тях. Прочетохме имената и се почувствахме обидени. Нямаше как да знаем че един от Майстор Артистите е собственик на апартамента и те са негови приятели."

"Дали сте знаели или не, не може да бъде извинение за това да тероризирате невинни хора. Смешно е да използвате такова извинение в своя защита. Как въобще може да си помислите, че нашето блестящо Сдружение би оправдало такова поведение?"

"Мислехме, че защитаваме честта на нашата Организация" каза Милисънт.

"Добре, но това е сериозна грешка в преценката, Сестро Художник. Много сериозна" Каза един Майстор Артист от

Финландия. "Ние сме тук за да помагаме на човечеството, не да тероризираме невинни индивиди на сватбено пътешествие на основа на това как се казват. Това е абсурдно."

Това, че той използва думата "художник" , а не "Артист" бе с цел обида. "Художници" бяха тези с най-нисък ранг.

"Не сме искали да сторим зло" каза Робърт.

"Това са пълни глупости. Влезли сте в спалнята на хората, снимали сте ги по време на любовен акт и след това сте пуснали записа пред всички в местния бар и сте го качили в интернет и сега стоиш пред нас и казваш, че не сте искали да сторите зло? За идиоти ли ни мислиш? Това е обидно."

"Някой има ли да добави още нещо? Или в защита или като въпрос?" Подсъдимите и техните ментори стояха забили погледи в земята и изучаваха ръцете или краката си. Баронът се огледа около масата, но хората само клатеха глави, някои невярващи на това, което току що бяха чули, други защото нямаха повече въпроси.

"Добре, какво казват обвиняемите?" Той извика имената им едно по едно и зачака отговор. Всички се признаха за виновни. "В такъв случай, ще помоля обвиняемите и менторите, които не са част от Вътрешния кръг, да излязат от стаята."

Когато всички излязоха, стана тихо и дотса глави продължиха да се поклащат неодобрително. "В какво сме се превърнали?" запита един от по-възрастните членове, въпросът не бе директно към някой, а по-скоро към самия него.

Баронът даде няколко минути на присъстващите да подредят мислите си, след това прикани към гласуване. "Нека гласуваме сега." Третият човек в дясно от президента напусна масата и даде една черна и една бяла топка на всеки от членовете.

"Братя и Сестри, ще гласуваме с виновен или невинен за черимата обвиняеми. Черно - за виновен, бяло - за невинен."

Урната бе дадена на Баронесата в ролята ѝ на Майстер на Ателие. Тя изсипа съдържанието в една купа, след което остави купата да обиколи масата, така че всички да могат да видят. Имаше 12 черни топки.

"Ние от Вътрешния Кръг" обяви тя "Единодушно гласуваме обвиняемите за виновни. Сега трябва да продължим с неприятната задача да решим какво ще е наказанието."

Дебатите продължиха 75 минути и те обсъдиха всичко от отплъчване на обвиняемите, до изгонването на тях и техните попечители за лошата им преценка да предложат такива хора за членове на Кръга. След като всички участници бяха изказали гледната си точка и в стаята отново настана тишина, Франциско продължи. "Изслушах мненията на всички и трябва да кажа, че отстраняване на членове за постоянно, никога до сега не се е случвало. Същото се отнася и за престъплението, което ни бе описано днес следобед. Да отлъчим тези млади Художници няма да помогне на жертвите, на обвиняемите или на организацията. Затова имам предложение. Свободни сте да се включите с идеи за промени."

Той даде лист хартия, на който бе написал нещо, на човека в ляво от себе си. Мъжът я взе, отиде до ъгъла на стаята и се върна обратно с тринадесет копия и оригинала.

"Потвърждавам, че копието ми е вярно с оригинала и го доказвам по този начин." Той вдигна копието и оригинала, така че всички да могат да сравнят своите копия с неговото. Предложението на Барона бе прието само с няколко малки промени. Барноесата взе реферата от срещата и оригинала на съпруга си, заедно с подобренията, които бе записала върху своето копие. Делото бе толкова важно, че рефератът бе преписан на машина същата вечер и подпечатан от членовете на Вътрешния Кръг. Присъдата бе обявена още същата вечер и четиримата виновни бяха изпратени от замъка в мрака без транспорт. Менторите трябваше сами да уредят таксита на своите подчинени.

Бе организирано парти с грил в градината за тези, които бяха поканени да пренощуват, но Баронът прекара времето в кабинета си и написа писмо - може би най-трудното и важно писмо, което някога бе писал.

Трябваше да е готово за следващата сутрин, макар да бе само за негово успокоение и за честта на Организацията, която бе неговият живот - и животът на много други.

Злите духове на улица Гоя

Оуен Джоунс

25 ПИСМОТО

Баронът работи до рано сутринта, за да препише черновата и след това да принтира писмото, което щеше да бъде изпратено до всяко едно Ателие по света, всички 2909 и по-специално на осем човека. Когато бе напълно сигурен, че бе включил всяко важно решение на Вътрешния Кръг, преписа писмото на ръка. След това започна и с второто и последно писмо, което трябваше да напише за тази вечер, което бе и по-трудното за писане от двете.

Когато приключи часът минаваше три и той нямаше сили дори да се изкъпе преди да падне на леглото.

Само най-близките и Майкъл бяха поканени да останат до сутринта; провинилите се бяха отпратени. На следващия ден само на Макссимилиан бе позволено да им сервира, тъй като все още имаха бизнес дела за обсъждане. Атмосферата на закуска бе мрачна.

"Дами и господа" - вече не бяха в стаята на Ателието - "написах присъдата, така както всички се съгласихме вчера вечерта. Ще намерите своите копия в пликовете пред вас надписани "Присъда и Наказание". Моля прочетете ги на закуска и след петнайсет минути ще ги ратифицираме. След това ще обсъдим и второто писмо."

Използваха лъжици и ножове за да отворят тъмно зелените пликове, след това продължиха със закуската. Нямаше никакви протести, само одобрително кимане и промърморване в знак на съгласие. Когато дойде време за гласуване, имаха единодушие.

"Благодаря. Копия от писмото ще бъдат изпратени до всяко Ателие в нашата Организация още утре, през обичайните канали. Очакваме всяко от Ателиетата да оповести своето съгласие веднага. Това значи до два дни след като са получили известието. Важно е да поясните важността на това в Ателието, в което имате влияние."

"След това стигаме до второто писмо, най-трудното и може би най-важното, което някога съм писал на сегашната ми позиция в Организацията. Моля отворете второто писмо сега. Ще се върнем към него след двайсет минути."

Отново, решението бе прието без колебания и той благодари на членовете.

"Майкъл, знам че трябва да тръгнеш рано, така че колата ми и шофьорът чакат вън, когато си готов да тръгваш. Когато шофьорът се върне, колата ще е на разположение и на другите ми приятели."

Майкъл допи чая си и отиде обратно до стаята, за да провери дали не е забравил нещо. Един младеж изнесе куфара му надолу по стълбите и го сложи в багажника на Ролс Ройса на Барона. Всички присъстваха, когато колата потегли, първо бавно по чакъла, след което ускори на асфалта.

Майкъл звънна на Франк от летище Гардемуен в Осло.

"Здравей Франк, извинявай, че те безпокоя и то в неделя, но имам добри новини, от които ще си заинтересован. Можеш ли да ме срещнеш за обяд в "Хайуеймен пъб" да кажем в 12:30? Вземи и Джой с теб, ако се чувства добре, но ако не е във форма няма проблем."

"Разбира се, че ще дойдем, но за какво става въпрос?"

"Съжалявам, приятелю, не мога да кажа нищо преди да се срещнем. Ако се забавиш, ще те чакам, но опитай да дойдеш на време. Знаеш каква е Джокаста."

"Да, разбира се че ще дойдем. Сега ми стана любопитно и Джой също ще дойде. До скоро."

"Окей, ще се видим малко по-късно."

Когато разказа на Джой за загадъчния разговор, тя не бе сигурна дали да се притеснява или да се радва, че отново ще срещне Майк. Чувствата ѝ варираха по цялата скала. Имаше нужда от едно хапче.

Стигнаха до пъба, както се бяха разбрали. Франк и Джой пристигнаха първи и това само накара Джой да се притеснява още повече. Но когато Майк дойде, бе толкова чаровен, че скоро тя само се кикотеше като ученичка. Винаги се бяха разбирали добре и имаше някаква химия, но Франк имаше доверие и на двамата.

"Позволено ли ти е да изпиеш чаша вино, Джой?"

"Да, мога да изпия и две, веднъж даже изпих четири, но недей да казваш на Доктор Мери!"

"Разбира се, че няма. Шато Ньоф устройва ли ви?" Те кимнаха.

"За какво е всичко това, Майк?"

"Умирам от глад, нека първо да поръчаме". Когато най-накрая бяха стигнали до сирената и крекерите, по обичаите на своето Ателие, той най-накрая стигна до причината за срещата.

"Предполагам, че искате да знаете, защо ви помолих да се срещнем тук."

"Да, разбира се" отговори Джой и за двамата.

"Добре. Първо искам да ви кажа, че не мога да ви обещая нищо. Въпреки това, имам апартамента във Фуенхирола от трийсет години и както предполагате съм срещал много хора за това време. Собственици идват и си отиват, но се случи така, че отдавна съм приятел със собственика на двата апартамента, чиито наематели ви създадоха толкова проблеми. Не ме разбирайте погрешно, вярвам на разказите ви и съм на ваша страна.

"Та аз говорих с човека, който е собственик на апартаментите и той бе силно обезпокоен от това, което се е случило и че причината е именно поведението на неговите гости. Каза ми, че ще проучи нещата сам, но тъй като живее в чужбина, може да отнеме малко време. Вярвам му напълно, макар че понякога може да е твърде ексцентричен. Той е порядъчен човек, но малко, как да кажа - старомоден, но ще свърже с мен, сигурен съм."

"Как по-точно?С пощенски гълъб?" На никой не му беше смешно.

"Случвало се е" пошегува се Майк, "но обичайно е с писмо. Написано на ръка на тъмнозелена, дебела хартия, в голям тъмнозелен плик запечатан с восък и една панделка. Получавали ли сте нещо такова?"

"Не, или поне не още" каза Джой.

"Звучи по-скоро като пакет" каза Франк.

"Сигурно скоро ще дойде. Когато получите писмото и ако имате въпроси, обадете ми се и ще видя какво мога да направя."

"Добре, Майк. Благодаря, приятелю. Бе много добър към насп през изминалите два месеца".

"Не го мисли, за това са приятелите. Мога само да помоля за извинение, че това се е случило в моя апартамент. Ако не ви бях предложил апартамента, щяхте да прекарате едно страхотно сватбено пътешествие и да отседнете в някой изискан хотел."

"Не Майк, недей да мислиш така. Просто искаше да ни помогнеш. Това, което ни се случи, няма нищо общо с теб."

"Благодаря, Джой. Оценявам това, което казваш. Имах чувство за вина." Истината бе, че той се бе надявал да покани двойката в Сдружение Гоя, ако всичко бе както трябва.

"Сега, приятели, обядът бе много вкусен, трябва да го повторим, но трябва да се връщам при Джокаста; направо съм изненадан, че не се е обадила още." Всъщност тя бе звъняла, но телефонът му бе изключен. "Ще се видим пак скоро. Довиждане и на двамата." Прегърнаха се и си стиснаха ръцете и Майк си тръгна. По пътя звънна на една фирма за доставка по домовете, която бе използвал и преди и помоли мотоциклетиста да го срешне пред един пъб в близкото село. Той даде писмото от Франциско на момчето с мотора и го помоли да го достави точно в седем на следващата сутрин в пощенската кутия на оказания адрес.

"Няма нужда да звъниш или да чакаш разписка" каза той. "Знам, че не е прието, но плащам всичко предварително и ще получа съобщение ако не стигне до получателя. Познавам го и познавам шефа ти." Малката заплаха бе ненужна, но писмото бе много важно и той не можеше да рискува.

∞

Когато Франк слезе да провери пощата на следващия ден, първото, което видя, бе един голям, тъмнозелен плик. По плика нямаше марки и никаква следа от къде идва.

Показа го на Джой. "Това трябва да е писмото, за което Майк говореше. Искаш ли ти да го отвориш?

"Не, отвори го ти." Франк искаше да запази необичайния печат затова го изряза внимателно с един остър нож и след това разгъна листа внимателно.

Адресът им бе под заглавното изображение на художник и неговия триножник, над което се четеше името на организацията: Сдружение Гоя за Истина и Красота. Нямаше обратен адрес, телефонен номер или и-мейл. Той го вдигна пред себе си, за да може Джой също да погледне преди да започне да чете. Водният знак също бе на художник до триножник.

"Впечатляващо е, не мислиш ли?" попита той жена си. Тя кимна в знак на съгласие.

"Окей, да започваме, готова ли си?"

"Да, нямам търпение. Възбуждащо е. Хайде!"
"Добре".
"Уважаеми Мистър и Мисис Джоунс,
"Извинявам се за това, което се е случило с Вас, и което по никакъв начин не е ваша вина. Името ми е Франциско, или Франк, и се надявам да нямате против по-нататък в писмото да се обръщам към вас на малко име.

"Скъпи Франк и Джой, уверявам ви, че това, което казвам не идва с лека ръка, аз представлявам собствениците на двата апартамента, които стоят в основата на вашите проблеми. Фактът, че хората, които бяха отседнали в нашите апартаменти бяха тези, които причиниха вашите проблеми, няма нужда от дискусии."

"Аз представлявам една голяма организация, която има за цел да се бори за Истина и Красота сред хората по света и това, което се случи с вас ни остави погнусени. Това, че извършителите са четирима от нашите членове, само прави престъплението още по-страшно. Единственото, което мога да кажа в тяхна защита е, че са още млади, макар това само по себе си да не е извинение. Според самите тях, те са мислили, че участват в някакъв тест. Вашите имена Франк (Франциско) и Джой (Джоел) имат специално значение за нас. Понякога организацията ни е наричана Сдружение Гоя, от името на Франциско де Гоя, испанският художник. Той и една от моите прабаби, Джоел, имали любовна афера, когато се срещнали в Италия. Тя му позирала за модел много пъти, но не могли да се оженят, заради голямата разлика в класата по онова време. Тя била от аристократично семейство, докато той бил от средната класа и когато вече бил известен и заможен, тя отдавна била омъжена и имала деца. Било много драматично и за двамата, но това бил често срещан проблем в онези години."

"Един от четиримата младежи видял писмото адресирано до Франк и Джой и помислил, че това е част от церемонията им по посвещаване в организацията."

"Наистина не мога да си обясня, защо са избрали да ви изплашат. Моята реакция би била да ви отдам почести. Но такава е понякога разликата между стари и млади."

"Ние от Управителния съвет, ако мога да го нареча така, вземе решение тези младежи да получат строго наказание, същото се отнася и за тяхните ментори, всеки клон от нашата организация, а също така и за мен, като Президент. Ще навляза в детайли що се отнася до глобите, така че да може сами да прецените колко е сериозен този нечуван досега случай на нарушаване на нашите ценности. Всеки от младежите в двата апартамента в Кале Гоя ще бъде глобен с 25 000 евро. Четиримата по-възрастни членове, които са техни ментори, ще трябва да заплатят 50 000 всеки и всяко Ателие от нашата организация ще дари до общата сума от 500 000 евро, докато аз самият ще допринеса с още един милион.

"Предполагам сте съгласни, че това е значителна сума. Обичайно всички пари, които съберем даряваме на различни благотворителни каузи по света, но в този случай предлагаме парите на вас. Ние като организация и аз в частност молим за извинение за това, което се случи, от цялото си сърце.

"Вие разбира се сами ще решите какво искате да направите с един милион евро. Няма никакви условия прикачени към тази да я наречем - печалба, тъй като печалбите от лотарии не се облагат с данъци във вашата страна. Ще представим това дарение като томбола, която вие сте спечелили. Условията на "състезанието" са прости. Със съгласието си да участвате, вие също така се съгласявате и да не обсъждате с никого събитията от Кале Гоя, с изключението на лекар при нужда. Също така трябва да обещаете да не обсъждате съдържанието на това писмо с някой, който може да го използва за своя изгода. За да участвате в томболата и спечелите, просто трябва да изпратите мейл от най-използвания си и-мейл адрес на free-email-prize-draw@free-lottery.ng Когато пратите мейла, приемаме за дадено, че сте приели условията описани по-горе. Трябва да отговорите не по-късно от 48 часа. Ако имате нужда от съвет, просто говорете с мъжа, на който имате най-голямо доверие.

Пожелвам ви всичко най-хубаво.

Франк,

Сдружение Гоя за Иситина и Красота, Президент.

"Я виж ти, какво мислиш за това?"

"Не знам, но на кого имаме най-много доверие? Ако ставаше дума за жена, щях да кажа Доктор Мери."

"Сигурно имат предвид Майк. Той ни зае апартамента; Майк познава този човек, Франк; Майк ни каза да се оглеждаме за тъмнозеления плик и Майк е човекът, на който имам най-много доверие."

"Благодаря скъпи. Хайде, какво чакаш? Времето лети, а става дума за един милион евро. Отивай да звъннеш на Майк."

"Разбира се, мадам, както наредите."

"И ако може по-малко "мадам", ако обичаш."

"Туше" изсмя се той и звънна на Майк. "Добро утро, Майк. Как е моя добър приятел днес? Надявам се в добро здраве."

" Звучиш в много добро настроение, да не ти е излезнал късмета снощи?" отговори той.

"Чувствам се чудесно. Тази сутрин получихме един голям зелен плик."

"О, това е чудесно. Имаше ли нещо интересно вътре?"

"Бих казал много интересно и ни се искаше да обсъдим съсдържанието с теб. Можеш ли да ни срещнеш за обяд?"

"Разбира се, познаваш ме. Обожавам бизнес обеди. Какво ще кажеш за "Хайвейман" в дванайсет?"

"Звучи перфектно".

"Ще запазя маса на името на банката, така веднага се превръща в официален обяд."

"До скоро."

∞

"Имаш ли против да погледна писмото?" попита Майк и се престори, че не знае нищо, макар вече да бе чел писмото в Норвегия. Прочете го набързо, но си остави време за паузи тук и там издавайки подобаващи възклицания. "Ти да видиш... един милион евро, така ли? Надявам се ще ги вложиш в нашата банка, или мислиш да прехвърлиш авоарите си в Кутс?"

"Какво? Нат Уест? Шотландската национална банка? Никога при тези хора!" Отвърна той с усмивка примесена с лека гордост от компанията, която бе негов работодател от 34 години.

"При нас си в добра компания. С такава сума ще те прехвърлят в листа с ВИП-клиентите, заедно с другите големи клечки."

" Надничал си в душовете, нали Майк? Франк, трябва да го държиш под око, когато ходите да тренирате в клуба!" Каза Джой и се изсмя скрила лицето си в ръце. "Какви ги говоря? Ако и ти заглеждаш него, то тогава и двамата ще сте воайори." Тя се изсмя силно, а Франк и Майк размениха погледи. Тя отново започваше да прилича на себе си.

"Достатъчно по тази тема" каза Франк с усмивка. "Какво мислиш за писмото, Майк?"

"Всичко в писмото ми харесва. Прекрасен цвят, най-качествената хартия, която съм виждал и чудесно написано. Не виждаш често така красиво ръчно написан готически шрифт и то с перо и мастило. Това е произведение на изкуството, голяма красота." Франк забеляза ударението на последната дума и срещна погледа му като вдигна глава.

"Знаеш повече от това, което казваш, нали приятелю?" И двамата разбираха играта на думи.

"Така е" отговори той след кратка пауза. "Мога да ви разкажа повече, но трябва да обещаете никога да не казвате и дума от това, което ще чуете. Това е дълга история, така че нека първо поръчаме десерт и още една бутилка вино, на сметката на банката, така или иначе съм един от шефовете, а вие скоро ще станете почетни клиенти. Настанихте ли се удобно? Да започваме тогава."

Майк направи пауза, докато келнерът сервираше десерта и виното.

"Това е по-вълнуващо от телевизионно шоу" изкикоти се Джой.

Франк преметна ръка през рамото ѝ и те останаха прегърнати за няколко секунди, докато сервитьорът си тръгне.

"Така, до къде бях стигнал?" каза Майк закачливо.

"До началото" избухна Джой с престорена сериозност. "Хайде започвай, иначе ще те ритна под масата!"

" Жена ти отново се държи безочливо, Франк. Кара ме да се изчервявам".

" Наистина тряба да започнеш да разказваш, иначе аз ще те ритна под масата, а моите крака са по-големи от нейните."

"Добре, добре. Готови ли сте?" Джой побутна долната част на масата в близост до крака на Майк.

"По Дяволите, не стигам" каза тя.

"Ако има нещо, което съм научил от почти четиридесет години в банката, то е да седя достатъчно далеч от клиенти, които могат да ме ударят или ритнат."

"Винаги можем да хвърлим нещо по теб" отговори Франк. Джой взе една лъжица ябълков сладкиш със сметана и се прицели.

"Предавам се. Ето каква е историята...

"Франциско Гоя бил известен художник в края на осемнайсти век и началото на деветнайсти. Спрете ме, ако разказвам неща, които вече знаете." Джой отново се престори, че се прицелва с лъжицата. "Разбирам. Преди да стане известен, той пътувал много за да стане по-добър в изкуството си, в ателиета или студиа на майстори художници в различни части на Южна Европа. При едно специално пътуване, срещнал красива, млада норвежка с аристократичен произход, на име Джоел, която била тръгнала на голяма обиколка из културните столици на Европа, като част от образованието си. Тя срещнала младия Гоя в Италия и двамата прекарали много часове заедно, под зоркото око на гувернантката ѝ, разбира се, отдадени на дискусии за истината и красотата, които били популярни теми за разговор по онова време. Било неизбежно да се влюбят. Тя позирала като модел за много от неговите картини, които той ѝ подарил след това. Родителите на Джоел вече били избрали подходящ, богат скандинавски аристократ за неин съпруг и отказали тя да се омъжи за беден, неизвестен художник. Като една покорна млада дама, тя направила това, което изисквали родителите ѝ от нея, но продължила да следи кариерата на своя възлюбен.

Тя била тази, която основала Сдружение Гоя за Истина и Красота, където Франк или Франциско, авторът на това писмо, сега е Президент, а аз съм един от членовете. Той е пряк наследник на Джоел."

"Колко романтично, и колко тъжно" промълви Джой. "Тя е създала храм за своята любов и никога не го е забравила".

"Така е, Джой, много си права." Картините и рисунките, които той ѝ подарил, все още са част от колекцията на семейството. Никога не са били вписвани в архивите от историци на изкуството и са напълно непознати за широката общественост."

"Но нека продължа. Само един малък, но интересн детайл; тъй като това тайно сдружение изначало е създадено от жена, за нея самата и нейните деца, то днес е отворено и за жени, и за мъже, нещо което е уникално за организация, толкова стара, колкото нашата. Нашите ложи, които ние наричаме ателиета са смесени - и мъже и жени имат еднакви права при нас. Седим един до друг на официални срещи, а ръководителят на Главното Ателие е жена.

"Отклоних се от темата... до къде бях стигнал?"

"Картините на Гоя и тайното ви сдружение" подсети го Джой.

"А, да, благодаря. Това е тайна Организация, точно заради това ви моля да не казвате никога на никого това, което ви разказвам. Сдружението започнало с отдадеността на една жена, към този когото обича; след това разказала тайната на децата си, а те на своите деца. С годините, приятели на семейството били поканени да се присъединят и след като членовете се преместили в различни части на Норвегия, а някои дори и извън страната, Сдружението се разширило. Днес то е на четиристотин години и има много ателиета в много различни страни, макар Организацията все още да е силно белязана от норвежкото влияние. Запазили сме го като тайно общество, защото се страхуваме да не бъдем преследвани от хора, които не са членове. Например, ако ние в банката повишим някой който е член на Дружеството, всички ще вдигнат шум, че е с "връзки" нали така.

Което е иронично, защото един от основните ни принципи е Истина, и това не ни позволява да сторим нищо, което не е истинско. Например невежеството на хората.

"И не говоря само за тези, които не са част от нашето общество, това ме води до четиримата младежи, които ви тероризираха - ние в организацията не мислим че "тероризирам" е прекалено силна дума за това. Организираме церемония по посвещаването на рождения ден на Гоя, вашата сватбена годишнина, за това и не можах да остана след церемонията на вашата сватба и не останах за приема. Двете момчета и двете момичета бяха посветени в братството на тази церемония. Не мога да разкрия тайните на самата церемония, разбира се, но части от нея пресъздават някои от фигурите, които могат да се видят в картините на Гоя. При тази специална церемония, която е стотна по ред, четиримата получиха подарък - ваканция в два от апартаментите ни на улицата получила името на Гоя. Опитваме се да купуваме имоти на улици с името на Гоя, може да ги наречете инвестиции, и ако мога да добавя, инвестициите се отплащат, но гледаме на тях по-скоро като на ваканционни апартаменти за наши членове, които са се отличили и са заслужили награда. Може би разбирате, че има особено значение за нас, да отседнеш на улица, носеща името на нашия патрон.

"Та тези четирима младежи, пристигнаха на улица Гоя, Фуенхирола на същия ден като вас. Един ден видели имената ви на писмото, което ви изпратих, събрали две и две и получили пет, помислили че вие сте част от изпитанията около церемонията по посвещаването. Никой от нас не разбира, как са стигнали до това заключение и защо са решили да действат така, както са избрали, вместо да са любезни. Никой не може да разбере, но така стана. Просто така се е случило.

"Франсиско и аз купихме апартаментите си на улица Гоя по едно и също време, веднага след като сградата бе построена. Мисля, че аз купих моя малко преди него, иначе той щеше да купи и този апартамент и животът ми нямаше да се промени по този начин, нито пък вашият. Така се случи, че бяхме на оглед на апартаментите по едно и също време и се сприятелихме. Двама млади мъже, излязохме заедно да пием по едно и си станахме близки. Той ми разказа за Дружество Гоя и накрая аз също станах член на организацията. За да съм честен, първоначално си мислех, че се шегува. Звучи като пълна измислица, нали? Но от тогава съм член, артист. Започнах като Художник чирак, после станах Художник и накрая Артист.

"Предложих ви апартамента, просто защото сме приятели, но имах и някои задни мисли, ако трябва да съм честен, надявах се и вие да се присъедините към Сдружението ни някой ден. Но в сегашната ситуация не мисля, че има изгледи това да се случи."

"Каква история" каза Джой затаила дъх. "Значи тази история за един милион долара може да се окаже истина?"

"Не просто "може", Джой. Когато Франциско каже нещо, то се случва. Само че не става дума за един милион долара, а за..." той отключи телефона си и натисна едно копче. "Към момента говорим за 1 236 000 долара и сумата расте, така че нека да отворим още една бутилка и след това да продължим с кафе и коняк, какво ще кажете?"

"Колко дълга е тази история?" попита Джой.

"Достатъчно дълга за вино и коняк след това".

"Какво с работа, няма ли да закъснееш?" зачуди се Джой.

"Какво имаш предвид? Искам да знаеш, че съм на работа откакто станах сутринта, уважаема. Тук вече говорим за бизнеса на банката. Франк и Франциско са наши клиенти, така че един по-дълъг обяд за наша сметка е съвсем в реда на нещата. Помни, че Истината е важна за нас."

"Моля за извинение" каза тя леко сконфузена.

"Извинението се приема, мадмоазел" отговори той. "Нека да довърша. Трябва да се включите в това състезание веднага. Няма да ви разкажа нищо повече, преди да го направите". Майк даде писмото на Франк, докато той извади телефоните.

"Готово, направено е."

"В такъв случай, до края на деня вие ще имате един милион евро. Поздравления!" Той вдигна чаша за наздравица и с двамата. "Какво ще кажете за врътката с Нигерия?"

"Доста хитро. Да се скриете между престъпници" каза Франк.

"Думите ти ме нараняват. Истина, приятелю, истина. Открих този начин да превеждаме легитимно пари за важни каузи, без да трябва да плащаме данъци и удръжки. Всички средства идват от нашите членове. Те са изкарали тези пари и вече са платили данък върху доходите си. Това са чисти пари, след данъци. Проблемът е, че някои държави искат да си вземат още малко от нашите изкарани с труд пари, така че се наложи да намерим вратичка в системата преди около петнайсет години, може би бе малко по-отдавна. Точно защото е толкова успешен, методът ми бе копиран от разни измамници. Като оставим това на страна, трябва да призная, че измамниците създават чудесно прикритие за нашите дейности. Да посочиш подател от Нигерия, смея да твърдя е доста хитро."

"Но защо точно Нигерия?" попита Франк.

"Просто случайно. По това време бях на "ваканция" там и помагах с откриването на едно ново Ателие. Странно е как се нареждат нещата понякога. Цяла една индустрия се роди, само защото бях на ваканция, а в следствие и вие сега сте милионери, защото аз купихедин малък апартамент в Испания, преди някакъв норвежец да ме изпревари. Може ли животът да стане по-странен от това? Има ли нещо друго, което моега да ви разкажа?"

"Не знаем какво не знаем, и няма как да знаем какво може да ни разкажеш, Майк" отговори Джой на теоретичния въпрос на Майк.

"Разбира се, имаш право, беше глупав въпрос" отговори той щедро.

"Аз имам въпрос, но не знам дали можеш да ми отговориш. Ти си член на тази организация, нали така?" Майк кимна. "Това значи ли, че трябва да пътуваш до Норвегия, за да присъстваш на събранията на Ложата ти, ъъъ...имам предвид Ателието?"

Майк кимна отново и се усмихна. "В началото, когато се присъединих, трябваше да пътувам до Европа, ако искам да присъствам на срещите. Беше прекрасно! Бил съм във Франция, Испания, Белгия, Холандия, Норвегия и други скандинавски държави, но сега вече има едно Ателие в Сьри, така че не ми се налага да пътувам толкова често, колкото преди. Малко ми липсва, но когато човек остарее, не всичко в тези пътешествия е толкова забавно, както когато си бил млад."

"Ако и ние сме членове, няма да трябва да пътуваш сам. Какво мислиш ти, Джой?"

"Истина и Красота ми звучат като чудесни ценности. С радост бих станала част от Дружеството, ако ме искат."

"Всяко Ателие, моето Ателие би се гордяло да се присъедините към нас. Не само защото сте достойни хора, но също така и защото не мисля, че някое Ателие по света има в редиците си Франк и Джой като двойка, освен първото основано Ателие, и вие вече сте известни в цялата Организация." Майк видя сянка на съмнение да пробягва по лицето на Джой. "Те не знаят как изглеждате, но трябваше да знаят имената ви. Беше нужно, тъй като бе част от доказателствата по делото." Джой се успокои и кимна.

"Разбирам. Само че, онова видео." Тя погледна мъжа си. "Знае ли той за видеото?"

"Да" призна Франк. Тримата се загледаха в празните си чаши. "Нека да изпием по кафе и малко Арманяк, за да разведрим обстановката."

"Арманяк, звучи като добра идея" съгласи се Майк. Джой се зарадва, че смениха темата, но Майк не бе приключил да говори. "Що се отнася до видеото, нашите адвокати са го изтрили, с други думи те са го свалили от всички интернет сайтове и ме увериха, че ако някой го потърси, няма да излязат никакви резултати и съответно никой не може да го гледа. Нарича се DMCA, това ще рече, че ако една компания все още има видеото ви в сайта си, рискуват да попаднат в черен списък и това да доведе до фалит. Никоя компания не би рискувала да се стигне до там само заради едно видео, когато имат милиони други. Мисля, че може да забравите за този случай."

"Благодаря ти, Майк" каза Франк.

"Не благодари на мен, Франциско се бе заел със случая. Той е изключително умен и находчив човек, и ако има нещо което той не знае, то със сигурност жена му го знае. Сигурно ще се запознаете с тях някой ден, ако станете членове."

Когато бяха готови, си разделиха такситно до вкъщи. Не им се искаше да се разделят още, но Джокаста бе звъняла. Майк остави служебната кола на пракинга на банката и купи бутилка шампанско с три чаши. Не живееха в едно и също предградие, но не чак толкова далеч едни от други.

На задната седалка на такситно, Майк вдигна телефона. "Познайте какво? Вие току що спечелихте един милион евро на имейл лотария от Нигерия и това не е всичко..." той натисна още няколко бутона, мога да потвърдя, че парите вече са преведени от сметката на Лотарията и би трябвало да са във вашата сметка, но това трябва да проверите сами." Той отвори шампанското и напълни чашите. "Честито" каза той отново и вдигна чаша за наздравица.

Злите духове на улица Гоя

Оуен Джоунс

26 ЕПИЛОГ

Когато Франк и Джой се прибраха вкъщи късно следобеда, те провериха общата си сметка, която имаха от шест месеца, в която и двамата заделяха пари от началото на годината и там имаше малко повече от един милион паунда. Слезнаха до най-близкия приличен ресторант и продължиха да празнуват сами. И двамата решиха да напуснат работа. Джой напусна първа, най-вече заради здравето си, което Доктор Мери подкрепи с писмена и устна диагноза. Тя получи минимална пенсия за годините, които бе работила. Франк подаде документи за ранно пенсиониране, за да се грижи за съпругата си. Той получи неустойка при напускане и също така минимална пенсия.

Решиха да продадат апартамента на Франк за малко над половин милион паунда. Той бе купен почти веднага, но отне шест седмици да уредят документите. Това им даде достатъчно време да си купят имот в западните части на Англия с изглед към река Северн и Уелс. Имотът представляваше голяма, модерна вила с много хектара земя. Джой винаги бе харесвала овце и те решиха да инвестират в редки раси и първите, които купиха бяха Уелски Лануеног. Това бе една устойчива порода, която се размножаваше добре, с малко болести по агънцата и бързорастящи овце. Породата бе препоръчвана на начинаещи, които искат да развъждат редки раси. Джой бе впечатлена.

И двамата станаха членове на Ателие Сърн 1503 на Сдружение Гоя за Истина и Красота и срещнаха дузини нови приятели из цялата страна. Тяхната церемония по посвещаването бе най-голямата, която се бе състояла някога във Великобритания. Целия Вътрешен Кръг присъстваше , а също така и ръководителите и Гранд Майстерите на много от европейските Ателиета. След церемонията, когато свещите бяха запалени и всички свалиха маските си, те с изненада видяха, че Майк е Ръководител Гранд Майстер на Ателие Сърн и че Доктор Мери също бе една от членовете. Те бяха развълнувани да срещнат и Франциско и Ингрид, чието галено име бе Джоел и с тях прекараха нощта в къщата на Майк и Джокаста в провинцията.

Можеха просто да хванат магистрала М4 и да участват в срещите на Ателието всеки месец, но те също така спазиха обещанието си и пътуваха заедно с Майк до различни Ателиета в Европа. Те отсядаха многократно в апартамента на Майк на улица Гоя, без страх, че демоните и злите духове, които ги бяха преследвали по-рано ще се върнат обратно. Дружеството разкри пред тях един нов сят и те имаха достатъчно средства да му се наслаждават.

Майк остана в банката докато не навърши шейсет и излезе в пенсия, само година по-късно и започна да подготвя Франк и Джой да отворят ново Ателие в Бристол или Кардиф с помощта на други членове, които живееха в околността.

Те продължиха да пращат пари за образованието на Бю докато тя не завърши и също така и подаряваха годишна ваканция в Европа. Те изпратиха и милион Бат на Бу, за да може да учи английски в университета, но Франк никога не предложи да я поканят на гости. Джой също не прояви такова желание и Франк се питаше дали тя подозира, че нещо се е случило между тах, но никога не повдигна темата.

Съшо така и двамата пътуваха до Тайланд всяка година, но Франк отказваше да ходи до селото. Когато Джой ходеше при майка си за няколко дни, той отсядаше в хотел някъде наблизо. Той не искаше да се преструва, че има желание да я среща отново, особено след като бе дал обет при приемането си в Сдружението да търси винаги Истина и Красота. Джой го разбираше и уважаваше решението му.

Семейство Седолфсен станаха особено дорби приятели и Франк и Джой преминаха през церемонията по посвещаване, която един ден можеше да ги доведе до това, да станат членове на Вътрешния Кръг. Също така срещнаха младежите, които ги бяха тероризирали и им простиха. Четирите деца и Франк и Джой плакаха докато се прегръщаха и приемаха извиненията си. Бе едно красиво преживяване за всички от Голямото ателие, които бяха свидетели на случката онази вечер в замъка на Барона.

Джой бе първият Ръководител Майстор Артист в новото им Ателие много години по-късно и един от най-достойните Ръководители за много от Художниците и Артистите, които присъстваха на отварянето на най-новото Ателие, номер 3003, първото във Уелс.

Край

Злите духове на улица Гоя

Оуен Джоунс

Бонус глава

ТОВА, КОЕТО НЕ Е ПОЗВОЛЕНО

от

Оуен Джоунс

Неприятната ситуация на Господин Лий

Господин Лий, или старият Лий както го познаваха местните, се бе чувствал странно последните седмици и понеже местната общност бе толкова малка, всички в околията знаеха за това. Той бе принуден да си запише час при един местен лекар, от този вид лекари, които лекуваха едно време, не някакъв модерен лекар, и тя му каза, че температурата на тялото му бе в дисбаланс, което от своя страна се отразяваше на кръвта му.

Лекарката, местният "Шаман", която също така бе и негова леля, не бе сигурна за причината, но му обеща, че ще може да му каже повече след двйсет и четири часа, ако той можеше да ѝ остави някои тестови проби и да дойде обратно, когато му се обади. Шаманът даде на г-н Лий една шепа мъх и един камък.

Той знаеше, какво трябва да направи, тъй като това не бе първия път, в който това се случваше. Той се изпика на мъха и се изхрачи и плю на камъка. След това ѝ ги върна и докато внимаваше да не ги докосва с голи ръце, тя ги опакова всяко в листо от банан, за да запази влагата, колкото се може по-дълго.

"Дай им един ден да угният и изсъхнат, след това ще им хвърля един поглед и ще открия, какво не е наред с теб."

"Благодаря, лельо Да, имам предвид Шаман Да. Ще чакам твоята покана, и ще дойда веднага, когато ме повикаш."

"Почакай малко, приятелю, още не съм приключила с теб."

Да се обърна и взе едно керамично гърне от рафта. Тя отвори капака, изпи две глътки и изплю последното върху Старецът Лий. Докато Да отправяше напевна молитва към своите Богове, г-н Лий си помисли, че бе забравил за "пречистването" - мразеше някой да плюе по него, особено ако това бяха стари жени с изгнили зъби.

"Алкохолът, с който те напръсках и молитвата, ще помогнат да се позакрепиш докато решим проблема ти" увери го тя.

Шаман Да се изправи от позата лотус на каменния под в медицинската си стая, сложи ръка на рамото на племеника си и го изведе навън, докато си свиваше цигара.

Когато вече бяха навън, тя запали цигарата, вдиша дълбоко и усети как димът изпълва дробовете. "Как е жена ти и прекрасните ви деца?"

"Те са добре, лельо Да, но и те са притеснени за здравето ми. Чувствам се особено напоследък, а както знаеш никога не съм боледувал през живота си."

"Не, семейство Лий са здрави хора. Баща ти, моят мил брат все още щеше да е здрав, ако не бе умрял от грип. Беше здрав като бик. Ти си го наследил, но по него никога не са стреляли. Мисля, че това, което ти влияе сега е онзи куршум от янките".

Господин Лий бе говорил за това стотици пъти, но не можеше да спечели спора, така че просто кимна, даде на леля си една банкнота от 50 Бат и се запъти обратно към фермата си, която бе само на петстотин метра извън селото.

"Вече се чувстваше по-добре и тръгна с бърза крачка, за да докаже това на всички.

Старецът Лий напълно се доверяваше на леля си Да, всички от тяхната общност, която се състоеше от село с 500 къщи и две дузини ферми в околията, ѝ се доверяваха. Леля му Да, бе наследила ролята на Шаман на селото, когато той все още бе малко момче, и не бяха останали много, които помнеха нейния предшественик. В селото никога не бе имало лекар, получил дипломата си в университет.

Това не означаваше, че селото нямаше досъп до лекар, но лекари се срещаха рядко и най-близкият общопрактикуващ доктор бе в града, на 75 километра от там и нямаше и нямаше автобус, такси или влак, които да идват тук горе в планините, където живееха, най-горе в североизточния ъгъл на Тайланд. Не само това, ами и бе скъпо да идеш на лекар и те изписваха рецепти за скъпи лекарства, от които най-вероятно получаваха комисионна. Имаше също и поликлиника през няколко села от тяхното, но персоналът се състоеше от една медицинска сестра и един пътуващ доктор, който бе там веднъж на четиринайсет дни.

Хората от селото като господин Лий си мислеха, че сигурно бе добре за градските хора, но не и за такива като него. Как може един фермер да си вземе цял ден свободно и да наеме някой с кола, за да може да иде на градски лекар? Ако въобще можеше да се намери някой, който има кола, макар че се намираха някои стари трактори наоколо в радиус от десет километра.

Не, помисли си той. Леля му бе достатъчно добра за всички останали, значи и на него щеше да му свърши работа. Тя никога не бе оставила някой да умре, преди да му е дошло времето и никога не бе убила някого, всички знаеха това.

Всички.

Господин Лий бе много горд с леля си, а и така или иначе нямаше друга алтернатива на мили от тук, във всеки случай, никой с нейния богат опит. Никой не знаеше, колко бе стара, дори самата тя, но със сигурност бе над деветдесет годишна.

Господин Лий стигна до фермата си с тези мисли в главата. Той искаше да обсъди още неща със съпругата си, защото макар да изглеждаше, че той е шефът в семейството, също както в другите семейства, истината бе, че всички решения се взимаха от семейството като цяло, или поне от възрастните в семейството.

Това щеше да е важен ден, тъй като семейство Лий никога до сега не бе изпадало в криза преди и двете им деца, които не бяха малки деца вече, щяха да имат възможност да изкажат своето мнение по случая. Господин Лий знаеше, че това ще остане в историята.

"Мад!" Извика той жена си, както я наричаше на галено. "Мад, тук ли си?"

"В градината съм."

Лий изчака няколко секунди, докато тя влезе, но вътре бе толкова топло и задушно, че той излезе пред къщата и седна на голямата семейна маса, където обикновено вечеряше цялото семейство или просто седяха, когато нямаше нищо за правене.

Името на госпожа Лий всъщност беше Уан, макар нейният съпруг на галено да я наричаше "Мад" както я бе наричало първородното им дете, когато още не можеше да каже "Мама". Галеното име си остана за господин Лий, но никое от децата не я наричаше вече така. Тя бе от селото Баан Ной, от където беше и Лий, но нейното семейство никога не бе живяло другаде. Докато това на Лий бе пристигнало тук от Китай преди две поколения.

Тя имаше типичните черти за жените от тази област. На младини бе много красиво момиче, но момичетата по това време нямаха много възможности, а и не бяха поощрявани да са амбициозни. Обстоятелствата не бяха много по-добри за нейната дъщеря двайсет години по-късно. Госпожа Лий бе доволна само да си намери съпруг след като завърши училище, и когато Хенг Лий и предложи брак и показа на родителите й парите, които има в банката, тя си помисли, че той сигурно е поне толкова добра партия, колкото всеки друг. Също така тя нямаше желание да се мести далеч от приятелите и семейството в някой голям град, за да пробва да си намери нещо по-добро.

С времето се научи да го обича, по свой собствен начин, макар пламъкът между тях отдавна да бе угаснал и сега тя бе повече бизнеспартньор, отколкото съпруга.

Уан никога не бе искала любовник, макар да бе получавала покани и преди, и след като се бе омъжила. Тогава бе страшно ядосана, но сега си спомняше с умиление за тези моменти. Лий бе първият й и единствен любовник и най-вероятно щеше да бъде и последния, но тя не съжаляваше за това.

Единствената й мечта сега бе желанието да има внуци, с които децата й сигурно щяха да я зарадват след време, макар тя да не искаше никой от тях, особено дъщеря й, да прибързва със сватбата, както тя бе направила. Тя знаеше, че рано или късно децата й ще имат свои деца; това бе единственият начин да си подсигурят финансово старините, а също така и да увеличат семейството.

Госпожа Лий я беше грижа за семейството, статуса в обществото и честта, но не желаеше повече материални блгини, от това, което вече имаше. Тя толкова дълго се бе справяла с толкова малко, че за нея вещите вече нямаха значение.

Тя имаше мобилен телефон и телевизор, но сигналът бе слаб и нямаше какво да се направи за това. Просто трябваше да изчакат докато правителството реши да поднови телевизионните антени в региона. Сигурно някой ден и това щеше да стане, макар и не толкова скоро. Тя не искаше да има кола, тъй като не ходеше никъде, а пътищата и без това бяха лоши. Не само това, но и хората на нейната възраст и с нейния социален статус толкова дълго не бяха имали финанси да си купят кола, че вече нямаха и никакво желание за такава. Тя бе доволна от колелото си и един стар мотор, който беше превозното средство на цялото семейство.

Не ѝ се искаха и злато или красиви дрехи, тъй като реалността да отглежда две деца на заплатата на един фермер, я бе накарала да забрави отдавна за тези неща. Въпреки всичко изброено, госпожа Лий бе една щастлива жена, която обичаше семейството си и живееше в мир с това каква е и къде живее, докато Буда не реши, че е дошъл нейния ред.

Господин Лий видя жена си да идва. Тя наместваше нещо под саронга си, но от външна страна. Нещо най-вероятно не седеше така, както трябва, но той никога не би попитал. Тя седна на края на масата и вдигна крака на пейката, седнала така изглеждаше като русалка.

"Какво имаше да каже старицата?"

"Недей да си такава, Мад, тя не е толкова зле. Добре де, вие никога не сте се разбирали добре, но просто е така понякога, не си ли съгласна? Никога не е казала една лоша дума за теб. Преди половин час попита за теб и здравето на децата."

"Понякога си такъв глупак, Хенг. Тя говори хубави неща с мен и за мен, когато има други наоколо, но ако сме сами се държи с мен ужасно и винаги е било така. Тя ме мрази, но е твърде хитра за да го видиш, защото знае, че ще застанеш че ще си на моя страна, а не на нейна. Мъжете си мислят, че знаят всичко, но не виждате какво се случва точно под носа ви. Обвинявала ме е за както ли не през годините - къщата не е достатъчно чиста, децата са мръсни, а веднъж дори ми каза, че храната, която съм сготвила има вкус на козя маз. Не знаеш дори и половината, но не ми и вярваш, нали, на собствената си жена? Да, може да се смееш, но на мен не ми е било смешно последните трийсет години, вярвай ми. Както и да е, какво каза тя?"

В общи линии нищо, няколко контролни въпроса, и все същите стари съвети. Нали знаеш, да пикаеш на мъх, да плюеш на камък и да я оставиш да те напръска с алкохол. Сега като се сетих и пак ме побиха тръпки. Каза, че ще ми отговори утре. Къде са децата. Нямаше ли и те да участват в семейния съвет?"

"Не, не мисля, все още не знаем нищо. Или имаш някакви предположения?"

"Не, по принцип нямам. Чудех се дали да не ида на масаж при момичето от Китай, може да помогне, ако и кажа да е по-внимателна. Научила е уменията си в Северен Тайланд и понякога е малко груба; поне така казват хората. Особено в това ми състояние. Може би ще ми се отрази добре малко размачкване... ти какво ще кажеш, скъпа?"

"Разбирам какво имаш предвид под малко размачкване. Защо не попиташ чичо ти? Защо трябва да е при младо момиче?"

"Знаеш какъв съм. Не ми харесва да ме пипат мъже и преди съм ти казвал. Ако те ядосва, няма да ходя."

"Чуй сега, не казвам, че не трябва да ходиш. Така или иначе, не мога да те спра. Но както и ти каза, хората говорят, че е малко груба и може да те повреди повече, отколкото да ти помогне. Мисля, че е по-добре да не ходиш, поне не и преди да сме чули какво ще каже леля ти."

"Добре, сигурно си права. Не каза къде са децата."

" Не съм сигурна, до сега трябваше да са се върнали. Излязоха заедно, за да проверят за някакъв рожден ден през уикенда."

Злите духове на улица Гоя

Господин и госпожа Лий имаха две деца, по едно от всеки пол и те смятаха, че са били късметлии, тъй като бяха опитвали десет години, преди момчето им да се роди. Децата им бяха на двайсет и шестнайсет и господин и госпожа Лий не планираха повече.

Също така бяха и спрели да опитват отдавна.

Децата бяха добри, учтиви и послушни и родителите им се гордееха, или поне бяха горди от това, което знаеха, защото също като всички други деца, те се държаха добре 90 процента от времето, но също така можеха да измислят някоя поразия и имаха тайни мисли, за които знаеха, че родителите им няма да харесат.

Синът им - Ден, или Младият Лий, тъкмо бе навършил двайсет години и бе завършил училище преди две години. Той и сестра му бяха имали щастливо детство, но бе започнало да му става ясно, че баща му е планирал тежък живот за него, не че не бе работил през целия си живот и преди, и след училище. И въпреки това бе намирал време за тенис на маса и момичета на училищните балове.

Всичко това бе отминало, а с него и надеждата му за секусален живот, или поне така се чувстваше той. Не че се беше случило страшно много, една или друга целувка, някое докосване, но нищо не се бе случвало от почти две години. Ден веднага щеше да замине за града, ако знаеше какво може да прави, когато стигне там. Той нямаше никакви амбиции, освен да прави колкото се може повече секс.

Хормоните бушуваха през цялото време. Бе толкова зле, че някои от козите започнаха да изглеждат привлекателни. Това сериозно го притесняваше.

Той осъзна, че най-вероятно трябва да се ожени ако иска да има нормална връзка с нормална жена.

Брак, макар че по принцип предполагаше, че човек има деца, изглеждаше все по привлекателен.

Госпожица Лий, по-известна като Дин, бе едно много красиво момиче на шестнайсет години, което бе завършило училище през лятото, след като бе учила две години по-малко от брат си, което бе обичайно в региона. Не защото бе глупава, а защото и родителите, и самите момичета знахеа, че колкото по рано се омъжат и имат деца, толкова по-добре. Също така бе по-лесно за момиче под двайсет да си намери съпруг. Дин бе приела тази философия, макар майка ѝ да не бе съвсем съгласна.

Дин бе работила и преди и след училище целия си живот, може би дори по-упорито и от брат си, макар той никога да не би си признал. Момичетата бяха ползвани на практика за слугини.

Дин обаче имаше мечти. Тя фантазираше за романтична любов и как нейният любим ще я отведе в Банкок. Той щеше да стане лекар, а тя да пазарува по цял ден с приятелки. И на нея хормоните и създаваха проблеми, но местните обичаи и забраняваха да говори за това. Баща ѝ, майка ѝ и даже брат ѝ щяха да я издърпат от ухото ако дори само се усмихнеше на някое момче, което не бе от семейството.

Тя знаеше, че е така и го приемаше без да задава въпроси.

Планът ѝ бе да започне веднага да си търси съпруг, нещо с което майка ѝ вече бе предложила да помогне. И двете жени в семейство Лий знаеха, че колкото по-бързо започнат търсенето, толкова по-малък бе шансът срам да опетни името на семейството.

Семейство Лий бяха едно съвсем обикновено за областта семейство и те бяха доволни от ситуацията си. Живееха живота си по правилата на местните обичаи, макар децата да мечтаеха да избягат в големия град. Проблемът бе, че липса на амбиции бе поощрявана сред планинските хора със стотици години и това ги задържаше. Това бе добре и за правителството, в противен случай всички младежи отдавна щяха да са изчезнали от провинцията към Банкок и от там към страни като Таиван и Оман, където заплатите бяха по-добри и имаше повече свобода.

Много млади момичета вече бяха заминали за Банкок. Някои си бяха намерили добра работа, но имаше и много, които оставаха в секс-индустрията в по-големите градове, а след това някои заминаваха за чужбина и дори извън Азия. Много страховити истории предупреждаваха младите момичета да не поемат по този път. И Дин, и майка й ги бяха чували.

Господин Лий харесваше живота си и обичаше семейството си, макар това да не бе нещо за което се говореше на висок глас навън, и той за нищо на света не искаше да ги загуби заради някаква болест, която може би имаше в латента фаза още от деството.

Господин Лий или Старият Лий (той знаше, че някои по неуважителни младежи в селото го наричаха Старият Пръч Лий) бе мъж с идеали на младини и се бе записал доброволец на страната на Северн Виетнам, веднага след като бе завършил училище. Живееха почти на границата с Лаос и Северн Виетнам не бе далеч. Той знаеше за бомбените атаки на Америка срещу Виетнам и Лаос и искаше да помогне във войната.

Той се записа в Комунистическата партия и замина за военно обучение във Виетнам веднага щом бе достатъчно възрастен. Много от войниците там бяха като него наполовина китайци, но им бе омръзнало други държави да се месят в управлението на държавата. Той не разбираше защо американците, които живееха на другия край на света, се вълнуват кой има власт в тази част на света. Той не се интересуваше те кой ще си изберат за Президент.

Случи се обаче така, че той никога не изстреля дори един куршум, защото бе уцелен от шрапнел от американска бомба докато бе транспортиран от тренировъчния лагер към бойното поле на първия ден. Раните бяха болезнени, но не животозастрашаващи, и все пак това бе достатъчно да напусне армията като инвалид, когато го изписаха от болницата. По-голямото парче го бе уцелило в лявото бедро, но много малки парченца бяха попаднали в областта на корема, той подозираше, че те бяха причина за сегашното му неразположение.

Той куцаше, когато си тръгваше за дома, но получи достатъчна компенсация да си купи малка ферма. Заради проблемите с крака, той купи едно стадо кози, които развъждаше и продаваше. За една година кракът му горе долу се оправи и той се ожени за едно хубаво местно момиче, което винаги бе харесвал. Тя също идваше от семейство на фермери и двамата заживяха щастлив, макар и доста беден живот.

От тогава всеки ден, освен е неделя, господин Лий извеждаше стадото кози нагоре в планината на паша и през лятото често можеше да преноцува в един от многото биваци, които си бе направил там, така както се бе научил в армията. Той си спомняше с носталгия за тези щастливи дни, макар тогава да не ги възприемаше като щастливи.

В планината отдавна нямаше хищници, само хора. Всички тигри бяха избити отдавна, за да ги използват в направата на китайски лекарства. Господин Лий изпитваше смесени чувства по темата. От една страна знаеше, че това е тъжно, но от друга - нямаше никакво желание да пази козите си от гладни тигри всяка нощ. Когато болестта го хвана преди около седмица, бе работил като пастир четиридесет години и познаваше тези планини също толкова добре, колкото обикновените хора познаваха местния парк.

Знаеше, кои местности трябва да избягва заради опасност от мини и пакети стрихнин пуснати от американците през седемдесетте и знаеше, кои местности са обезопасени, макар че воиниците бяха пропуснали едно или две места, както една от козите му бе открила преди месец. Беше му станало жал за козата, макар трупът и да не отиде напразно. Тя бе станала жертва на бърза смърт, когато един паднал камък бе активирал мина. Бе твърде далеч да влачи трупа на животното вкъщи, така че господин Лий бе прекарал няколко дни в планината и се бе нахранил добре, докато семейството му чакаше вкъши и се тревожеше за него.

Господин Лий бе един доволен от живота човек. Той си харесваше работата и животът на открито и отдавна бе разбрал, че никога няма да е богат или да пътува отново извън страната. Именно по тази причина той и жена му бяха доволни, че имат само две деца. Той обичаше и двамата еднакво и искаше най-доброто за тях, но също така бе щастлив, че са завършили училище и ще могат да работят във фермата по цял ден, там където жена му гледаше подправки и зеленчуци и имаше три прасета и дузина кокошки.

Господин Лий си мислеше как може да разшири фермата с тази допълнителна помощ. Може би имаше възможност за още дузина кокошки, още няколко прасета и едно поле с царевица.

Той се сепна от замечтаното си състояние. "Ами какво ако е нещо сериозно, Мад? Не съм ти казвал, но припаднах два пъти тази седмица и почти щях да припадна още няколко пъти."

"Защо не каза нищо по-рано. Наистина ли е толкова сериозно?"

"Понякога. Просто нямам никаква енергия. Обикновено тичам и се катеря наоколо с козите, но сега се изморявам само като ги гледам. Нещо не е както трябва, просто съм сигурен".

" Чуй Па" каза тя. Това беше нейното, лишено от всякакво въображение, галено име за него и означаваше "баща".

"Децата са на входната врата. Искаш ли да ги включиш в разговора сега?"

"Не, права си, защо да ги тревожим сега, но мисля че леля ще ме повика да ида утре следобед, така че им кажи, че ще се съберем за семеен съвет на вечеря и трябва да присъстват. Мисля, че трябва да ида да полегна, отново съм изморен.

Мазилата на леля помагаха за известно време, но действието им вече отминава. Кажи им, че всичко е наред, но помоли Дан да изкара козите утре, става ли? Няма нужда да ходи далече, само долу до реката, за да попасат малко речна трева и да пият вода. Не е от голямо значение за ден или два. Като ти остане време може ли да направиш от специалния ти чай? Този с джинджифил, анасон и другите неща... Може да помогне. Може би малко пъпеш и слънчогледови семки също. Може ли да накараш Дин да ги приготви за мен?"

"Какво ще кажеш за малко супа? Любимото ти..."

"Може, но ако съм заспал, просто я остави на нощното шкафче и ще я изям по-късно, когато е изстинала. Здравейте деца, ще си легна по-рано тази вечер, но не се тревожете, всичко е наред. Майка ви ще ви разкаже. Просто имам някаква инфекция, предполагам. Лека нощ на всички."

"Лека нощ, Па" отвърнаха те. Дин изглеждаше особено разтревожена, докато гледаха господин Лий в гръб да се отдалечава, а след това се спогледаха един друг.

Лежейки в тихата тъмнина, господин Лий усещаше едната страна на тялото си да пулсира по-зле от всякога, точно като развален зъб, който винаги е по-болезнен нощно време в леглото, но той бе толкова изтощен, че заспа дълбоко още преди чая, супата или семената да бяха донесени.

На голямата маса отвън седяха останалите от семейството в полумрака и обсъждаха тихо, какъв може да е проблемът на господин Лий, макар че нямаше кой да ги чуе така или иначе.

"Па ще умре ли, мамо?" попита Дин през сълзи.

Злите духове на улица Гоя

"Не скъпа, разбира се, че няма" каза майката. "Или поне аз не мисля така."

Моля напишете Вашия отзив за книгата, там където сте я закупили.

Ще помогне на автора и на други читатели след вас. Вашето мнение е важно.

Благодаря
Оуен

П.П: За контакти в социалните мрежи:

http://facebook.com/angunjones
http://twitter.com/owen_author
https://meganthemisconception.com
http://owencerijones.com